荷蘭語
會話暨文法
自修專書

楊佳惠 —— 著

修訂版

親愛的讀者，衷心感謝您購買這本書。

我深切瞭解這將關係到您未來的人生！

請好好使用本書。

相信您一定可以藉此通過基礎荷蘭語測試。

作者：Mevrouw Keijzers 楊佳惠

西元二〇二二年四月於荷蘭

愛書人姓名：
Dit boek is van _____

下決心日期：
Datum _____

發音符號

荷蘭語的發音，幾乎是只要記好各個子音與母音的發音，依循同一個字內以「子音＋母音＝音節」的規則，就可以發出該字的音了。如果有和下列這些音標不同的情況，那大概多半都是外來字。

《字母的大小寫與發音》

大寫 小寫	A a	B b	C c	D d	E e	F f	G g	H h	I i
音似	阿	貝	誰	得 （ㄅㄟ）	欸	欸富	賀嘿	哈	一
大寫 小寫	J j	K k	L l	M m	N n	O o	P p	Q q	R r
音似	ˉ也	咖	欸喔	欸嗯 （但雙唇緊閉）	欸嗯	歐	胚	科迂	欸而
大寫 小寫	S s	T t	U u	V v	W w	X x	Y(IJ) y (ij)	Z z	
音似	欸寺	特欸 （ㄊㄟ）	迂	斐	偉	ˉ科斯	崖	賊特	

《音標》

可用萬國音標配合，注意〔：〕表示加長該符號左邊的音。

單母音 呈現的字母		音標	中文近似音。 若沒有長音的，則表示為短音	例字
短	a	[a]	啊	acht（八）
	i	[ɪ]	一	nodig（需要的）
	o	[o]	歐	op（在…之上）
	u	[u]	迂	tussen（在…之間）
中	e	[ɛ]	欸	kinder（小孩）
長	aa	[a:]	長音的 啊	aap（猴子）
	ee	[ɛ:]	長音的 欸	zee（海）
	oo	[o]	長音的 歐	oost（東方）
	uu	[U]	長音的 迂	uur（小時）

雙母音或多母音 呈現的字母	音標	中文近似音。 若沒有 ^{長音的}，則表示為短音	例字
aai	[aːɪ]	^{長音的}啊 一	lawaai（噪音）
au	[au]	啊屋	pauze（暫停）
auw	[au]	啊屋^{（嘴唇閉合）}	gauw（很快地）
eu	[ɛu]	欸迂	neus（鼻子）
eeuw	[ɛɪu]	^{長音的}欸 迂^{（嘴唇閉合）}	leeuw（獅子）
ei	[e]	欸	ei（蛋）
ie	[ɪ]	義	vies（骯髒的）
ieuw	[ɪuw]	一迂屋	nieuw（新的）
ij	[eː]	^{長音的}欸	spijt（遺憾）
oe	[u]	屋	goed（好的）
oei	[uɪ]	屋一	groeien（成長）
ooi	[oːɪ]	^{長音的}歐一	mooi（美的）
ouw	[auw]	啊屋^{（嘴唇閉合）}	mouw（袖子）
ui	[au ɪ]	澳迂	huis（房子）
子音 呈現的字母	音標	中文近似音。 若沒有 ^{輕音的}，則表示為短音	例字
b	[b]	^{輕音的}背	baas（老闆）
d	[d]	的	doos（盒子）
f	[f]	夫	fles（瓶子）
g	[heː]	賀	groen（綠色）
h	[h]	呵	hond（狗）
j	[j]	^{輕音的}一	jaar（年）
k	[k]	^{輕音的}咖	koffer（行李箱）
l	[l]	在字尾時念「耶喔」； 後面接母音則念「勒」	luier（尿布）
m	[m]	嗯（需雙唇閉合）	morgen（早上；明天）
n	[n]	恩	noord（北方）
p	[p]	^{輕音的}烹	plaats（地方）
q	[kwɪ]	^{輕音的}規	quiz（小考試）
r	[r]	^{輕音的}噯兒	raam（窗戶）
s	[s]	司	sap（果汁）
t	[t]	特	telefoon（電話）
v	[v]	^{輕音的}夫	veilig（安全的）
w	[w]	屋	wat（什麼）
x	[ks]	^{輕音的}科司	xylofoon（木琴）
z	[z]	茲	zoon（兒子）
ch	[h]	呵	dochter（女兒）
sch	[ʃ]	樹乎	schoen（鞋子）

規則動詞的變化原則

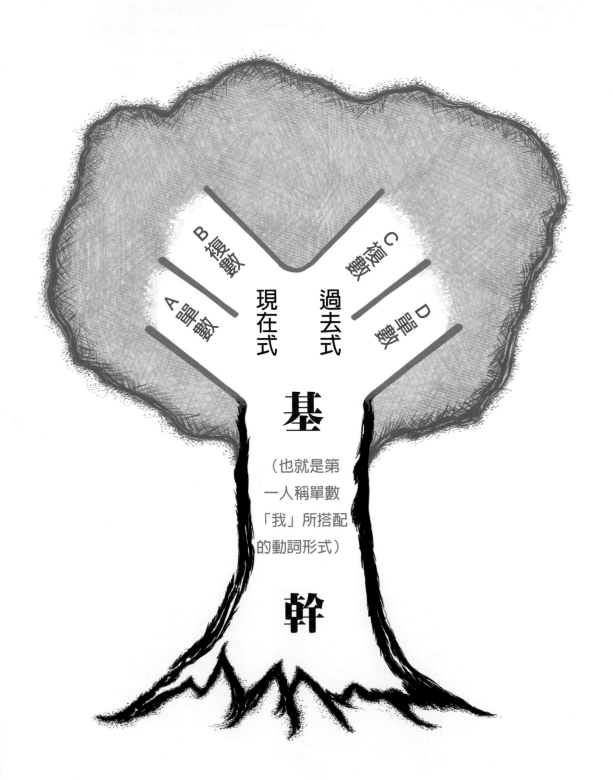

基幹：所有動詞變化的依據都來自這裡。它就是第一人稱單數時使用的現在式動詞。

特殊字尾：基幹的字尾是 t 或 k 或 f 或 s 或 ch 或 p 等無聲子音時，〈小要訣：記住 't kofschip（某種帆船的名稱）或「soft ketchep（軟番茄醬）」，就能記住哪些是無聲子音了〉稱之。

- **A**：基幹字尾加 t。這是第二人稱單數及第三人稱單數的現在式動詞。但原則是加完以後字尾不可以有兩個 t，否則就不加 t 了。
- **B**：原型動詞即可構成第一、第二、及第三人稱複數的現在式動詞。
- **C**：基幹加 den，特殊字尾時改加 ten 即可構成第一、第二、及第三人稱複數的過去式動詞。
- **D**：基幹加 de，特殊字尾時改加 te 即可構成第一、第二、及第三人稱單數的過去式動詞。

例：

原型動詞	我（基幹） （第一人稱單數）	你／您 （第二人稱單數）	他／她／它 （第三人稱單數）	我們 （第一人稱複數）	你們 （第二人稱複數）	他們 （第三人稱複數）
spelen （玩）	speel	speelt	speelt	spelen	spelen	spelen
	speelde	speelde	speelde	speelden	speelden	speelden
werken （工作）	werk	werkt	werkt	werken	werken	werken
	werkte	werkte	werkte	werkten	werkten	werkten

目次

Les 1

DAG!

（你好！）

一、會話

1. Op een camping（露營區裡）

Marijke: Dag, ik ben Marijke.
（你好，我是 Marijke。）

Lieve: Hallo, ik ben Lieve.
（哈囉，我是 Lieve。）

Marijke: Lieve? Dat klinkt nogal Belgisch; kom je uit België?
（Lieve？聽起來很有比利時特色；你來自比利時嗎？）

Lieve: Ja, dat klopt. Ik ben Belgische.
（對，沒錯。我是比利時人。）

Marijke: En waar kom je vandaan?
（那你來自哪呢？）

Lieve: Ik ben geboren in een dorpje vlakbij Gent, maar ik woon nu in Antwerpen. En waar kom jij vandaan?
（我來自靠近 Gent 的一個村莊，但我現在住在安特衛普。你來自哪呢？）

Marijke: Uit Amsterdam.
（阿姆斯特丹。）

2. Op kantoor（辦公室裡）

Mirjam de Vries: Goedemorgen. Bent u de nieuwe collega?
（早安，您是那位新同事嗎？）

Maarten de Jong: Ja, ik ben Maarten de Jong.

（是的，我是 Maarten de Jong。）

Mirjam de Vries: Mirjam de Vries.

（我是 Mirjam de Vries。）

Maarten de Jong: Hallo.

（你好。）

Mirjam de Vries: Komt u uit het zuiden?

（您來自南部嗎？）

Maarten de Jong: Ja, uit Maastricht.

（是的，我來自 Maastricht。）

3. In het ziekenhuis（醫院裡）

René Meurs: Goedemiddag. Bent u meneer Smit?

（午安。您是 Smit 先生嗎？）

Jan Rietman: Nee, ik ben Jan Rietman. Dat is meneer Smit.

（不，我是 Jan Rietman。那位才是 Smit 先生。）

Heiko Schmidt: Ja, ik ben Heiko Schmidt.

（是的，我是 Heiko Schmidt。）

René Meurs: O ja, Schmidt; komt u uit Duitsland?

（喔，對，Schmidt；您來自德國嗎？）

Heiko Schmidt: Nee, ik kom uit Oostenrijk.

（不，我來自奧地利。）

4. Op de Nederlandse les（荷蘭語的課堂上）

Venanzio Ragni: Goedenavond, zit hier al iemand?

（你好，這裡有人坐嗎？）

Mevrouw Vos: Nee hoor, deze stoel is nog vrij.

（沒有，這椅子沒有人坐。）

Venanzio Ragni: Dank u. Ik ben Venanzio Ragni.

（謝謝您。我叫 Venanzio Ragni。）

Mevrouw Vos: Mevrouw Vos. Prettig met u kennis te maken.

（Vos 女士。很高興認識您。）

Venanzio Ragni: Woont u ook hier in Utrecht?

（您也住在 Utrecht 這裡嗎？）

Mevrouw Vos: Nee, ik kom uit Zeist.

（不，我從 Zeist 來的。）

二、連連看

A	hij（他）
B	komen（來）
C	Nederlander（男性荷蘭人）
D	dorp（村莊）
E	Duitse（男性德國人）
F	hier（這裡）
G	je（你）
H	dit（這）

甲	stad（城市）
乙	dat（那）
丙	daar（那裡）
丁	zij（她）
戊	gaan（去）
已	u（您）
庚	Duitser（女性德國人）
辛	Nederlandse（女性荷蘭人）

三、填填看

（Part I）

引源 Taal vitaal

☐ Goedenavond!（晚安！）
☐ Goedemorgen!（早安！你好！）
☐ Goedemiddag!（午安！你好！）
☐ Dag!（你好！）

（Part II）

引源 Taal vitaal

☐ Woont u in Lelystad?（您住在 Lelystad 嗎？）

☐ Tot ziens!（再見！）

☐ Waar kom je vandaan?（你來自哪裡？）

☐ Cuyper. Prettig met u kennis te maken.（Cuyper。很高興認識您。）

四、語法解說

Laura en ik wonen in Utrecht. Laura werkt in een ziekenhuis in Amsterdam. Het is een groot ziekenhuis. Ze is fysiotherapeute. Ik ga elke dag met de auto naar mijn werk, maar zij gaat met de trein.

（Laura 和我住在 Utrecht。Laura 在一家 Amsterdam 的醫院工作。那是一家大醫院。她是個物理治療師。我每天開車去工作，而她搭火車去。）

重音

劃線部分是句子的主要重心，也可說是重音所在。

a：Dag, <u>ik</u> ben Jantien.（你好，我是 Jantien。）

b：Hallo, <u>ik</u> ben Roos.（嗨，我是 Roos。）

a：En waar kom <u>je</u> vandaan?（你來自哪裡呢？）

b：<u>Ik</u> kom uit Leeuwarden. En <u>jij</u>?（我來自 Leeuwarden。你呢？）

a：Uit Enschede.（Enschede。）

何時大寫

荷語在下列情形下，字的第一個字母要大寫。

1. 人的姓或名

    例：Marijke, Jan Rietman, Lieve（瑪芮可，伊揚‧瑞曼，莉芙）

2. 每個句子的第一個字

    例：Het eerste woord van een nieuwe zin schrijf je met een hoofdletter.

    （你每寫一個新句子時，第一個字的第一個字母要大寫。）

3. 地名；國名

    例：België, Finland, Europa （比利時，芬蘭，歐洲）

4. 民族名或國人名

    例：Belgisch, Fins, Europees （比利時人，芬蘭人，歐洲人）

現在式簡介

Ik ga op vakantie met Interrail. Ga je mee? Voor Interrail heeft Europa 7 zones. Je maakt zelf een keuze：1, 2 of 3 zones, of zo je wilt, heel Europa. De kaart geeft je een overzicht van de zones.

（我搭火車去渡假。你要一起來嗎？因為火車貫通歐洲七個地區。你可以自己做選擇：一兩個或三個區域，或是你想要的話，就全歐洲吧。火車票可以包含全區。）

1. 單數人稱現在式：第一人稱單數（即「我」）配用的動詞形式稱為基幹；第二人稱單數（即「你、您」）與第三人稱單數（即「他、她、它」）則為「基幹＋t」。動詞變化的基本原則請查閱規則動詞的基幹圖解。
2. 在主動詞位置互換的情形下，不論是問句或是祈使句，此時第二人稱的動詞用的都是基幹形式；但使用 u（您，您們）當第二人稱的主詞時，不管主動詞位置有無互換，一律配用「基幹＋t」的形式。

    例：je komt → kom je?（你來 → 你要來嗎？）

    　　u komt → komt u?（您來 → 您要來嗎？）

拼音與發音

以下的拼字與發音規則有助於理解荷語的拼字變化。

1. 「一個母音＋一個子音」稱為一個開放式音節。此時母音發長、發重一點。（也就是說，重音大多位於開放式音節，以下重音都在第一音節上。）

   例：heten（名叫）是由 he - ten 連出音來。

   komen（來）是由 ko - men 連出音來。

   maken（做；使）是由 ma - ken 連出音來。

   huren（租）是由 hu - ren 連出音來。

2. 「一個母音＋兩個或兩個以上的子音」稱為一個封閉式音節。此時母音發短、發輕一些。

   例：werken（工作）是由 wer - ken 連出音來。

   zitten（坐）是由 zit - ten 連出音來。

   kloppen（敲；講對）是由 klop - pen 連出音來。

   pakken（拿；取）是由 pak - ken 連出音來。

   vullen（填）是由 vul – len 連出音來。

現在式的使用時機

1. 表達目前的情況或是即將採取的動作。

   例：Martien kijkt tv.（Martien 在看電視。）

   Petra stelt zich voor aan Edith.（Petra 向 Edith 自我介紹。）

2. 敘述一個持續的動作或情況。

   例：Armsterdam ligt in Nederland.（Armsterdam 位於荷蘭。）

   Ik werk in een ziekenhuis.（我在一家醫院工作。）

現在式的主要三種句型

1. 直述句的排列

句首	動詞	主詞	句尾	
Ze	heet	-	Marijke.	（她名叫 Marijke。）
Maarten	komt	-	uit Maastricht.	（Maarten 來自 Maastricht。）
Deze stoel	is	-	nog vrij.	（這椅子沒人坐。）

2. 是非型問句的排列：句首空白，然後主詞與動詞位置互換。

句首	動詞	主詞	句尾	
-	Heet	ze	Marijke?	（她叫 Marijke 嗎？）
-	Komt	Maarten	uit Maastricht?	（Maarten 來自 Maastricht 嗎？）
-	Is	deze stoel	nog vrij?	（這椅子沒人坐嗎？）
-	Kun	je	dat spellen?	（你可以拼出那個字來嗎？）

3. 有疑問詞的問句排列：疑問詞放句首。

句首	動詞	主詞	句尾	
Hoe	heet	ze?		（她叫什麼名字？）
Waar	komt	Maarten	vandaan?	（Maarten 來自哪裡？）
Waar	kom	jij	vandaan?	（你來自哪兒？）

動詞 zijn（是）

1. 當 zijn 是句子裡唯一的動詞時。
   - 例：Ik ben Marijke.（我是 Marijke。）
     - U bent van harte welkom.（很歡迎您。）
     - Hij is sympathiek.（他是很有同情心的。）
     - Dat is heel leuk.（那真好。）
2. 當 zijn 搭配另外的動詞時，它可算是助動詞。
   - 例：Ik ben in Spanje geboren.（我在西班牙出生。）

助動詞 kunnen（能夠）

Kunnen 總是搭配另外的動詞，並使該動詞以原型動詞型態出現。
   - 例：Ik kan mijn naam spellen.（我可以拼出我的名字。）
     - Je kunt kiezen.（你可以選擇。）
     - U kunt hier zitten.（您可以坐這裡。）
     - Hij kan het formulier invullen.（他可以填那份表格。）
     - Ze kan morgen niet komen.（她明天不能來。）
     - Dat kan niet waar zijn.（不會吧，不可能這樣。）

五、練習

1. 請依提示在空白部分填上適當的動詞現在式。

(1) hij _____ <komen>（他過來）

(2) je _____ <zijn>（你是）

(3) ze _____ <wonen>（她住）

(4) _____ je？<gaan>（你去嗎？）

(5) dat _____ <klinken>（那聽來像）

(6) ik _____ <vertellen>（我說）

(7) u _____ <gaan>（您去）

(8) ik _____ <heten>（我名叫）

2. 請依提示在空白部分填上適當的動詞現在式。

(1) Ik _____ in Eindhoven. <wonen>（我住在 Eindhoven。）

(2) _____ je uit Nederland? <komen>（你來自荷蘭嗎？）

(3) Zij _____ zich voorstellen. <kunnen>（她可以自我介紹。）

(4) Dat _____ Pieter de Maas. <zijn>（那位是 Pieter de Maas。）

(5) _____ u hier in Amsterdam? <wonen>（您住在 Amsterdam 嗎？）

(6) Hoe _____ u? <heten>（如何稱呼您呢？）

(7) Ik _____ naar Zwitserland. <gaan>（我去瑞士。）

(8) _____ je de naam spellen? <kunnen>（可否請您拼出您的大名？）

(9) Ik _____ geboren in Italië. <zijn>（我是在義大利出生的。）

(10)_____ je naar dat concert? <gaan>（你要去那個演奏會嗎？）

3. 請選出與其他字特別格格不入者。

例：goedemorgen（早安）goedemiddag（午安）avond（晚間）goedenavond（晚安）

(1) morgen	avond	hallo	middag
(2) is	ben	bij	bent
(3) uit	met	op	hoe
(4) België	Nederland	Duitsland	Frankrijk
(5) u	een	ik	hij

4. 請依提示填入最適合的介系詞。

| * in   * op   * bij   * met   * uit   * aan |

(1) Mevrouw Jonker is _____ kantoor.（Jonker 女士在辦公室裡。）

(2) Kom jij ook _____ Nederland? Ja, maar ik woon _____ Gent.（你來自荷蘭嗎？對，只是我住在 Gent。）

(3) Vertel nu _____ de groep.（告訴班上同學吧。）

(4) Prettig _____ u kennis te maken.（很高興認識你。）

(5) Wat hoort _____ elkaar?（什麼是可以搭配在一起的呢？）

5. 請依回答來造問句。

(1) 問 _____

　　答 In Rotterdam.（在 Rotterdam。）

(2) 問 _____

　　答 Nee, ik woon in Vlissingen.（不，我住在 Vlissingen。）

(3) 問 _____

　　答 Nee, deze stoel is nog vrij.（不，這張椅子還沒有人坐。）

(4) 問 _____

　　答 Nee, ik ben Deborah Warner.（不，我是 Dcborah Warner。）

(5) 問 _____

　　答 Nee, ik kom uit België.（不，我來自比利時。）

(6) 問 _____

　　答 Ik heet Nellie.（我叫做 Nellie。）

(7) 問 _____

　　答 Ja: Z-W-O-L-L-E（好的，是 Z-W-O-L-L-E。）

6. 請將下列字依正確順序寫出來。

(1) kom – vandaan – Waar – je ?

(2) u – Waar – woont ?

(3) Nederland – ook – u – in – Woont ?

(4) geboren – Ik – in – ben – Ierland .

(5) je – dat – Kun – spellen ?

(6) kennis – Prettig – maken – u – met – te .

(7) de – Bent – nieuwe – u – collega ?

7. 請依提示填入最適合的字。

> | * dag * en * hoe * ik * is * naam * uit * waar....vandaan * woon |

(1) Ank van Zanten: _____, _____ heet je?

(2) Marlies Overmeer: _____ heet Marlies _____ jij?

(3) Ank van Zanten: Mijn _____ _____ Ank van Zanten.

(4) Marlies Overmeer: En _____ kom je _____?

(5) Ank van Zanten: Ik kom _____ Zaandam, maar ik _____ in Almere.

8. 以下問題請依個人實際情況作答。

(1) Wat is uw naam?（請問您尊姓大名？）

(2) Waar woont u?（您住在哪？）

(3) Uit welk land komt u?（您來自哪個國家？）

Les 2

HOE GAAT HET?

（你好嗎？）

一、會話內容

1. Op een camping（露營區裡）

Marijke: Hallo Lieve. Hoe gaat het vandaag?
（哈囉，Lieve。今天好嗎？）

Lieve: Prima hoor! Marijke, dit is mijn vriend Tom. Tom, dit is Marijke. Ze komt uit Amsterdam.
（好啊！Marijke，這位是我的男朋友 Tom。Tom，這位是 Marijke。她來自阿姆斯特丹。）

Tom: Hoi Marijke. Ben je hier ook op vakantie?
（嗨，Marijke。你也來這兒渡假嗎？）

Marijke: Nee, ik werk hier. Jullie boffen met het weer, zeg!
（不，我在這兒工作。能碰上這天氣呀，你們運氣真好！）

Tom: Pardon? Wat zeg je?
（抱歉，你說什麼？）

Marijke: Ik bedoel, jullie hebben geluk, het is lekker weer!
（我是說你們運氣很好，天氣很不錯！）

Tom: Ah ja, dat klopt!
（啊，天氣呀，真的很不錯！）

2. Op kantoor（辦公室裡）

Jan Hendrix: Goedemorgen!
（早安！）

Mirjam de Vries: Goedemorgen, Jan, hoe is het met jou?
（早安，Jan，你好嗎？）

Jan Hendrix:	Goed, en met jou?
	（好啊，你呢？）
Mirjam de Vries:	Ook goed. Jan, dit is Maarten de Jong, onze nieuwe collega.
	（也好。Jan，這位是 Maarten de Jong，我們的新同事。）
Jan Hendrix:	Hallo, ik ben Jan Hendrix. Welkom op de afdeling.
	（哈囉，我是 Jan Hendrix。歡迎你到本部門來。）
Maarten de Jong:	Dank je wel.
	（謝謝你。）

3. In het ziekenhuis（醫院裡）

René Meurs:	Hoe gaat het met u?
	（您好嗎？）
Heiko Schmidt:	Nou, niet zo best. Meneer Meurs, mag ik even voorstellen, dit is mijn vrouw.
	（嗯…不太好。Meurs 先生，容我介紹，這位是我太太。）
René Meurs:	Prettig met u kennis te maken. Spreekt u Nederlands?
	（很高興認識您。您會說荷蘭語嗎？）
Petra Schmidt:	Ja, een beetje. Mijn dochter woont hier in de buurt.
	（會說一點兒。我女兒住在這附近。）

4. Op de Nederlandse les（荷蘭語的課堂）

Venanzio Ragni:	Goedenavond, mevrouw Vos. Hoe gaat het met u?
	（晚安，Vos 女士。您好嗎？）
Mevrouw Vos:	Goed, dank u. En met u?
	（好啊，謝謝您。您好不好呢？）
Venanzio Ragni:	Ook goed.
	（也好啊。）
Mevrouw Vos:	Meneer Ragni, mag ik u even voorstellen? Dit is meneer Field.
	（Ragni 先生，我可以為您介紹一下嗎？這位是 Field 先生。）
Venanzio Ragni:	Goedenavond, hoe maakt u het?
	（晚安，您好嗎？）
Meneer Field:	Goed, dank u. Leert u ook Nederlands?
	（好，謝謝您。您也學荷蘭語嗎？）
Venanzio Ragni:	Ik probeer het!
	（我試著學呀！）

二、連連看

(Part I)

根據上述會話來連連看

A	Tom		甲	Zij werkt op de camping waar Tom en Lieve zijn. （她在 Tom 與 Lieve 所在的那個露營區工作。）
B	Venanzio Ragni		乙	Hij is een collega van Mirjam de Vries. （他是 Mirjam de Vries 的同事。）
C	Marijke		丙	Hij is de vriend van Lieve. Hij is met haar op vakantie. （他是 Lieve 的男友。他跟她在渡假。）
D	Petra Schmidt		丁	Hij zit op dezelfde les als mevrouw Vos en probeert Nederlands te leren. （他也上 Vos 女士在上的課，並試著要學荷蘭語。）
E	Jan Hendrix		戊	Zij is de vrouw van Heiko en heeft een dochter in Nederland. （她是 Heiko 的太太，且有個女兒住在荷蘭。）

(Part II)

A	jij hebt（你有）
B	komen（來）
C	hij/zij is（他／她是）
D	werk（工作）
E	nieuw（新的）
F	vriend（男朋友）

甲	vriendin（女朋友）
乙	zij zijn（他們是）
丙	vakantie（渡假）
丁	jullie hebben（你們有）
戊	gaan（去）
已	oud（舊的）

三、填填看

引源 Taal vitaal

☐   Prettig met u kennis te maken.（很高興認識您。）

☐   Hoe is het met Janny en Toon?（Janny 和 Toon 好嗎？）

☐   Hoi, hoe gaat het ermee?（嗨，你好嗎？）

☐   Goed. En met u?（好啊。您呢？）

四、補給站

1. 被人問候：「Hoe gaat het?」（你好嗎？）時的回答

可以是：Uitstekend.（好極了。）
Goed.（好啊。）
Fantastisch!（很棒！）
Niet zo goed.（不太好。）
Het gaat wel.（挺好的。）
Prima!（好啊！）
Hartstikke goed!（很好！）
Niet zo best.（不是很好。）
Slecht.（不好。）
O, best!（喔，很好！）

2. 數字的唸法及拼寫方式

0	nul						
1	een	11	elf	21	eenentwintig	80	tachtig
2	twee	12	twaalf	22	tweeëntwintig	90	negentig
3	drie	13	dertien	23	drieëntwintig	100	honderd
4	vier	14	veertien	24	vierentwintig	101	honderd één 或 honderd en één 皆可
5	vijf	15	vijftien	⋮			
6	zes	16	zestien	30	dertig	⋮	
7	zeven	17	zeventien	40	veertig		
8	acht	18	achttien	50	vijftig		
9	negen	19	negentien	60	zestig		
10	tien	20	twintig	70	zeventig		

3. 各類算術符號與用語

運算符號	敘述	範例
+	en 或 plus（加上）	22+16=…
-	min（減去）	75-23=…
x	keer 或 maal（乘以）	3x5=…
:	gedeeld door（除以）	99:3=…
=	is（等於）	

五、語法解說

Mira and Bert wonen in Utrecht. Ze kennen elkaar al tien jaar. Bert werkt op een school. Hij is docent economie. Mira werkt in een ziekenhuis. Het is een groot ziekenhuis. Zij is fysiotherapeute.
（Mira 和 Bert 住在 Utrecht。他們已認識十年了。Bert 在一間學校工作。他是經濟學老師。Mira 在一家醫院工作。那是家大醫院。她是個物理治療師。）

第三人稱代名詞 het

het 可當主詞或動詞的受詞，但不當介詞後面的受詞使用。

例：ik doe het voor hem.（我是為他而做的。）

　　zij doen het voor ons.（他們是為我們而做的。）

A: Ik kan mijn **woordenboek** niet vinden. Weet jij waar **het** is?
　（我找不到我的字典，你知道它在哪嗎？）
B: Ja, Loes heeft **het**.（知道，Loes 拿去了。）
*字典是中性名詞，所以可用 het 代替其主詞或受詞。

A: Ik kan mijn **pen** niet vinden. Zie jij **hem** ergens?
　（我找不到我的筆，你知道它在哪嗎？）
B: Nee, ik zie **hem** ook niet.（不知道，我也沒看見它。）
*筆是有性名詞，所以可用 hij 代替其主詞；hem 則代替受詞。

第三人稱代名詞 ze

ze 可當第三人稱複數的主詞與受詞：當「人」的受詞時，可以是 ze 或 hun 或 hen；當「物」的受詞時，則只能用 ze。

例：Ik geef ze/hun/hen het geld.（我給他們錢。）

　　Ik woon bij hen/hun/ze.（我與他們一塊兒住。）

　　Heb je de appels? Ja, ik heb ze.（你有那些蘋果嗎？是的，我有。）

■ 另外，第三人稱代名詞複數的受詞型態有兩個：hen 和 hun。前者當直接受詞或接在介系詞之後使用；後者則是當間接受詞之用。

例：Hoe gaat het met hen?（他們好嗎？）→ 正確用法，hen 在這裡發出重音。

　　Hoe gaat het met hun?（他們好嗎？）→ 限口語用法，hun 在這裡發出重音。

　　Hoe gaat het met ze?（他們好嗎？）→ 限口語用法，ze 在這裡不發出重音。

直接受詞與間接受詞

當一個句子有兩個受詞——直接受詞與間接受詞時，其連貫順序會因著這個受詞是名詞或代名詞而有變化。

例：ik geef het hem. （我把它給他。）

　　ik geef hem het geld. （我給他錢。）

　　ik geef het geld aan hem. （我把錢給他。）

　　ik geef het aan de man. （我把它給那人。）

　　ik geef de man het geld. （我給那人錢。）

　　ik geef het geld aan de man. （我把錢給那人。）

助動詞 mogen 與 moeten

以下為助動詞 mogen（允許；可以；能夠）與 moeten（必須；需要）的使用範例。

例：Mag ik me even voorstellen? （我可以自我介紹一下嗎？）

　　Mogen we binnenkomen? （我們可以進來嗎？）

　　Hier mag je niet roken. （你不可以在這裡抽菸。）

　　Mag ik hier zitten? Ja hoor, dat mag. （我可以坐這兒嗎？是的，可以。）

　　Ik moet de trein van 14.05 uur nemen. （我必須搭下午兩點五分的那班火車。）

　　Moeten jullie vandaag ook werken? （你們今天也必須工作嗎？）

否定句

例：A: Heb jij ook zin in soep? （你也想喝湯嗎？）

　　B: Nee, vandaag niet. Ik heb geen honger. Ik voel me niet zo goed.

　　　（不，今天不想。我不餓。我覺得不太舒服。）

　　A: Dan kun je beter naar huis gaan. （那你最好回家去吧。）

　　B: Nee, dat kan niet. Ik moet naar een vergadering.

　　　（不，不行。我得去個會議。）

　　A: Dan moet je wel iets eten. （那你需要吃點東西。）

　　B: Dat is waar. Ik neem ook soep. Maar geen tomatensoep.

　　　（這倒是真的。我也來點湯好了。可是不要蕃茄湯。）

1. nee 是否定副詞。它是針對問句之後所要給的否定答案而出現的，通常出現在句首，並附帶解釋。

　　例：Ga je mee lunchen? Nee, ik heb het nu te druk.

　　　　（你要一道去吃午餐嗎？不，我現在正在忙。）

　　　　Werkt ze parttime? Nee, ze werkt fulltime.

　　　　（她是兼職的嗎？不，她是全職的。）

　　　　Heb je het druk vandaag? Nee, ik heb niet veel te doen.

　　　　（你今天忙嗎？不，我沒有很多事要忙。）

2. geen（沒有；不要；不是）也是否定副詞。

  (1)當有單數不定代名詞時〈不論代替的是人或事物〉

    例：Heb jij een computer? Nee, ik heb nog geen computer.

       （你有電腦嗎？不，我還沒有電腦。）

       Volgt u een cursus? Nee, ik volg op dit moment geen cursus.

       （您有課要上嗎？不，我目前沒有課。）

       Hebt u een technicus nodig? Nee, we hebben geen technicus nodig.

       （您們需要技術員嗎？不，我們不需要技術員。）

  (2)含複數不定代名詞時的否定句〈不論代替的是人或事物〉

    例：Heb je al kaartjes voor het concert? Nee, ik heb nog geen kaartjes.

       （你有演唱會門票嗎？沒有，我還沒有。）

       Nodig je ook collega's uit voor het feest？ Nee, ik nodig geen collega's uit.

       （你也會邀請同事來派對嗎？不，我沒有邀請同事來。）

       Hebben jullie vakantieplannen? Nee, we hebben geen vakantieplannen.

       （你們有渡假計劃嗎？沒有，我們沒有渡假計劃。）

  (3)含不可數名詞的否定句。

    例：Wil je suiker in de koffie? Nee, ik wil geen suiker in de koffie.

       （你咖啡要放糖嗎？不，我咖啡不加糖。）

       Hebben jullie zin in soep? Nee, we hebben geen zin in soep.

       （你們想喝湯嗎？不，我們沒有喝湯的興致。）

       Heeft hij geld bij zich? Nee, hij heeft geen geld bij zich.

       （他身上有錢嗎？不，他身上沒錢。）

3. niet（不）也是否定副詞，它可出現在句子的其他地方，不過一般多半出現在要否定的字旁邊。

    例：Het boek is niet interessant. （那書不怎麼有趣。）

       Ik gebruik niet veel suiker in de koffie. （我的咖啡不要加很多糖。）

       We nodigen niet alle collega's uit. （我們沒有邀請每一位同事。）

       We werken niet in het weekend. （我們週末不工作。）

       Hij houdt niet van tomatensoep. （他不愛蕃茄湯。）

所有格形容詞

Estella Damen komt uit Ghana. Ze woont met **haar** man en kinderen in Nederland. **Zijn** familie woont in een dorpje valkbij Accra, **haar** familie woont in Nederland. **Zijn** ouders willen graag een keer naar Nederland komen, want ze hebben **hun** kleinkinderen nog nooit gezien.

（Estella Damen 來自迦納。她與她先生及小孩住在荷蘭。他先生的家人住在離 Accra 很近的一個小村子裡，她的家人則住在荷蘭。她先生的父母希望能來荷蘭一趟，因為他們還沒有見過他們的孫子。）

1. 只要是以「所有格形容詞＋名詞」的形式出現，那麼不論該名詞是否為中性單數名詞，一律在形容詞字尾加 e，此時冠詞多用 de 或 het，而不用 een 或 geen。

　　例：mijn hele gezin（我的整個家庭）

　　　　haar nieuwe boekenplanken（她的新書架）

　　　　ons kleine land（我們這個小國家）

2. 所有格形容詞的使用通則：
　　與名詞搭配的定冠詞放在所有格形容詞之前，且此所有格形容詞的字尾要加 e。

　　例：Hier is uw krant.（您的報紙在這裡。）

　　　　De mijne hebt u al.（您已經有我的了。）

　　　　Is zijn huis groot? Het mijne is klein.（他的房子大嗎？我的是小的。）

　　這個通則也適用於 de 或 het 搭配 jouwe（你的）, zijne（他的）, hare（她的）, uwe（您的）, hunne（他們的），但不適用於字尾已經是 e 的 jullie（你們的），此時必須用到介係詞 van（…的；從…）。

　　例：Ons huis is klein, maar dat van jullie is groot.（我們的房子是小的，而你們的是大的。）

3. 所有格形容詞 ons（我們的）與 onze（我們的）的差異：
　　ons 用於描述中性名詞單數。

　　例：het telefoonnummer（電話號碼）

　　　　→ Ons telefoonnummer is 769434.（我們的電話號碼是769434。）

　　onze 可用於描述有性名詞與複數名詞。

　　例：de dochter（女兒）

　　　　→ Onze dochter woont in Zwolle.（我們的女兒住在 Zwolle。）

　　　　het adres（住址單數）／de adressen（住址複數）

　　　　→ Onze adressen staan op de lijst.（我們的住址都有在那張表格上面。）

　　　　de vriend（朋友）／de vrienden（朋友們）

　　　　→ Onze vrienden zijn op vakantie.（我們的朋友們在渡假中。）

4. 日常會話中常用到 van＋「代名詞的受詞型態」。此句型常出現在 zijn 的後面。

　　例：Hier is uw krant. Die van mij hebt u al.（這是您的報紙，我的您已經有了。）

　　　　Is zijn huis groot? Dat van mijn is klein.（他的房子大嗎？我的是小的。）

　　　　Dit boek is van mij.（這書是我的。）

　　　　Is die auto van jou? Ja, die is van mij.（那是你的車嗎？對，那是我的車。）

5. van 放在 wie 之前表示「是誰的？」；aan 放在 wie 之前則表示「給誰的？」。

　　例：van wie is dit boek?（這書是誰的？）

　　　　aan wie geeft hij het geld?（他要把錢給誰？）

6. 以下為第三人稱所有格形容詞的使用例句，這些敘述在日常會話中常常出現，但不會出現在文字寫作中。

　　例：mijn broer zijn auto（我弟他的車）

7. 事物的所有格（「…的」）以加 hier 或 daar 為主。

例：ik heb een stuk hiervan/daarvan. = ik heb hier/daar een stuk van.

（我這裡／那裡有一個。）

wat doe je hiermee/daarmee?（你拿這個／那個做什麼？）

wat doe je hier/daar nu mee?（你現在拿這個／那個做什麼？）

8. 事物的所有格在問句中常用 「waar＋介系詞」 形成的複合字來表示。

例：waarvan heb je een stuk? = waar heb je een stuk van?（你從哪拿到那個的？）

waarvoor betaal je? = waar betaal je voor?（你付的是什麼費用？）

waarop zit hij? = waar zit hij op?（他坐在什麼上面？）

六、練習

1. 請依提示在空白部分填上適當的動詞現在式。

(1) hij ＿＿＿＿＿＿＿ <werken> （他工作）

(2) je ＿＿＿＿＿＿＿ <gaan> （你去）

(3) ze[單數] ＿＿＿＿＿＿＿ <maken> （她做）

(4) we ＿＿＿＿＿＿＿ <boffen> （我們有榮幸能）

(5) ik ＿＿＿＿＿＿＿ <leren> （我教學）

(6) jullie ＿＿＿＿＿＿＿ <hebben> （你們有）

(7) u ＿＿＿＿＿＿＿ <maken> （您做）

(8) ＿＿＿＿＿＿＿ je een fax? <hebben> （你有傳真機嗎？）

(9) Mijn zoon ＿＿＿＿＿＿＿ ook in Zutphen. <wonen> （我兒子也住在 Zutphen。）

(10)Dit ＿＿＿＿＿＿＿ Pieter en Ina. <zijn> （這是 Pieter 和 Ina。）

(11)Waar ＿＿＿＿＿＿＿ je? <werken> （你在哪工作？）

(12)Ik ＿＿＿＿＿＿＿ uit Denemarken. <komen> （我來自丹麥。）

(13)Met mij ＿＿＿＿＿＿＿ het heel goed. <gaan> （我很好。）

(14)Hoe ＿＿＿＿＿＿＿ u het? <maken> （您是怎麼做的？）

(15)＿＿＿＿＿＿＿ ik me even voorstellen? <mogen> （我可以自我介紹一下嗎？）

(16)Je ＿＿＿＿＿＿＿ het proberen. <kunnen> （你可以試試。）

(17)＿＿＿＿＿＿＿ ik met haar meegaan? <moeten> （我必須跟她一起去嗎？）

(18)＿＿＿＿＿＿＿ u dat horen? <kunnen> （您聽得到嗎？）

(19)＿＿＿＿＿＿＿ we morgen opbellen? <mogen> （我們可以明天打電話嗎？）

(20)Ik ＿＿＿＿＿＿＿ dat even voor u spellen. <kunnen> （我可以為您拼出來。）

(21)Ze ＿＿＿＿＿＿＿ Spaans leren. <moeten> （她或她們必須學西班牙文。）

2. 請依提示填入適當的格式。

(1) Mag ik _____ voorstellen? <u> （我可以跟您介紹一下嗎？）
(2) Hij gaat met _____ op vakantie. <wij> （他跟我們去渡假。）
(3) Hoe is het met _____? <hij> （他過得如何？）
(4) Kan ik _____ opbellen? <jij> （我可以打電話給你嗎？）
(5) Vraag het a.u.b. aan _____, niet aan _____. <zij[單數]／zij[複數]>
    （請問她，不是問他們啦。）
(6) Dat is haar dochter. Ken je _____? <zij> （那是她的女兒。你認識她嗎？）

3. 請填入適當的介系詞。

(1) We zijn hier _____ vakantie. （我們在這兒渡假。）
(2) Mijn vriendin woont _____ de buurt. （我女朋友住在附近。）
(3) Ik zit _____ Nederlandse les. （我在上荷蘭語課。）
(4) Hoe gaat het _____ u? （您好嗎？）
(5) Ga je ook _____ Brussel? （你也去 Brussel 嗎？）
(6) Ik kom _____ Zweden. （我來自瑞典。）
(7) Zij werkt _____ een Nederlands bedrijf. （她在一家荷蘭公司工作。）

4. 請選出與其他字特別格格不入者。

(1) uitstekend （很好的）　　best （最好的）　　geluk （幸運）　　　prima （好的）
(2) student （學生）　　　　vrouw （小姐）　　toerist （觀光客）　cursist （選修生）
(3) mijn （我的）　　　　　 je （你的）　　　　u （您）　　　　　haar （她的）
(4) maken （做）　　　　　 kunnen （能夠）　　moeten （必須）　　mogen （可以）
(5) telefoon （電話）　　　 adres （地址）　　 kengetal （區域號碼）　telefoonnummer （電話號碼）

5. 請依回答來造問句。

(1) 問：_____
    答：Goed, en met u? （好啊，您呢？）
(2) 問：_____
    答：Mijn adres is Julianalaan 14. （我的地址是 Juliana 巷 14 號。）
(3) 問：_____
    答：Nee, ik heb geen fax. （不，我沒有傳真機。）
(4) 問：_____
    答：Nee, ik werk hier. （不，我在這兒工作。）
(5) 問：_____
    答：Ja, M-A-R-E-N. （好的，M-A-R-E-N。）

(6) 問：＿＿＿＿＿＿＿＿＿＿＿＿＿＿＿＿＿＿＿＿＿＿＿＿＿＿＿＿＿＿＿＿＿

　　答：Ja hoor. Mijn nummer is 4593497.（好啊，我的號碼是4593497。）

6. 請填入適當的否定詞：nee 或 niet 或 geen。

(1) A: Ga je morgen naar Vlissingen?（你明天去 Vlissingen 嗎？）

　　B: ＿＿＿＿＿＿＿＿, ik ga morgen ＿＿＿＿＿＿＿ naar Vlissingen. Ik ga zaterdag. Ik neem de trein van 10.00 uur.

　　（不，我明天不去 Vlissingen。星期六才會去。我搭十點的火車去。）

(2) A: De trein? Ga je＿＿＿＿＿＿＿ met de bus?（火車？你不搭巴士去嗎？）

　　B: ＿＿＿＿＿＿＿, ik ga ＿＿＿＿＿＿＿ met de bus. Ik heb ＿＿＿＿＿＿＿ strippenkaart meer.

　　（不了，我不搭巴士去。我沒有巴士票了。）

(3) A: Wil je mijn strippenkaart hebben?（要不要用我的巴士票呢？）

　　B: Dank je, maar dat is ＿＿＿＿＿＿＿ nodig. Ik vind het ＿＿＿＿＿＿＿ probleem om met de trein te gaan.（謝謝你，但是不用了。我想搭火車去是沒有問題的。）

7. 請填入適當的所有格形容詞。

　　Mag ik me even voorstellen? ＿＿＿＿＿＿＿ naam is Fons Damen. ＿＿＿＿＿＿＿ vrouw heet Else. We hebben twee kinderen. ＿＿＿＿＿＿＿ kinderen heten Bernard en Hanna. Bernard is getrouwd. ＿＿＿＿＿ vrouw heet Rianne. Ze hebben twee kinderen. ＿＿＿＿＿＿＿ kinderen heten Sam en Karin. Hanna is ook getrouwd. ＿＿＿＿＿＿＿ man heet Eric. Hanna en Eric hebben geen kinderen.

　　（我可以自我介紹一下嗎？我名叫 Fons Damen。我太太叫 Else。我們有兩個孩子。我們的孩子名叫Bernard 和 Hanna。Bernarad 已結婚。他太太名叫 Rianne。他們有兩個小孩。他們的小孩名叫 Sam和 Karin。Hanna 也已婚。她先生名叫 Eric。Hanna 和 Eric 沒有小孩。）

8. 請依提示填入適當的字。

| * boffen | * buurt | * cursisten | * mogen | * stapje | * weer |

　　We doen een cursus zeilen. Er zijn tien ＿＿＿＿＿＿＿. We ＿＿＿＿＿＿＿; het is lekker ＿＿＿＿＿＿＿. Na de les gaan we naar de camping. Die is hier in de ＿＿＿＿＿＿＿. Elke dag gaan we een ＿＿＿＿＿＿＿ verder. Morgen ＿＿＿＿＿＿＿ we zelf zeilen.

　　（我們學划船。有十個學生。我們很幸運；天氣很好。課後我們去露營。地點就在這附近。我們每天都有點進步。明天我們可以自己划。）

9.　請將下列字依正確順序寫出來。

(1)　het – Hoe – vandaag – gaat?

(2)　ook – jij – Nederlands – Leer?

(3)　vriend – ik – voorstellen – mijn – Mag?

(4)　vriendin – is – Dit – mijn – Anne.

(5)　met – kennis – Prettig – u – maken – te.

(6)　jij – in – hier – buurt – Woon – de?

Les 3

HOE IS ZE?

（她是個怎樣的人？）

一、會話

Sanne: Wie is dat? （那個是誰？）

Carla: Wie bedoel je? （你問的是誰？）

Sanne: Ik bedoel dat blonde meisje bij het kopieerapparaat.
（我是說影印機旁邊的那個金髮女生。）

Carla: Het meisje naast Ina?
（Ina 旁邊那個女生？）

Sanne: Ja, dat slanke meisje.
（對，那個瘦瘦的女孩子。）

Carla: Dat is mijn nieuwe collega.
（那是我的新同事。）

Sanne: Een nieuwe collega? Hoe heet ze?
（新同事？她叫什麼名字？）

Carla: Renée Schols.
（她叫 Renée Schols。）

Sanne: En waar komt ze vandaan?
（她來自哪裡？）

Carla: Uit een klein plaatsje in de buurt van Rotterdam.
（來自 Rotterdam 附近的小地方。）

Sanne: En hoe is ze? Ze kijkt zo serieus.
（她人怎麼樣？她看來很嚴肅。）

Carla: Ze is erg aardig, maar inderdaad wel een beetje stil.
（她人很好，但的確有點安靜。）

Sanne: Tja, niet iedereen is zoals jij!
（呀，不是每個人都像你一樣！）

Carla: Dat klopt!
（那倒是！）

二、補給站

有關個性描述的形容詞

Ben je （你是）	druk（活潑好動的）	realistisch（實際的）		?
	netjes（乾淨簡潔的）	stil（文靜的）	pessimistisch（悲觀的）	
	grappig（愛開玩笑的）	slordig（邋遢、不修邊幅的）	romantisch（浪漫的）	
	sportief（愛運動的）	serieus（嚴肅的）	gevoelig（敏感的）	
	optimistisch（樂觀的）	niet sportief（不愛運動的）		

三、填填看

（Part I）

引源 Taal vitaal

☐ slordig（不整潔的）　　☐ druk（忙碌的；活潑好動的）　　☐ sportief（運動的）
☐ romantisch（浪漫的）　　☐ pessimistisch（悲觀的）　　☐ grappig（玩笑的）

（Part II）

依圖示與字彙提示在下列句子的空格中填入答案。

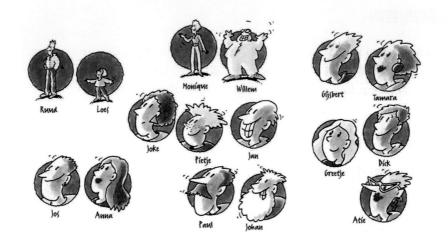

引源 Taal vitaal

kort（矮的；短的）　　mooi（漂亮的；美好的）　　groot（高大的）
dik（胖的；厚的）　　　blond（金髮的）　　　　　knap（聰明的）

1. Ruud / Hij is _____.（Ruud／他個兒高高的。）
2. Loes / Zij is klein.（Loes／她個兒小小的。）

3. Monique / Zij is slank.（Monique／她瘦瘦的。）
4. Willem / Hij is _____.（Willem／他胖胖的。）

5. Gijsbert / Hij heeft blauwe ogen.（Gijsbert／他有藍色的眼睛。）
6. Tamara / Zij heeft bruine ogen.（Tamara／她有棕色的眼睛。）

7. Joke / Zij is donker.（Joke／她是深色頭髮。）
8. Pietje / Hij is _____.（Pietje／他是金髮。）
9. Jan / Hij is kaal.（Jan／他是禿頭。）

10. Greetje / Zij heeft lang haar.（Greetje／她有長頭髮。）
11. Dick / Hij heeft _____ haar.（Dick／他有短頭髮。）

12. Jos / Hij is _____./ziet er goed uit.（Jos／他聰明／看來很好。）
13. Anna / Zij is erg _____./leuk/aantrekkelijk.（Anna／她很漂亮／美好／有吸引力。）

14. Paul / Hij heeft een snor.（Paul／他有小鬍鬚。）
15. Johan / Hij heeft een baard.（Johan／他有落腮鬍。）

16. Atie / Zij draagt een bril.（Atie／她戴眼鏡。）

四、語法解說

冠詞

In Nederland gaan kinderen van vier tot twaalf jaar naar de basisschool. Daarna gaan ze naar een middelbare school. Het niveau van de middelbare scholen is verschillend. De duur van de opleiding is vier tot zes jaar.（在荷蘭四到十二歲的孩子上小學。然後上中學。各類中學學制水準不盡相同。教育期為四到六年。）

1. 冠詞總是跟名詞結合在一起，不會有單獨存在的現象。
   例：(1) 指定冠詞

單數名詞狀態時	複數名詞狀態時
de vader	de vaders
de moeder	de moeders
het kind	de kinderen

   - de 是所有有性名詞單複數與中性名詞複數的定冠詞。
   - het 是所有中性名詞單數的定冠詞。

   (2) 不定冠詞

單數名詞狀態時	複數名詞狀態時
een vader	vaders
een moeder	moeders
een kind	kinderen

   - een 可以當所有單數名詞的不定冠詞；één 則是指特定的某一個。

   (3)定冠詞 de 與 het 的使用原則
   　　以下名詞多半都用 de 當定冠詞。
   　　①人名
   　　　　除了 het kind（小孩）用 het 外，其他如：de bakker（麵包師父）、de chef（主廚；上司）、de directeur（指導者）…都用 de 當定冠詞。
   　　②成年後的動物
   　　　　除 het dier（動物）、het konijn（兔子）、het schaap（綿羊）、het rund（牛）、het paard（馬）、het varken（豬）、het hert（麋鹿）是用 het 外，其他如：de ezel（驢子）、de olifant（大象）、de hond（狗）、de kat（貓）…都用 de 當定冠詞。
   　　③各種樹木花植物水果的名字
   　　　　除了 gras（草地；草）之外，其他如：de tulp（鬱金香）、de appel（蘋果）、de berk（白樺樹）、de peer（西洋梨）、de banaan（香蕉）、de heester（庭園植物）…都用 de 當定冠詞。
   　　④河流名稱、地名、山名

如：de Rijn（萊因河）、de Ardennen（比利時的某區域名）、de Peel（荷蘭的某區域名稱）、de Kempen（荷蘭的某區域名稱）

⑤工具或儀器

如：de zaag（鋸子）、boor（電鑽）

⑥數字與字母

如：de twee（那個2）、de a（那個 a）

⑦所有名詞的複數型

如：het kind（那小孩）→ de kinderen（那些小孩）

⑧字尾為下列其一者

-heid

如：de mensheid（人道主義；人性）、de moeilijkheid（困難）

-is

如：de begrafenis（葬禮）、de bemoeienis（參與；關心；干預）

-ing

如：de verandering（差異）、de melding（報告）

-ij

如：de bakkerij（麵包店）、de slagerij（肉舖）

-ie

如：de commissie（委任事項；任務）

-iek

如：de didactiek（說教的；教訓的）、de methodiek（有條理的）

-theek

如：de apotheek（藥局）、de bibliotheek（圖書館）

-teit

如：universiteit（大學）、de faculteit（學院）

-uur

如：de dictatuur（獨裁政治）、de temperatuur（溫度）

-age

如：de garage（維修廠；車庫）、de persiflage（嘲弄；挖苦）

-ine

如：de discipline（原則；紀律）

-ica

如：de logica（邏輯）、de fysica（物理）

-schap（且該字作用不明顯時）

如：de wetenschap（科學）、de vriendschap（友情）

以下名詞多半都用 het 當定冠詞。

①縮小號名詞

如：de deur（門）→ het deurtje（門兒；小門）、de lamp（燈）→ het lampje（小燈兒）

②以 be、ge、ont、ver 起始的名詞

如：het beroep（職業）、het gedrag（舉止）、het ontslag（撤職；解散）、het verhaal（故事）、het ontbijt（早餐）、het vertrek（離開）、het begin（開始）、het geluk（幸運）、het gevoel（感覺）

③語言

　　如：het Engels（英語）、het Frans（法語）、het Marokkaans（摩洛哥語）

④金屬

　　如：het ijzer（鐵）、het goud（金）

⑤風向

　　如：het oosten（東方）、het zuiden（南方）

⑥顏色

　　如：het rood（紅）、het groen（綠）

⑦未成年的小動物

　　除了 de big（小豬）用 de 外，其他如：het lam（小綿羊）、het kalf（小牛犢）、het veulen（小馬）…都用 het 當定冠詞

⑧原型動詞當名詞時

　　如：het eten（食物）、het slapen（睡眠）

⑨字尾為下列其一者

　　-isme

　　如：het communisme（共產主義；社會主義）、het liberalisme（自由主義）

　　-um

　　如：het unicum（稀有）、het arsenicum（砷；砒霜）、het universum（宇宙）

　　-sel

　　如：het deksel（蓋子）

　　-ment

　　如：het experiment（實驗）

　　-schap（該字作用明顯時）

　　如：het ouderschap（為人父母）、het koningschap（身為皇室）

2. 荷語中常見 中性冠詞＋複數型動詞＋複數名詞 的形式，表示這些名詞屬同一群組。

　　例：het zijn goede boeken.（它們是好書。）

　　　　dit zijn goede boeken.（這些是好書。）

　　　　dat zijn goede boeken.（那些是好書。）

形容詞

Onze docent heet Willem.　Hij is lang en slank.　Hij heeft donker haar en bruine ogen.　Hij heeft een vriendelijk gezicht en hij draagt een ronde bril.

（我們的老師名叫 Willem。他高高瘦瘦的。他有深色的頭髮與棕色的眼睛。他有張很親切的臉且戴著一副圓形眼鏡。）

1. 形容詞的分類

　(1)屬性形容詞：這類形容詞位在其形容的名詞之前，且多半都會有所變化。

　　例：Hij heeft bruine ogen.（他有棕色的眼睛。）

　(2)敘述形容詞：這類形容詞位在 zijn 動詞之後，且不會有變化。

　　例：Zijn ogen zijn bruin.（他的眼睛是棕色的。）

2. 形容詞變化的原則

	單數名詞	複數名詞
有性名詞	de ronde bril（那副圓形眼鏡）	de ronde brillen（那些副圓形眼鏡）
	een ronde bril（一副圓形眼鏡）	ronde brillen（一些副圓形眼鏡）
中性名詞	het vriendelijke gezicht（那張友善的臉）	de vriendelijke gezichten（那些友善的臉）
	een vriendelijke gezicht（一張友善的臉）	vriendelijke gezichten（友善的臉）

(1)當位於特定的中性名詞之前時，形容詞多半不會有變化，如：
　①無冠詞時。
　　例：Goed idee!（好主意！）
　②使用 een 這個不定冠詞時。
　　例：Een aardig meisje （一個好心的妹妹）
　③使用 geen 這個否定詞時。
　　例：Geen romantisch type （不是浪漫型的）
　④使用 veel 這個字時。
　　例：Veel oud brood （很多的久放麵包）
　⑤使用 weinig 這個字時。
　　例：Weinig zwart geld （很少的黑錢）

(2)當遇到下列三種情形時，形容詞要做加 e 的變化，如：
　①在有性名詞之前。
　　例：de ronde bril（這副棕色眼鏡）
　②在複數名詞之前。
　　例：bruine ogen（棕色眼睛）
　③在某個特定中性名詞之前：
　　a. 前有定冠詞時
　　　例：het aardige meisje（那位好心的妹妹）
　　b. 前有指示形容詞時
　　　例：dat oude huis（那間舊房子）
　　c. 前有所有格形容詞時
　　　例：haar nieuwe boek（她的新書）

(3)以下為要做加 e 的動作時，形容詞可能會另外增加的拼寫變動原則。
　①當形容詞的重音是長母音者，須將該形容詞改成短母音後再加 e。
　　例：Zijn bril is rood.（他的眼鏡是紅色的。）
　　　→ Hij heeft een rode bril.（他有副紅色眼鏡。）
　②形容詞字尾是 f 者，改成 v 再加 e 即可；形容詞字尾是 s 者，改成 z 再加 e 即可。
　　例：Dick is sportief.（Dick 是愛運動的。）
　　　→ Dick is een sportieve man.（Dick 是個愛運動的人。）
　　　Janneke is serieus.（Janneke 是很嚴肅的。）
　　　→ Zij is een serieuze vrouw.（她是個嚴肅的女性。）

③當形容詞是短母音搭配子音的單一封閉式音節時，要重複字尾的子音字母以形成另一音節。
  例：Naomi en Tirza zijn erg druk.（Naomi 和 Tirza 是很活潑好動的。）
     → Het zijn drukke kinderen.（她們是活潑好動的孩子。）

(4)不可數名詞用字尾加en的方式，形成材質形容詞。
  例：hout（木頭）→ houten（木製的）
      ijzer（鐵）→ ijzeren（鐵製的）
      zilver（銀）→ zilveren（銀質的）
      wol（毛）→ wollen（毛製的）
      glas（玻璃）→ glazen（玻璃製的）
  但人造材質的名詞不須加en, 就可直接當作材質形容詞使用了。
  例：nylon（尼龍；尼龍製的）, plastic（塑膠；塑膠的）, acryl（壓克力；壓克力的）, skai（人造皮；仿皮的）

指示形容詞／指示代名詞

A: Hier is een foto van mijn familie.（這裡是一張我的家庭合照。）
B: Wat leuk. Hoe oud is **die** foto?（很好啊。這照片幾年了？）
A: **Die** is zeker twintig jaar oud.（二十年了。）
B: En wie is **dat**?（那是誰？）
A: Bedoel je **die** man met **die** snor?（你是指嘴上有小撮鬍鬚的那個人嗎？）
   Dat is mijn opa.（那是我祖父。）
B: En **die** vrouw is zeker je moeder?（而這位是你母親囉？）
A: **Dat** klopt. En **dat** kleine meisje met **die** blonde haren. Dat ben ik.
   （沒錯。而那個有著金髮的小女生就是我。）

1. 指示形容詞／指示代名詞的使用
   位於其形容指示的名詞之前的即是指示形容詞。在指示詞和其所形容的名詞之間可插入形容詞或「副詞＋形容詞」等描述。
   例：deze foto（這張照片）
      → deze oude foto（這張老照片）
      或 deze heel oude foto（這張非常老的照片）

   ■ 單獨存在時即為指示代名詞的字

		與有性名詞配合的指示詞	與中性名詞配合的指示詞
單數	這	<u>deze</u> foto（這張照片）	<u>dit</u> meisje（這個小妹妹）
	那	<u>die</u> foto（那張照片）	<u>dat</u> meisje（那個小妹妹）
複數	這些	<u>deze</u> foto's（這些照片）	<u>deze</u> meisjes（這些小妹妹們）
	那些	<u>die</u> foto's（那些照片）	<u>die</u> meisjes（那些小妹妹們）

■ 常見的形容詞字尾

ig

例：prettig （美好的）, aardig （友善的）, gevoelig （敏感的；溫柔的）

lijk

例：vriendelijk （友善的）, uiterlijk （外在的；表象的）, kwalijk（生氣的）

isch

例：typisch（典型的）, fantastisch （很棒的）, optimistisch （樂觀的）

副詞

1. 副詞可形容動詞、形容詞或另一副詞，而且副詞拼法不會有所變化。

例：Hij spreekt duidelijk. （他講得很清楚。）

Dat ziet er goed uit. （那看起來很好。）

Ze is vrij sportief. （她是非常愛好運動的。）

Dit is een bijzonder interessant boek. （這是本特別有趣的書。）

2. 荷語的形容詞與副詞經常是同一個字。

例：het zijn aardige mensen （他們是好人。）

zij zingt aardig （她唱得很好。）

* 但heel（非常的；非常地）這個字會在後面有形容詞的情況下有所變化。

例：een hele mooie dag （一個美好的日子）

hele grote bloemen （非常大的花兒。）

五、練習

1. 請依提示在空白部分填上正確的現在式。

(1) ＿＿＿＿＿＿ je dat blonde meisje? <bedoelen> （你指的是那位金髮小妹妹嗎？）

(2) Mijn hond ＿＿＿＿＿. Malu. <heten> （我的狗名叫 Malu。）

(3) ＿＿＿＿＿＿ u ook een bril? <dragen> （您也戴眼鏡嗎？）

(4) De kinderen ＿＿＿＿＿ samen tv. <kijken> （那些小孩一起看電視。）

(5) Hij ＿＿＿＿＿ groot en slank. <zijn> （他高高瘦瘦的。）

(6) Ik ＿＿＿＿＿ heel erg van mijn vriendin. <houden> （我很愛我的女友。）

(7) Waar ＿＿＿＿＿ het kopieerapparaat? <staan> （影印機在哪？）

(8) ＿＿＿＿＿ u het nog eens, alstublieft. <zeggen> （請您再說一次。）

(9) De nieuwe bril ＿＿＿＿＿ je wel goed, hoor. <staan> （那副新眼鏡你戴起來真好看呢。）

2. 請查字典找出該名詞為有性或中性，再填入適當的冠詞 de 或 het。

(1) _____ meisje （小女生）

(2) _____ collega （同事；同學）

(3) _____ kopieerapparaat （影印機）

(4) _____ plaatsje （小地方）

(5) _____ oom （叔叔；舅舅）

(6) _____ verschil （差異）

(7) _____ oog （眼睛）

(8) _____ snor （鬍鬚）

(9) _____ type （形式；風格）

(10) _____ boek （書）

(11) _____ bladzijde （頁）

(12) _____ uiterlijk （外表）

3. 請填入正確的形容詞型態。

（記憶小秘訣：只有單數中性名詞前有een時才不作變化，其他多半都要變。）

(1) <bruin>　　　　Het kind heeft _____ ogen. （那孩子有棕色的眼睛。）

(2) <sportief>　　 Zeg, Mieke, wat heb je een _____ dochter.

　　　　　　　　　（我說 Mieke 呀，你女兒可真是好動啊。）

(3) <groen>　　　 Is het echt waar? Je vriendin heeft nu _____ haar?

　　　　　　　　　（是真的嗎？你女朋友頭髮現在是綠色的？）

(4) <romantisch>　Ben je een _____ type? （你是浪漫型的人嗎？）

(5) <klein>　　　 Waar kom je vandaan? Ik kom uit een _____ plaatsje in de buurt van Arnhem.

　　　　　　　　　（你來自哪裡？我來自 Arnhem 附近的一個小地方。）

(6) <wit>　　　　 Mijn collega heeft een _____ snor. （我同事有白色小鬍鬚。）

(7) <knap>　　　　Bij het kopieerapparaat staat een _____ meisje.

　　　　　　　　　（影印機旁站著一位聰明的小妹。）

(8) <aardig>　　　Anneke is een _____ schoonzus. （Anneke 是位很好的妯娌。）

(9) <druk>　　　　Wat is hij toch een _____ man! （他真是個忙碌的人啊！）

4. 請選出與其他字特別格格不入者。

(1) bruin（棕色的）　　　　rood（紅色的）　　　　knap（聰明的）　　　　blauw（藍色的）

(2) kaal（禿頭的）　　　　　groot（高大的）　　　　dik（胖的）　　　　　lief（可愛的）

(3) sportief（愛運動的）　　grappig（開玩笑的）　　optimistisch（樂觀的）　helemaal（整個地）

(4) broer（兄弟）　　　　　collega（同事）　　　　zus（姊妹）　　　　　vader（父親）

5. 請依提示填入適當的字。

> * avond   * donker   * ogen   * sportief   * ver   * zoon

Mijn _____ heet Simon. Hij heeft bruine _____ en _____ haar. Hij is erg _____;
hij gaat elke _____om 19.00 uur joggen. Hij loopt dan meestal 5 kilometer. Dat is best wel _____.
（我兒子名叫 Simon。他有棕色的眼睛和深色的頭髮。他很愛運動。他每天晚上七點去慢跑。他大都
跑五公里。那可是夠遠的一段路了。）

6. 請將下列字依正確順序寫出來。

(1) dat – bedoel – meisje – Ik – blonde.
(2) haar – Paul – zwager – is.
(3) collega – Dit – mijn – is – nieuwe.
(4) aardig – broer – Mijn – heel – is.
(5) ze – uit – allebei – Komen – Frankrijk?
(6) ogen – Gertie – bruine – en – haar – heeft – lang.
(7) hem – bril – staat – goed – Die – heel.
(8) uit – sportief – Ze – er – ziet.

7. 請依回答來造問句。

(1) 問：_____
　　 答：Hij is heel romantisch.（他很浪漫。）
(2) 問：_____
　　 答：Uit een dorpje in de buurt van Middelburg.
　　　　（來自 Middelburg 附近的一個小村莊。）
(3) 問：_____
　　 答：Ze heeft mooie groene ogen, ze is slank en erg knap.
　　　　（她有漂亮的綠色眼睛，她瘦瘦的並且很聰明。）
(4) 問：_____
　　 答：Mijn vrouw heet Annie en mijn twee dochters Marjolein en Ineke.
　　　　（我太太名叫 Annie，兩個女兒則是 Marjolein 和 Ineke。）
(5) 問：_____
　　 答：Nee, hij doet niet aan sport.（不，他不愛運動。）
(6) 問：_____
　　 答：Haar achternaam is Dekkers.（他的姓是 Dekkers。）

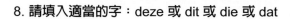

8. 請填入適當的字：deze 或 dit 或 die 或 dat

(1) A: Ken jij _____ meisje daar bij Hans?（你知道那個在 Hans 旁邊的女孩嗎？）

　　B: Ja, _____ is Sofie.（知道，那是 Sofie。）

(2) A: Zijn _____ boeken van jou?（這／那本書是你的嗎？）

　　B: Nee, _____ is van Ben en _____ is van Paul.

　　（不，這／那本書是Ben的。 這／那本書是Paul的。）

(3) A: Mag ik even voorstellen? _____ is Janneke en _____ is Ellen.

　　（我可以介紹一下嗎？這位是 Janneke，這位是 Ellen。）

　　B: Aangenaam!（很高興認識你！）

(4) A: Werk jij in Utrecht?（你在 Utrecht 工作嗎？）

　　B Ja, _____ klopt. Ik werk in _____ nieuwe ziekenhuis.

　　（是的，沒錯。我在那家新醫院工作。）

(5) A: Hoe vind je de foto's?（你覺得這些照片如何？）

　　B: _____ is erg mooi, maar _____ zijn een beetje donker.

　　（這些照片非常好看，只是有點太暗了。）

Les 4

HOE VEEL?

（多少？）

一、會話

in de trein（火車上）

A: Is deze tas van u? （這個是您的袋子嗎？）

B: Ja. （是啊。）

A: Kunt u hem misschien op de grond zetten? Ik wil hier graag zitten.
（也許您可以把袋子放地上？我想坐在這裡。）

B: Oh, natuurlijk, neemt u me niet kwalijk! （喔，當然。抱歉！）

A: Het geeft niet hoor. （沒關係。）

A: Bent u Nederlandse? （您是荷蘭人嗎？）

B: Ja, dat klopt. En u? Waar komt u vandaan?
（對，沒錯。您呢？您來自哪兒？）

A: Eigenlijk uit Amerika, maar ik woon sinds twee jaar in Amsterdam.
（來自美國，但我兩年前就住到阿姆斯特丹來了。）

B: Goh, wat spreekt u goed Nederlands!
（喔，您荷蘭話說得真好！）

A: Dank u wel. Is dat uw dochtertje?
（謝謝。那是您女兒嗎？）

B: Ja, ze reist voor de eerste keer met de trein en ze vindt het erg leuk. Hebt u ook kinderen?
（是的，她第一次坐火車，覺得很棒。您有小孩嗎？）

A: Ja, ik heb er drie, twee zonen en een dochter! O, daar komt de conducteur!
（有，我有三個，兩個兒子和一個女兒！喔，查票員來了！）

C: Uw plaatsbewijzen, alstublieft!
（請給我你們的票根！）

二、補給站

1. 數目的唸法及拼寫方式

100	honderd	1000	duizend
200	tweehonderd	1246	twaalfhonderd zesenveertig
388	driehonderd achtentachtig	3271	driezuizend tweehonderdeenenzeventig
1998	negentienhonderd achtennegentig	1.000.000	een miljoen
2002	tweeduizend twee	2.350.000	twee miljoen driehonderdvijftigduizend

2. 時間的換算

時間

1 minuut	=_____60_____	seconden	（一分鐘等於 __60__ 秒鐘）
1 half uur	=_____30_____	minuten	（半小時等於 __30__ 分鐘）
1 maand	=_____4_____	weken	（一個月等於 __4__ 週）
1 uur	=_____60_____	minuten	（一小時等於 __60__ 分鐘）
1 kwartier	=_____15_____	minuten	（一刻鐘等於 __15__ 分鐘）
1 jaar	=_____12_____	maanden	（一年等於 __12__ 個月）
1 dag	=_____24_____	uur	（一天等於 __24__ 個小時）
1 week	=_____7_____	dagen	（一週等於 __7__ 天）
1 eeuw	=_____100_____	jaar	（一世紀等於 __100__ 年）

3. Hoe laat is het?（現在幾點?）

Het is drie uur.
（現在是三點鐘。）

Het is kwart over drie.
（現在是三點過一刻。）

Het is half vier.
（現在是三點半。）

Het is kwart voor vier.
（現在差一刻四點。）

Het is vijf (minuten) voor vier.
（現在差五分鐘四點。）

Het is bijna vier uur.
（現在快四點了。）

8 uur 's morgens/ 's ochtends

1 uur 's middags

7 uur 's avonds

2 uur 's nachts

vanmorgen
（早上八點）

vanmiddag
（下午一點）

vanavond
（晚間七點）

vannacht
（半夜兩點）

三、語法解說

本課主要講的是名詞的複數。複數名詞所配用的定冠詞恆為 de。
順帶一提的是，通常好的荷蘭語字典還會顯示名詞複數的拼寫方式。

名詞的複數

名詞的複數表現型態主要有三種 ：

1. 加s

當名詞的單數型字尾是 el 或 em 或 en 或 er 或 ie 或非重音所在的 é 時，這些名詞的複數就要加 s。
另外名詞的縮小號描述，其複數型也是如此表示。

例：

單數	複數	單數	複數
de jongen（男孩）	de jongens	de vakantie（假期）	de vakanties
de dochter（女兒）	de dochters	het café（簡餐店）	de cafés
de tafel（桌子）	de tafels	het meisje（小女孩）	de meisjes
de bezem（掃帚）	de bezems	het kaartje（卡片）	de kaartjes

例外：

單數	複數
de broer（兄弟）	de broers
de oom（叔叔；舅舅）	de ooms
de zoon（兒子）	de zoons（正式場合寫作 zonen）

2. 加 's

當名詞的單數型字尾是 a, i, o, u, y 者，這些名詞的複數就加「's」。

單數	複數
de firma（公司；要點）	de firma's
de taxi（計程車）	de taxi's
de auto（車子）	de auto's
de paraplu（雨傘）	de paraplu's
de baby（嬰兒）	de baby's

3. 加 en

若不是 1. 或 2. 當中的情況，那麼就是最普遍的「加 en 變為複數型」了，請注意。

(1)當名詞單數型字尾是 f 時，就要將 f 改成 v 再加 en 才成為正確的複數型。

(2)當名詞單數型字尾是 s 時，就要將 s 改成 z 再加 en 才成為正確的複數型。

(3)當名詞單數型的重音處母音是短母音時，就要重複該短母音後面的子音字母再加 en。

(4)當名詞單數型的重音處母音是長母音時，就要減少一個母音字母，使長母音變成短母音後再加 en。

單數	複數
de neef（堂／表兄弟姊妹；甥；姪）	de neven
het huis（房子）	de huizen
de man（人；男性）	de mannen
het gezin（家庭）	de gezinnen
de vraag（問題）	de vragen
het uur（小時；鐘頭）	de uren

地方性副詞 er

1. 地方性副詞er可解釋為「這裡」、「那裡」或「有」。當主詞無特定或是不明顯時,它可充當臨時主詞,即翻作「有」的意思。

句首	動詞	主詞	其他直到句尾
Er	zijn	boeken	te koop.(有書要賣。)
Er	is	een vrouw	voor je aan de telefoon.(有個小姐打電話找你。)
Er	zijn	geen koekjes	meer.(沒有餅乾了。)
Er	zijn	drie oplossingen	voor het probleem.(這個問題有三個解決方式。)
Er	zijn	veel mensen	op vakantie in de zomer.(有許多人在夏天渡假。)
Er	is	weinig geld	voor onderwijs.(教育費太少。)

2. er 的位置與其代表意思
   (1)可代替已知的。
   例:De VVV? Nog een klein stukje lopen en dan bent u er al.
   　　句中的 er 代替的就是 VVV。(旅遊服務中心?再走一小段路就到了。)
   　　Ken je Utrecht? Ja, ik heb er vijf jaar gewoond.
   　　句中的 er 代表的就是 Utrecht (你知道 Utrecht 嗎?知道,我在那裡住了五年。)
   　　Wij luisteren zelden naar de radio. → Wij luisteren er zelden naar.
   　　句中的 er 代替的就是 radio (我們很少聽收音機。)
   (2)置於句首時也可形成被動式句子,此時常搭配的動詞為 worden 與過去分詞。
   例:Mensen maken veel fouten.(人們犯了很多錯誤。)
   　　→ Er worden veel fouten gemaakt.(很多錯誤被製造出來。)
   　　Men heeft een pakje gebracht.(有人帶了一盒過來。)
   　　→ Er is een pakje gebracht.(有一盒被帶來了。)

3. er 這個地方性副詞從來不會是句子的重音所在。要拿地方性副詞做強調的重點時,就用 hier(這裡)或 daar(那裡)這兩個字放在句首來強調。
   例:Is Piet op zijn kamer? Nee, daar is hij niet. Misschien is hij in de kantine.
   　　(Piet在他辦公室裡嗎?不,他不在那。也許在福利社。)
   　　Is de kat in de keuken? Ja, hier is ze. Ze ligt lekker in het zonnetje.
   　　(貓在廚房裡嗎?是的,牠在廚房這兒。牠舒服地躺在陽光裡。)

4. er 與含有數量字的名詞配合時
   例:Hebt u **kinderen**?(你有孩子嗎?)
   　　→ Ja, ik heb drie **kinderen**. = Ja, ik have **er** drie.(有,我有三個孩子。)
   　　Hoeveel **kaartjes** heb je?(你有幾張卡片?)
   　　→ Ik heb twee **kaartjes**. = Ik heb **er** twee.(我有兩張卡片。)
   　　Heb je een **fiets**?(你有腳踏車嗎?)
   　　→ Nee, ik heb geen **fiets**. = Nee, ik heb **er** geen.(不,我沒有腳踏車。)
   　　Ken je veel **Nederlanders**?(你認識很多荷蘭人嗎?)
   　　→ Ja, ik ken veel **Nederlanders**. = Ja, ik ken **er** veel.(是的,我認識許多荷蘭人。)

時間

uur（小時）和 jaar（年）

1. 接在 (1) 某個數目或 (2) 疑問詞 hoeveel（多少）或 (3) 數量形容詞，如 een paar（一些）後面時，都以單數型態顯現。

　　例：Wanneer komt ze? Ze komt over twee uur.
　　　　（她何時來？她兩小時後來。）
　　　　Hoeveel uur per week studeer jij? Een paar uur per week, meer niet.
　　　　（你每週研讀幾個小時？每週不超過兩個小時。）
　　　　Hoe lang wonen jullie al hier? Al vijf jaar.
　　　　（你們在這裡住多久了？已經五年了。）
　　　　Wanneer stopt hij met werken? Als hij 57 is, dus over een paar jaar.
　　　　（他何時停止工作？當他五十七歲時，也就是兩年以後。）

2. 其他情形下，則可以有複數型態。

　　例：We wachten al uren op haar.（我們已經等她幾個鐘頭了。）
　　　　Ik studeer enkele uren per week.（我每週研讀數小時。）
　　　　Wij wonen hier al jaren.（我們已住在這裡數年了。）
　　　　Over enige jaren stopt hij met werken.（再過幾年他就退休不工作了。）

3. 以不同表達方式陳述時間時，會分別用到不同的介系詞。

　　例：A: Hoe laat is het eigenlijk?（現在到底幾點？）
　　　　B: Het is **kwart over twee**.（現在是兩點過一刻。）
　　　　A: Oh, dan moet ik opschieten. Mijn trein vertrekt **om vijf voor half drie**. Dat is **over** tien minuten.
　　　　　　（喔，那我得趕緊走了。我的火車二點二十五分要開了，也就是十分鐘之後。）
　　　　B: Waarom neem je niet een trein later?（你為什麼不搭晚一點的火車？）
　　　　A: Dat kan niet. Dan moet ik namelijk wachten **tot vijf voor drie** en dan ben ik niet op tijd op de cursus.
　　　　　　（不行啊。那我就得等到二點五十五分，而這樣我就無法準時上課了。）

　　(1)

　　○～十五分鐘之間：敘述常用到 over

　　　　例：10.00 uur: tien uur（十點整）
　　　　　　10.05 uur: vijf over tien（十點五分）
　　　　　　10.10 uur: tien over tien（十點十分）
　　　　　　10.15 uur: kwart over tien（十點一刻）

　　(2)

　　第十五～三十分鐘之間：敘述常用到 voor

　　　　例：10.20 uur: tien voor half elf（十點二十分）
　　　　　　10.25 uur: vijf voor half elf（十點二十五分）

(3)

第三十～四十五分鐘之間：敘述常用到 over

例：10.30 uur: half elf（十點半）
　　10.35 uur: vijf over half elf（十點三十五分）
　　10.40 uur: tien over half elf（十點四十分）

(4)

第四十五～六十分鐘之間：敘述常用到 voor

例：10.45 uur: kwart voor elf（十點四十五分）
　　10.50 uur: tien voor elf（十點五十分）
　　10.55 uur: vijf voor elf（十點五十五分）

- 綜合以上情形衍生的使用方式，舉例如下：
  het is tien voor half een. (12:20)　　　　om vijf over half acht. (7:35)
  het is vijf voor half zeven. (6:25)　　　om tien over half elf. (10:40)

- 另外 tegen（對著…，朝…的方向）在對時間的敘述上就是指「幾點之前」；
  omstreeks（大約）及 een uur of（大約…點）在時間的敘述上就是指「幾點左右」。
  例：wij komen tegen acht uur.（我們八點以前來。）
  　　zullen we om een uur of acht komen?（我們八點左右來好嗎？）
  　　wij gaan om een uur of half zes eten.（我們五點半左右吃。）

- 常見的時間副詞：
  ’s morgens（每天早上）　　　　’s zondags（每週日）　　　dinsdags（每週二）
  ’s ochtends（每天上午）　　　　’s maandags（每週一）　　donderdags（每週四）
  ’s middags（每天下午）　　　　’s woensdags（每週三）　　vrijdags（每週五）
  ’s avonds（每天晚上）　　　　　　　　　　　　　　　　zaterdags（每週六）
  ’s nachts（每天夜裡）
  *沒有後面 s 的時候就不一定帶有「每天」的意思。
  *’s maandags（每週一）＝iedere maandags＝elke maandags＝maandags
  其他如週二、週三…亦依此類推
  例：’s middags ben ik thuis.（我下午都在家。）
  　　dinsdags ben ik thuis.（我週二都在家。）

四、練習

1. 請依提示在空白部分填上動詞的現在式。

(1) ＿＿＿＿＿＿ u me niet kwalijk, meneer. <nemen>（請別介意，先生。）
(2) Meneer de Boer ＿＿＿＿＿ sinds twee jaar in Venlo. <wonen>

（de Boer 先生兩年前就住在 Venlo 了。）

(3) _____ je voor de eerste keer met het vliegtuig? <gaan> （你第一次搭飛機嗎？）

(4) _____ het al zo laat? Ik _____ het niet geloven. <zijn/kunnen>

（已經這麼晚了喔？我真是不敢相信。）

(5) De trein naar Utrecht _____ om 14.15 uur. <vertrekken>

（開往 Utrecht 的火車十四時十五分發車。）

(6) Dat _____ jullie toch wel? <geloven> （那個你們相信嗎？）

(7) De treinreis _____ al veel te lang. <duren> （搭火車旅行耗時太久。）

(8) Het jaar _____ twaalf maanden. <hebben> （一年有十二個月。）

2. 請以完整敘述告知時間。

例：9.00 → Het is negen uur.

(1) 3.15

(2) 5.35

(3) 7.55

(4) 10.45

(5) 8.07

(6) 1.26

(7) 7.30

(8) 11.55

(9) 7.10

3. 問答題。

(1) Hoeveel seconden heeft een minuut? （一分鐘有幾秒？）

(2) Hoeveel dagen heeft de maand april? （四月份有幾天？）

(3) Hoeveel minuten heeft een dag? （一天有幾分鐘？）

(4) Hoeveel maanden heeft een jaar? （一年有幾個月？）

(5) Hoeveel eeuwen heeft een millennium? （一個千禧年有幾個世紀？）

4. 請填入名詞的複數型。

(1) de minuut （分鐘） _____

(2) de plaats （地方） _____

(3) de dochter （女兒） _____

(4) het meisje （女孩；女生） _____

(5) de radio （收音機） _____

(6) het boek （書） _____

(7) het jaar （年） _____

(8) de zoon （兒子） _____

(9) de winkel （商店） _____

(10) de zus （姊妹） _____

(11) de appel （蘋果） _____

(12) de neef （甥；姪） _____

(13) de provincie （省） _____

(14) de bril （眼鏡） _____

(15) de stad （城市） _____

(16) het oog （眼睛） _____

(17) het woord （字） _____

(18) het type （款式） _____

(19) de telefoon （電話） _____

(20) de oom （叔叔；舅舅） _____

5.請參考附圖，再用 er is 或 er zijn 來回答。

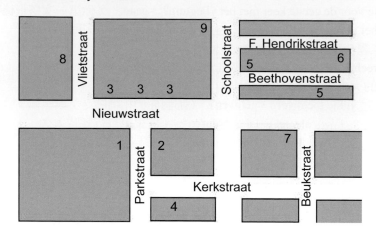

注釋／引源 6

(1) Is er een bioscoop in de buurt? （這附近有電影院嗎？）

(2) Is er een slagerij in de buurt? （這附近有肉舖嗎？）

(3) Zijn er enkele kledingwinkels in de buurt? （這附近有一些服飾店嗎？）

(4) Is er een supermarkt in de buurt? （這附近有超市嗎？）

(5) Zijn er twee parkjes in de buurt? （這附近有兩個公園嗎？）

(6) Is er een bakkerij in de buurt? （這附近有麵包店嗎？）

(7) Is er een theater in de buurt? （這附近有戲劇院嗎？）

(8) Zijn er veel parkeerplaatsen in de buurt? （這附近有許多停車位嗎？）

(9) Is er een fontein in de buurt? （這附近有人造噴泉嗎？）

6. 請使用 er 來回答問題。

(1) Hoeveel kinderen hebt u? （您有幾個孩子？）

(2) Hoeveel boeken hebt u? （您有幾本書？）

(3) Hoeveel Nederlandse woorden kent u nu? （您現在認得幾個荷蘭字？）

(4) Hoeveel pagina's heeft dit boek? （這本書有幾頁？）

(5) Hoeveel broers en zussen hebt u? （您有幾個兄弟姊妹？）

(6) Hoeveel huisdieren hebt u? （您有多少寵物？）

7. 選出與其他字特別格格不入者。

(1) plaatsbewijs（座位證）   trein（火車）   conducteur（查票員）   auto（汽車）

(2) dochter（女兒）   neef（甥；姪）   broer（兄弟）   vader（父親）

(3) vanmiddag（今天下午）   vanmorgen（今早）   gisteren（昨天）   vannacht（今晚）

(4) weekend（週末）   dinsdag（週二）   vrijdag（週五）   donderdag（週四）

(5) 's ochtends（每早）   's morgens（每天）   vanmorgen（今早）   's avonds（每晚）

8. 每個數字代表一個字母，請依提示句順序拼出該字。

(1) ◼ ◼ ◼ ◼ ◼ ◼ ◼ ◼ ◼ ◼

    8   11 20 4   6   8   1 14 6   3

De man die de plaatskaarten controleert. （這個人檢查座位證。）

(2) ◼ ◼ ◼ ◼ ◼ ◼ ◼ ◼ ◼ ◼

    2   7 10 10 1   5 15 14 12 21 5

Legitimatie dat dit de juiste plaats is. （使該座位合法）

(3) ◼ ◼ ◼ ◼ ◼ ◼ ◼ ◼

   11 11 5   1 14 20 3 21 13

Een land in Europa. （某一歐洲國家名）

(4) ◼ ◼ ◼ ◼ ◼ ◼ ◼ ◼ ◼ ◼ ◼ ◼ ◼ ◼ ◼

    9   3 10 8 19 1 14 20 3 11 20 4 16 10 10 3 1

Voor toeristen in Amsterdam bijzonder leuk. （Amsterdam 的遊客都很喜歡。）

(5) ◼ ◼ ◼ ◼ ◼ ◼

  17 11 20 4 10 9

Een dag van de week. （一星期中的某一天）

(6) ◼ ◼ ◼ ◼ ◼ ◼ ◼ ◼

   5   1 10 18 15 11 11 18

Een schema van alle familieleden. （每一家族成員的大概介紹）

9. 請將下列字依正確順序寫出來。

(1) plaats – is – maar – niet – u –mijn – dat – kwalijk, – me – Neemt.

(2) broers – hebt – Hoeveel – zussen – u – en?

(3) snor – heeft – op – kleine – De – een – foto – die – man.

(4) begint – voor – film – om – half – De – negen – vijf.

(5) het – hoe – weet – Meneer, – laat – u – is?

(6) de – laat – trein – Hoe – naar – vertrekt – volgende – Den Bosch?

(7) veel – in – Amsterdam – zijn – musea – Er.

10. 請將 er 放句首以形成被動式句子。

(1) Men stuurt een rekening.

(2) Men maakt veel reclame voorwasmiddelen.

(3) Men kopieert vaak illegaal een CD.

(4) Men heeft vaak dure geschenken.

(5) Men zoekt naar de vermiste jongen.

(6) Men rijdt meestal veel te hard.

(7) Men controleert streng.

(8) Men lacht veel.

(9) Men kijkt vaak naar voetbalwedstrijden.

Les 5

IK STA OM ZES UUR OP!

（我六點起床！）

一、會話

vakantie（渡假）

Loes:　Nou, ik sta iedere dag om zes uur op. Maar in de vakantie wil ik lekker uitslapen!
　　　（我現在每天六點起床。但渡假時會晚些才起床。）

Riet:　Ben je gek? Je kunt toch niet de hele dag in bed blijven liggen!
　　　（你瘋了嗎？你總不能整天都躺在床上吧！）

Loes:　Jawel!
　　　（可以啊！）

Riet:　Juist in de vakantie kan je zo veel doen!
　　　（渡假時有好多事情可以做的。）

Loes:　Ik heb altijd veel te doen.
　　　（我一直有很多事要忙啊。）

Riet:　Ja, maar ik bedoel leuke dingen doen.
　　　（是啦，但我是指做些好玩的事呀。）

Loes:　Ja, lekker om een uur of tien opstaan, op het terras ontbijten, douchen en me dan op mijn gemak aankleden – en daarna nog gezellig een kopje koffie drinken. Dat vind ik nou leuk!
　　　（對呀，十點左右起床，在陽台上吃早餐，沖個澡再穿上舒適的衣服──然後悠閒的喝杯咖啡。我覺得這樣就很美好了呀！）

Riet:　Oh nee hoor! Wij gaan al om een uur of negen op stap: naar de stad, over de markt lopen, boodschappen doen of winkelen …
　　　（才不是呢！我們九點起床了：去市區，在市集上走走，買點東西或是逛街啊…）

Loes:　Hou maar op; ik word al moe als ik het hoor!
　　　（別說了；光聽我就覺得很累了。）

Riet:　　En wat doen jullie 's middags?
　　　　（那你們下午做些什麼呢？）

Loes:　　Gewoon niks. Lekker luieren, krantje lezen en overleggen waar we 's avonds gaan eten.
　　　　（啥也不做。就閒閒的啊，看看報紙或是商量晚上去哪裡吃飯。）

Riet:　　Nou, volgens mij kunnen wij beter niet samen op vakantie gaan!
　　　　（噢，我看我們最好不要一起去渡假。）

Loes:　　Ja, zeg dat wel!
　　　　（是啊，你說得很對！）

二、填填看

① ② ③ ④ ⑤ ⑥

引源 Taal vitaal

＿＿＿＿＿＿　＿＿＿＿＿＿　＿＿＿＿＿＿　＿＿＿＿＿＿　＿＿＿＿＿＿　＿＿＿＿＿＿

☐ ontbijten（早餐）　　　　　　☐ beginnen met je werk（開始你的工作）
☐ zich aankleden（穿衣）　　　　☐ naar bed gaan / gaan slapen（上床去／去睡覺）
☐ douchen（沖澡）　　　　　　　☐ opstaan（起床）

三、短文

1. Zo ziet mijn dag eruit.（我的一天就是這個樣子。）

Nou, ik sta om half zeven op en dan ga ik douchen. Ik kleed me aan en maak het ontbijt klaar voor mijn man en de kinderen. Zelf drink ik alleen een kopje thee. Om acht uur ga ik naar kantoor. Ik begin om half negen. Om tien uur drink ik samen met mijn collega's koffie.

Meestal werk ik tot twaalf uur. Daarna ga ik naar huis, ik eet iets en dan begin ik aan het huishouden. De kinderen komen om een uur of drie naar huis. We eten altijd om kwart over zes. Na de afwas kijken we soms tv en we gaan ook wel eens uit. Ik ga meestal om een uur of elf naar bed.

（我六點半起床，然後沖澡，穿好衣服，為我先生及孩子們準備早餐，我自己只喝杯茶，八點出門去辦公室，八點半開始上班，十點跟同事們一起喝咖啡。
我多半工作到十二點，然後回家，吃點東西，再開始做家事，孩子們三點左右回家，我們都在六點十五分吃飯，洗過碗盤後，我們有時會看電視，或是出去，我多半都在十一點左右上床睡覺。）

- 時間副詞的運用：eerst → dan → daarna → tenslotte
  （首先 → 然後 → 再然後 → 最後）
  程度副詞的運用：altijd → meestal → vaak → soms → af en toe → nooit
  （總是 → 大多 → 常常 → 有時 → 偶爾 → 從未）

2. koffie（咖啡）

Voor Nederlanders is koffie heel belangrijk. Als u bij een Nederlander op bezoek gaat, dan krijgt u vaak meteen een kopje koffie of thee. Dat betekent niet dat u snel weer weg moet, maar juist dat u van harte welkom bent.

U krijgt bij ieder kopje één koekje en daarna gaat de koektrommel dicht. Nederlanders vinden dat helemaal niet onhartelijk van zichzelf. Meestal krijgt u na uw eerste kopje nog een tweede kopje, ook weer met één koekje. Als u geen koffie meer wilt, dan kunt u dat gewoon zeggen "Nee, dank u, straks misschien".

Als Nederlanders iets met elkaar willen bespreken, zeggen ze bijvoorbeeld: "Zullen we even een kopje koffie drinken?" Dat zeggen ze vaak ook als ze thee nemen.

（對荷蘭人來說咖啡是非常重要的。當您拜訪荷蘭人時，您會立刻接到咖啡或茶。那並不代表要您趕快離去，而是他們發自內心的表示歡迎您。

每杯咖啡您都可以拿塊餅乾搭配，然後蓋上餅乾盒。荷蘭人一點也不認為這是不真誠的行為。通常您喝到第二杯咖啡時，也會得第二塊餅乾。當您不想再喝咖啡時，就直接說：「不，謝謝您，也許等會兒吧。」

當荷蘭人彼此有事要商談時，他們會說：「我們要不要喝杯咖啡？」之類的話，他們要喝茶時也是常常這麼說。）

四、補給站

het ontbijt（早餐）

常見的各類早餐食物有：

☐ pindakaas（花生醬）	☐ melk（牛奶）	☐ ham（火腿）
☐ boter（奶油）	☐ het sinaasappelsap（柳橙汁）	☐ koffie（咖啡）
☐ yoghurt（優格）	☐ jam（果醬）	☐ hagelslag（巧克力絲）
☐ het ei（蛋）	☐ suiker（糖）	☐ honig（蜂蜜）
☐ ontbijtkoek（早餐發糕）	☐ het fruit（水果）	☐ thee（茶）
☐ kaas（乳酪）	☐ broodjes（吐司麵包）	☐ muesli（穀類乾果片）
☐ boterham（三明治）		

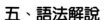

五、語法解說

結合式動詞

結合式動詞有兩種：
1. 不可拆型動詞
   有時結合式動詞是不可拆開的，這時它的重音就落在動詞，而非其前置詞身上。
   如：onderzóeken（搜尋；找；測試；調查），beantwóorden（回答；回覆；確認）
   例：Wilt u mij even **waarschuwen**? （你要提醒／警告我嗎？）
   　　Ik **stofzuigde** de kamer. （我用吸塵器吸過那房間了。）
   　　Hebt u al het woordenboek **geraadpleegd**? （您查過字典了嗎？）

2. 可拆型動詞
   有時動詞前面會有前置詞，這類動詞是由前置詞與動詞結合而成（多半是動詞字首加上副詞或介系詞）。這類結合式動詞有些是可拆型的。如何分辨這種結合式動詞可拆與否？要訣就是：若這是一個可拆式動詞，那麼它的重音會落在前置詞身上。
   例：staan（站）→ **óp**staan（起床）
   　　Marieke **staat** altijd om 6:45 uur **op**. （Marieke總是六點四十五分起床。）
   　　maken（做）→ **kláar**maken（準備）
   　　Ruth **maakt** het ontbijt voor haar man **klaar**. （Ruth 為她先生準備早餐。）

   (1) 將可拆型動詞拆開使用時，其前置詞多半放在句尾。
   　　例：

句首	動詞	主詞	句尾	
Vandaag	maakt	Ruth	het ontbijt klaar.	（Ruth 準備她的早餐。）
Ik	sta		morgen vroeg op.	（我很早起床。）
In de vakantie	slaap	ik	altijd uit.	（我休假時總是較晚起床。）

   (2) 在句中唸重音或拆開時的意義，常會與未加前置詞（即副詞或介系詞）時的原動詞不同。這個演變出來的新意義很多時候又不全是像「原動詞意義＋原前置詞意義大約等於某個意義」那麼可以預測。
   　　例：

前置詞	原動詞	結合之後的可拆式動詞
binnen（在…內）	komen（來）	binnenkomen（進來）
op（在…之上）	staan（站）	opstaan（起床）
over（關於）	stappen（邁步）	overstappen（轉接；轉乘）
uit（外面；出自）	geven（給）	uitgeven（印刷）
met（與，及）	gaan（去）	meegaan（一起去）
door（經由）	brengen（攜帶）	doorbrengen（花費──尤指時間上的）
af（掉；落下）	spreken（說）	afspreken（約會面）
aan（開開關）	steken（握）	aansteken（開燈）

(3)有時添加的部分不是副詞也不是介系詞，它沒有任何意義，純粹只是可拆式動詞的字首而已。這種可拆式動詞有幾千個，但大部分的意義都可以猜出來。

例：

添加的部分	原動詞	結合之後的可拆式動詞
geluk（好運的）	wensen（希望）	gelukwensen（恭喜）
teleur（－）	stellen（放置）	teleurstellen（使失望）

(4)當可拆式動詞以原型動詞的姿態出現時，此字字首的前置詞會與動詞結合成為一個單字。

例：mag ik u mijn vrouw **voorstellen**?（我可以為您介紹我太太嗎？）

ik zal je later **opbellen**.（我待會兒打電話給你。）

ik hoop zo een ongeluk te **voorkomen**.（我希望可以避開這樣的意外。）

zij **ondergaat** een operatie.（她經歷了一次手術。）

hij **ondernam** een lange reis.（他答應了一項長途旅行。）

ons voorstel hebben ze niet **aanvaard**.（他們不接受我們的提案。）

hij heeft zijn invloed **overschat**.（他高估了他的影響力。）

(5)當可拆式動詞因為主詞人稱的變化而沒有以原型動詞的姿態出現時，此動詞一定要被拆開，且原本位於字首的前置詞要移到句尾。

例：ik **neem** geen geld van hem **aan**.（我不接受他的錢。）

zij **gingen** gisteren met ons **mee**.（昨天他們和我們一起去。）

waar **brengt** u uw vakantie dit jaar **door**?（您今年上哪渡假？）

(6)當可拆式動詞是以過去分詞的型態出現時，則 ge 將插在這個由前置詞和動詞組成的可拆式動詞之間。

例：hij heeft het geld aan**ge**nomen.（他已接受了那筆錢。）

ik ben vandaag vroeg op**ge**staan.（我今天很早起床。）

wij hebben een week in Parijs door**ge**bracht.（我們在巴黎停留了一週。）

dat heb ik u niet aan**b**evolen.（那我就不建議你那樣做。）

(7)當可拆式動詞是接在不定詞 te 後面，而要以原型動詞的姿態出現時，此時要拆開來使用。

例：zij hopen het boek volgende jaar **uit te geven**.（他們希望明年出版此書。）

hij probeert het licht **aan te steken**.（他試著要開燈。）

u hoeft niet **mee te gaan**.（您不需要跟著去。）

反身動詞與反身代名詞

Elke ochtend gaat om zeven uur de wekker. Ik was **me** en kleed **me** aan. Daarna maak ik de kinderen wakker. Ik maak het ontbijt en zij kleden **zich** aan. Ze moeten om half negen op school zijn. Soms sta ik te laat op. Dan moeten we **ons** haasten.

（每天早上七點鬧鐘鳴叫。我洗澡後穿上衣服。然後叫醒孩子們。我去弄早餐而他們穿衣。他們必須八點半到校。有時我太晚起床。這時我們就得加快速度了。）

當句子的主詞與受詞是同一個人，主詞有所動作時受詞就跟著有所反應，則此受詞稱為反身代名詞。

1. 各人稱配用之反身代名詞

我 （第一人稱單數）	你 （第二人稱單數）	他／她 （第三人稱單數）	您；您們 （第二人稱尊稱格）	我們 （第一人稱複數）	你們 （第二人稱複數）	他們／她們 （第三人稱複數）
Ik→me	jij→je	hij/zij→zich	u→zich/u	wij/we→ons	jullie→je	zij/ze→zich

2. 反身代名詞使用通則如下：

　(1)第一與第三人稱的反身代名詞直接以其受詞形式來表示即可。

　　　例：wij wassen ons.（我們洗澡。）

　　　　　ik scheer mij.（我刮鬍子。）

　　　　　jullie vergissen je.（你們搞錯。）

　(2)第三人稱的反身代名詞是 zich。

　　　例：hij wast zich（他洗澡。）

　　　　　zij vergissen zich.（他們搞錯。）

　(3)當主詞是「您」時，其反身代名詞可以是 zich 或 u。

　　　例：u wast u.（您洗澡。）

　　　　　wast u zich?（您洗澡嗎？）

　(4)也可以加 zelf 來強調此反射。

　　　例：de kinderen wassen zichzelf.（孩子們自己洗澡。）

　　　　　ik scheer mijzelf.（我自己刮鬍子。）

3. 某些動詞可以搭配或不搭配反身代名詞使用，此時主詞與受詞並非同一人或同一事物。

　　　例：wassen → Petra wast haar zoontje.（Petra 幫兒子洗澡。）→ 受詞是兒子

　　　　　zich wassen → Petra wast zich.（Petra 自己洗澡。）→ 受詞是 Petra

4. 在大多數情況下，反身動詞都一定要搭配反身代名詞，此時主詞與受詞為同一人或同一事物。

　　　例：zich haasten → We moeten ons haasten.（我們得趕快了。）

5. 有些動詞一定要搭配反身代名詞。

　　　例：zich vergissen（搞錯）

　　　　　zich verbazen（使驚訝）

　　　　　zich herinneren（記得）

　　　　　zich verheugen（期待）

　　例句：hij vergist zich vaak.（(他常搞錯。）

　　　　　ik verbaas mij.（我很驚訝。）

　　　　　nu herinner ik het mij.（我現在想起來了。）

　　　　　ik herinner mij die dag nog.（我還記得那天。）

　　　　　verheug je je op de reis?（你期待旅行嗎？）

6. 反身代名詞在句中的位置

　(1)一般是放在動詞的後面。

　　　例：Ik was me eerst.（我先洗澡。）

　　　　　Ik kleed me daarna aan.（然後我穿上衣服。）

　　　　　De kinderen haasten zich niet.（孩子們不急。）

(2)若主詞和動詞位置互換時，則放在主詞後面。

> 例：Eerst was ik **me**. （我先洗澡。）
>
> Daarna kleed ik **me** aan. （然後我穿上衣服。）
>
> Meestal haasten de kinderen **zich** niet. （孩子們多半不著急。）

助動詞 willen（將要）

	我	你／您／您們	他／她	我們	你們	他們
willen	wil	wil，<u>wilt</u>	wil	willen	willen	willen

＊ 劃線部分為正式場合或寫作時使用。

1. willen 在句子裡幾乎皆以助動詞形式和另外的動詞合作。
   > 例：Ik wil in de vakantie uitslapen. （我想放假時睡晚一點再起床。）
   (1)可表示意願。
   > 例：Ik wil om half vier in Utrecht zijn. （我想三點半到 Utrecht。）
   >
   > Hij wil zijn familie bezoeken. （他想去拜訪他的親戚。）
   >
   > Ik wil graag een kopje koffie. （我想要喝杯咖啡。）
   (2)可表達禮貌或友善的要求。
   > 例：Wilt u me even helpen? （您可以幫我一下嗎？）
   >
   > Willen jullie hier even wachten? （你們可以在這兒等一會兒嗎？）
   >
   > Wil je me straks even bellen? （你待會兒要打電話給我嗎？）

頻率副詞

頻率副詞的拼法固定，但可能會出現在句子中的不同地方。
> 例：Ik heb **altijd** veel te doen. （我總是有很多事要做。）
>
> **Meestal** werk ik tot twaalf uur. （我大都工作到十二點。）
>
> Na de afwas kijken we **soms** TV. （洗了碗之後，有時我們看電視。）

er 的使用

1. 一般來說，hem, het 與 ze 也常充當事物的代名詞。
   > 例：De <u>koffie</u> is klaar. Zal ik <u>hem</u> inschenken? （咖啡煮好了。要不要我倒進來？）
   >
   > Alsjeblieft, een <u>kopje</u> koffie. （麻煩了，請倒一杯。）
   >
   > Waar zal ik <u>het</u> neerzetten? En hier zijn de <u>koekjes</u>. <u>Ze</u> zijn erg lekker.
   >
   > （咖啡我要擺在哪？這裡是小餅乾。它們很好吃的。）

2. 當事物的代名詞時不能直接和介系詞並用，此刻就須用 er 來當代名詞與介系詞合作。
   > 例：(1)Wat wil je in de koffie, suiker en melk? （你的咖啡要加什麼，糖和牛奶嗎？）
   >
   > ＝ Wat wil je erin? （你的咖啡要加什麼？）→ er 代替了糖和牛奶

(2)Ik leg het lepeltje naast het kopje.（我把小湯匙放在咖啡旁邊。）

  = Ik leg het lepeltje ernaast!（我把小湯匙放旁邊。）→ er 代替了咖啡

(3)Wat vind je van de koekjes? Lekker hè!（你覺得餅乾如何？好吃吧！）

  = Wat vind je ervan? Lekker hè!（你覺得如何？好吃吧！）→ er 代替了餅乾

* 在 van 被省略時，它有「部分」的意思。

例：hoeveel wilt u er?（您要多少？）

  ik wou er graag een dozijn hebben.（我想要一打。）

3. 通常在短句裡 er 和介系詞會合成一個字；在長一點的句子裡就會分開。也就是此時把介系詞放在句中的位置。

(1)句中只有一個動詞時：此時 er 多半在動詞後面，而與er配合的介系詞則放句尾。

例：Wat **wil** je in de koffie?（你的咖啡要加什麼？）

  Ik **wil er** graag suiker en melk **in**.（我要加糖和牛奶。）

(2)句中不只一個動詞時：此時與 er 配合的介系詞放在另一動詞的前面。

例：**Zullen** we een koekje **bij** de koffie **nemen**?（我們要拿餅乾配咖啡嗎？）

  = **Zullen** we **er** een koekje **bij nemen**?

(3)這類「er-複合字」也常因著形容詞或副詞而被拆開

例：hij zit er nog op.（他還坐在那上頭。）

  wat doe je er nu mee?（你現在拿那個做什麼？）

  hij kwam er niet toe.（他搆不著／拿不到。）

  ik heb er een stuk van.（我有一部份。）

  betaal je er veel geld voor?（你為了那個付了很多錢嗎？）

  Mijn moeder legt een stukje zeep bij het ondergoed.（我母親在內衣旁放塊香皂。）

  →Mijn moeder legt er een stukje zeep bij.

  →Mijn moeder legt een stukje zeep erbij.

  De keeper schopt de bal in het doel.（那個守門員將球踢進球門。）

  →De keeper schopt er de bal in.

  →De keeper schopt de bal erin.

  De kast staat vol met spullen.（櫃子裡放滿了雜物。）

  →De kast staat er vol mee.

  →De kast staat ermee vol.

4. 當句子的真正主詞並不確定時，er 就派上用場了。什麼是主詞不確定呢？下列情形都算。

(1)不含冠詞的名詞

例：Er staat <u>melk</u> in de koelkast.（冰箱裡有牛奶。）

(2)含 een（一個）的名詞

例：Er stond <u>een fornuis</u> in de keuken.（從前廚房裡有個爐台。）

(3)含 geen（沒有）的名詞

例：Er is <u>geen bioscoop</u> in ons dorp.（我們村裡沒有電影院。）

(4)含以數字或數量形容的名詞

例：Er waren eens <u>twee kinderen</u> die Hans en Grietje heetten.

  （從前有兩個名叫 Hans 和 Grietje 的小孩。）

  Er staan <u>veel oude bomen</u> in de tuin.（花園裡有許多老樹。）

(5) 含疑問詞 welke（哪個）的名詞

　　例：<u>Welke boeken</u> staan er in deze kast?（哪些書擺在這個櫃子裡？）

(6) 含 wat voor [een]（多麼）的名詞

　　例：<u>Wat voor een kachel</u> stond er in de keuken?（以前哪種暖爐用在廚房裡？）

(7) 含 iemand（某人）或 niemand（沒有人）或 iets（某事物）或 niets（沒事；無關）的句子。

　　例：Er is iemand voor je aan de telefoon.（有人打電話找你。）

　　　　Er was niemand thuis.（當時沒有人在家。）

　　　　Er zit iets in mijn oog.（我眼睛裡有東西。）

　　　　Er staat niets op het antwoordapparaat.（答錄機上沒有任何顯示。）

(8) 以 wat（什麼）或 wie（誰）為首的疑問句。

　　例：Wat zit er in die zwarte koffer?（黑色行李箱裡裝了些什麼東西？）

　　　　Wie gaat er mee naar de film?（誰要一起去看電影？）

5. er 可以充當臨時主詞，中文可譯為「有」。此時所指稱介紹的名詞不會附加定冠詞或指示代名詞。

　　例：Er staan veel mensen op straat.（有很多人站在街頭。）

　　　　Er kijken altijd veel vrouwen naar dat programma.（許多女人總是看那節目。）

　　　　Er ligt een krant op tafel.（有報紙在桌上。）

　　　　Er zit niets in.（裡面沒東西呀。）

　　　　Er is niet genoeg water.（水不夠。）

　　　　Er stond een bureau in mijn kamer.（從前有張書桌在我房裡。）

　　　　Er waren veel mensen op het feest.（當時派對上有許多人。）

　er 當臨時主詞時的造句原則為：

(1) 充當的是主要子句的臨時主詞時，多半放在主要子句的動詞前面，即句首。

句首	動詞	主詞	句尾
Er	staan	veel oude bomen	in de tuin.（花園裡有許多老樹。）

(2) 充當主要子句的臨時主詞，而且在主要子句的主、動詞位置互換的情形下，此時它多半位在動詞後面。

句首	動詞	er	主詞	句尾
Vroeger	was	er	geen bioscoop	in ons dorp.（以前我們村裡沒電影院。）

(3) 充當從屬子句的主詞時，可能出現在從屬子句的前面。

主要子句	連詞	er	主詞	其他	句尾：動詞
We nemen de bus	omdat	er	geen trein		rijden.（因為沒火車，我們搭巴士。）

常見的敘述語

1. Jawel! （可以的；會的）
   這個可以也針對否定問句或否定敘述來表達，跟中文表達方式不同。
   例：A: Moet jij niet opstaan? （你不必起床嗎？）
   　　B: **Jawel**, maar ik wil nog even blijven liggen. （不，我得起床，只是想再躺一會兒。）

2. Hou maar op! （不要再說了！）
   此句的動詞來自可拆式動詞 ophouden（保留）。值得注意的是，在非正式的口語敘述中，可拆式動詞中的 d 被省略了。

3. een .... of .... （大約；大概）= ongeveer （大約；大概）
   例：Ik sta om een uur of elf op. （我大約十一點起床。）
   　　= Ik sta om ongeveer elf uur op.
   　　De reis duurt een dag of twee. （這行程耗時約兩天。）
   　　= De reis duurt ongeveer twee dagen.
   　　Hij is een jaar of veertig. （他大概四十歲。）
   　　= Hij is ongeveer veertig jaar.

■ 荷蘭人很喜歡談論天氣。許多談天都是跟著：「Lekker weer, hè?」（天氣真好，不是嗎？）或是：「Tjonge, jonge het wil niet beter worden.」（唷，這天氣是好不了囉。）而來。當你想跟一個不認識或不熟悉的人講話時，總是可以將天氣作為談話的開頭。

六、練習

1. 請依提示在空白部分填上動詞的現在式。

(1) <opstaan>　　　　Ik _____ iedere dag om 07.00 uur _____.
　　　　　　　　　　（我每天七點起床。）
(2) <uitslapen>　　　In de vakantie _____ ik graag _____.
　　　　　　　　　　（休假期間我喜歡睡晚一點。）
(3) <zich aankleden> Na het opstaan _____ ik _____ direct _____.
　　　　　　　　　　（起床後我直接穿好衣服。）
(4) <zich wassen>　　Mijn vrouw _____ _____ na het ontbijt.
　　　　　　　　　　（我太太在早餐後洗澡。）
(5) <lezen/drinken>　Ik _____ de krant terwijl ik koffie _____.
　　　　　　　　　　（我喝咖啡的時候看報紙。）
(6) <overleggen>　　Wij _____ samen waar we 's avonds gaan eten.
　　　　　　　　　　（我們一起討論晚上要吃什麼。）
(7) <willen/willen>　Mijn vrouw _____ graag naar de pizzeria, maar de kinderen _____
　　　　　　　　　　liever naar de Chinees.
　　　　　　　　　　（我太太想去披薩餐館，但孩子們想去中國餐館。）

2. 請選出與其他字特別格格不入者。

(1) opstaan（起床）　　tv kijken（看電視）　　douchen（洗澡）　　ontbijten（吃早餐）

(2) kantoor（辦公室）　school（學校）　　　　cursus（課程）　　　winkel（商店）

(3) kaas（乳酪）　　　　koffie（咖啡）　　　　broodjes（吐司）　　hagelslag（巧克力絲）

(4) werken（工作）　　　krant lezen（看報）　　luieren（休閒）　　　uitslapen（晚起床）

(5) ontbijt（早餐）　　　middageten（午餐）　　avondeten（晚餐）　boterhammen（三明治）

3　連連看。

(1) Hoe laat staat hij op? （他幾點起床？）	a. Nee, hij gaat met de fiets. （不，他騎單車去。）
(2) Wat doet hij na het ontbijt? （他吃完早餐後做什麼？）	b. Nee, hij gaat maar af en toe naar de bioscoop. （不，他偶而去電影院。）
(3) Gaat hij met de auto naar kantoor? （他開車去辦公室嗎？）	c. Meestal om 6.50 uur. （大都在六點五十分。）
(4) Waar werkt hij? （他在哪工作？）	d. Hij werkt bij een groot bedrijf in Eindhoven. （他在 Eindhoven 一家大公司工作。）
(5) Wat eet hij door de week als ontbijt? （他一整個禮拜早餐都吃些什麼？）	e. Hij gaat meestal om 17.45 uur naar huis. （他大半在十七時四十五分回家。）
(6) Gaat hij vaak naar de bioscoop? （他常去電影院嗎？）	f. Om 23.30 uur （十一點半。）
(7) Wanneer gaat hij naar huis? （他幾點回家？）	g. Dan gaat hij douchen. （然後他去淋浴。）
(8) Hoe laat gaat hij naar bed? （他幾點上床睡覺？）	h. Meestal twee broodjes met pindakaas of met ham. （大多是兩片吐司夾花生醬或是火腿片。）

4. 請依下列提示將正確的字填入此拼字盤。

(1) Bioscoop voor de kleine man.（窮人去的電影院。）

(2) Daar werken heel veel mensen.（許多人在那邊工作。）

(3) Drink je liever thee of ...?（你比較喜歡喝茶還是…？）

(4) Als de wekker afloopt moet je....（鬧鐘叫的時候，你就得…）

(5) Als je bent opgestaan ga je na het douchen eerst...（你起床後先洗澡再…）

(6) Soms, af en toe, meestal, ...（有時；偶而；主要）

(7) Niks doen.（不作任何事。）

(8) Niet altijd maar toch heel vaak.（並非總是，但也很頻繁了。）

(9) Periode waarin je vrij hebt van school of van je werk.（學校或工作之外一段屬於你的自由時間。）

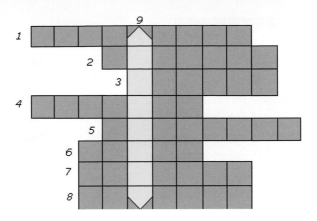

5. 請將下列字依正確順序寫出來。

(1) Meneer Roelofsen – opstaan – zeven uur

(2) wij – op stap gaan – vanavond – met vrienden

(3) in – vakantie – ik – lang slapen – en – krant lezen

(4) de kinderen – naar huis komen – om 16.00 uur – van school

(5) bij het ontbijt – eten – ik – broodjes met ham en kaas

(6) zijn vrouw – gaan – 's morgens – winkelen

(7) Ruud – willen – een kopje koffie - drinken

6. 請運用提示自行作答，答案僅供參考利用。

> af en toe（偶而）, altijd（老是）, meestal（多半）, nooit（從未）, soms（有時）, vaak（經常）

例：Hoe laat staat u op?（您幾點起床？）

　　Ik sta meestal om 6.30 uur op.（我多半六點半起床。）

(1) Drinkt u koffie bij het ontbijt?（您吃早餐時喝咖啡嗎？）

(2) Wie maakt het ontbijt klaar, u of uw partner?（誰做早餐呢，您或您的同居人？）

(3) Gaat u met de trein naar uw werk?（您搭火車去工作嗎？）

(4) Eten uw collega's om 12.00 uur een boterham?（您的同事們都十二點吃三明治嗎？）

(5) Kijkt u 's avonds tv?（您晚上看電視嗎？）

(6) Spreekt u Nederlands met uw vrienden?（您跟您的朋友們說荷語嗎？）

7. 請依提示填入適當的字（其中有些字得做些更改）。

> * dan * eruitzien * naar * opstaan * slapen * soms * tv kijken * werken

(1) Laura _____ elke dag om 7.00 uur _____.

(2) Ze gaat om 8.15 uur _____ haar werk.

(3) _____ drinkt ze met een collega een kopje thee.

(4) Ze _____ meestal tot 17.15 uur op kantoor.

(5) _____ gaat ze naar huis.

(6) Na het eten _____ ze soms met de kinderen _____.

(7) Ze gaat meestal om 22.45 uur _____.

(8) Zo _____ de dag van Laura _____.

8. 請填入適當的反身代名詞。

Mogen wij _____even voorstellen? Wij zijn Piet en Joke Verbruggen. Zo ziet onze ochtend eruit: We staan elke dag om 7.00 uur op. Joke gaat _____ dan meteen wassen, maar ik wil liever eerst ontbijten. Na het ontbijt ga ik _____ wassen. Daarna kleed ik _____ aan. Soms verslapen we _____ Dan moeten we _____ haasten. Ik heb dan geen tijd om _____ thuis te scheren. Dat doe ik dan in de auto! En jullie? Verslapen jullie _____ vaak?

（我們可以自我介紹一下嗎？我們是姓 Verbruggen 的 Piet 和 Joke。我們早上的生活作息是：我們每天早上七點起床。Joke 立即去洗澡，但我喜歡先吃早餐。早餐後我再去洗澡。然後穿好衣服。有時我們睡到太晚起床。那時就得趕快了。我因此沒時間在家刮好鬍子。我就在車子裡刮！你們呢？你們常睡到太晚起床嗎？）

9. 請在不改變句意的情形下，使用 er 重作敘述。

例：Wat wil je bij de koffie, een koekje of een chocolaatje?
　　＝Wat wil je erbij, een koekje of een chocolaatje?
　　　（你的咖啡要配什麼，餅乾或巧克力？）

(1) Victoria praat over haar land met haar vrienden.

(2) Ik heb geen tijd om naar het nieuws te kijken.

(3) Zul je aan de boodschappen denken?

(4) Jan en Marieke wonen naast de kerk.

(5) Wat wil jij op je boterham, pindakaas of hagelslag?

(6) De rommel zit in de vuilniszak.

(7) Joost zet zijn schoenen naast de deur.

(8) Hij luistert graag naar dat programma.

(9) Karin legt het bestek naast de borden.

(10)Ik geef niet veel om zulke programma's.

10. 請在不改變句意的情形下，在句首以 er 重作敘述。

例：Naast je bord ligt suiker. （你的盤子旁邊放有糖。）
　　→ Er ligt suiker naast je bord. （糖在你的盤子旁邊。）

(1) In de koelkast staat chocolademelk.

(2) In elke aflevering zijn tien lessen.

(3) Veel mensen zijn op bezoek geweest.

(4) Voor de deur staat een auto.

(5) Bij die bedrijf is geen werk.

(6) Op dat potje hoort een dekseltje.

(7) In de klas zit niemand.

(8) Op dat kruispunt is iets gebeurd.

Les 6

WAT HEB JE GISTEREN GEDAAN?

（你昨天做了些什麼事？）

一、連連看

引源 Taal vitaal

甲　Je hebt toch "zit" gezegd!　（你反正說「坐」了嘛！）

乙　Hij heeft naar een Nederlandse specialiteit gevraagd. – Gekke toeristen!
　　（他點了有荷蘭特色的菜。——瘋狂的觀光客）

丙　Ben je met de fiets gekomen? – Ja, hoezo?
　　（你騎單車來的嗎？——是啊，怎麼了？）

丁　Hij is om acht uur, kwart over negen, tien uur en half elf naar bed gegaan.
　　（他是八點，九點十五，十點和十點半上床睡覺的。）

二、短文

De verjaardagskalender （生日曆）

Veel Nederlanders hebben een verjaardagskalender in hun huis. Meestal hangt die aan de binnenkant van de wc-deur. Op die kalender staan de verjaardagen van familie en vrienden. U hoort er echt bij als u op deze kalender staat.

Als er een verjaardag is, dan wordt het hele gezin gefeliciteerd met de verjaardag van zoon of dochter, dus niet alleen de jarige. Alleen de jarige krijgt een cadeau.

（許多荷蘭人家都有生日曆。它多半是掛在廁所的門上。生日曆上記著家人親友的生日。 如果生日曆上記有你的生日，表示這個家庭真的很重視你。

當某戶人家有兒子或女兒過生日時，全家都會受到祝賀，也就是說，不是只有壽星會受到祝賀。但只有壽星會收到禮物。）

三、語法解說

現在完成式

1. 當要敘述某個動作或是某個情況已經處理或執行完畢時，就會用到完成式，用以區別出與說話的此刻（即現在）時間上的不同。以下短文可看到過去分詞的大致使用方式。

Gisteren **heb** ik een drukke dag **gehad**. 's Morgens **heb** ik hard **gewerkt**. Daarna **heb** ik samen met een vriendin **geluncht** en **hebben** we **gewinkeld**. 's Avonds **heb** ik voor een paar vrienden **gekookt**. Ze **zijn** niet zo lang **gebleven**, dus ik **ben** lekker vroeg naar bed **gegaan**.

（我昨天很忙。早上努力工作。然後跟我的女性朋友一起午餐，再去逛街。晚上我為兩個朋友做飯。他們停留的時間不是很長，所以我早早就上床睡個好覺了。）

例：問：Wat hebben jullie het afgelopen weekend gedaan? （你們上個週末做了些什麼？）

答(1)：We zijn zaterdag naar Deventer gefietst. Daar hebben we geslapen. Zondag zijn we weer naar huis gegaan. （我們週六騎單車到 Deventer 去。在那裡過夜。週日再回到家來。 ）

(2)：Ik heb Anne Marie gebeld en een afspraak met haar gemaakt.
（我打電話給 Anne Marie 並與她約好了見面。）

2. 現在完成式的型態：通常表示該動作已經完成。這個時式使用頻率非常高，甚至人們常用此時態來代替過去式，以表示過去發生的事。

hebben + 動詞的過去分詞 或 zijn + 動詞的過去分詞

例：Ik *heb* voor een paar vrienden **gekookt**. （我為兩個朋友煮了飯。）
Ze *zijn* niet zo lang **gebleven**. （他們沒有停留很久。）

其中 hebben 或 zijn 可視為助動詞，由他們所帶領出的動詞變化組合規則有點複雜（不規則動詞變化表可供參考。）要如何知道哪個動詞是搭配 hebben 這個助動詞，哪個動詞又是搭配 zijn 這個助

動詞呢？有兩個方法可以同時並用：(1) 多多翻查字典，動詞字彙裡有告知該動詞的過去式拼法與該動詞是配合使用 hebben 助動詞或 zijn 助動詞。(2) 在會話時注意與你對話的人使用的是 hebben 或 zijn 率領出的動詞組合，再繼續使用該組合與之對話，就比較不會出錯。

3. 大致上來說，zijn + 動詞的過去分詞 有移動的意味，並明示或暗示其目的地時，沒有直接受詞（即該動詞是不及物動詞）的情形。

例：We zijn helemaal naar Muiden gefietst.（我們已全程騎單車到 Muiden。）
   Hij is voor zijn werk naar Spanje gereisd.（他是為了工作而到西班牙的。）
另外，在敘述中強調其間的轉變過程時，也是搭配 zijn。

例：trouwen（結婚），scheiden（離婚），sterven（垂危病逝），overlijden（死亡），schrikken（震驚），verdwijnen（消失）。

例句：Jan en Toos zijn in november getrouwd.（Jan 和 Toos 是十一月結婚的。）
   Erik en Anneke zijn vorig jaar gescheiden.（Erik 和 Anneke 去年離婚了。）
   Mijn vader is in 1974 overleden.（我父親已於一九七四年過世。）
   Wij zijn erg van dat bericht geschrokken.（我們因為那訊息而感到十分震驚。）
   Mijn broek is in de was gekrompen.（我的褲子在洗後縮水了。）

■ 以下這些動詞也是都搭配zijn，大家不妨先背起來：
beginnen（開始），blijven（停留），gaan（去），gebeuren（發生），komen（來），opstaan（起床），slagen（成功做好），vallen（掉落），vertrekken（離開），worden（變成），zijn（是）。

例：De les is al begonnen.（課堂已經開始了。）
   Waar zijn de kinderen gebleven?（孩子們在哪呀？）
   Wij zijn op de fiets naar school gegaan.（我們騎了單車去學校。）
   Wat is er gebeurd?（發生了什麼事？）
   Jij bent te laat in de les gekomen.（你太慢來上課了。）
   Hij is vroeg opgestaan.（他早起。）
   Tom is ziek geworden.（Tom 病了。）
   Het beslag is goed gerezen.（麵糰已經發酵脹大了。）

4. hebben + 動詞的過去分詞 是描述動作，未指出目的，沒有直接受詞（即該動詞是不及物動詞）的情形。反身動詞的完成式也是以此型態出現的。

■ 以下這些動詞都搭配 hebben，大家不妨先背起來。
fietsen（騎單車），lopen（走路），rijden（駕車），varen（划船），vliegen（飛行），zwemmen（游泳），doen（做）。

例：We hebben vanmiddag heerlijk gefietst.（我們今天下午單車騎得很愉快。）
   Hij heeft voor zijn werk veel gereisd.（他有很多的出差旅行是為了工作。）
   He heeft zich gehaast om op tijd te komen.（他趕著要準時到達。）
   De kinderen hebben zich goed gedragen.（孩子們已穿戴整齊了。）

5. 下列句子可稍作比較，以拿捏其中的微小差異處。
   (1) wij zijn naar de stad gelopen.（我們往市中心走去。）
       wij hebben de hele dag gelopen.（我們走了一整天耶。）
   (2) ik ben naar de stad gereden.（我往市中心開去。）
       ik heb nooit in zijn auto gereden.（我還沒開過他的車。）

(3) ben je met de trein gekomen? （你坐火車來的嗎？）

　　 nee, ik ben gevlogen. （不，我搭飛機來的。）

　　 ik heb nooit gevlogen. （我從沒搭過飛機。）

(4) wij hebben door de polder gefietst. （我們騎過了海埔新生地。）

　　 wij zijn <u>naar</u> Kinderdijk gefietst. （我們往 Kinderdijk 騎去。）

(5) hij heeft een flink stuk gelopen. （他著實走了好長一段路。）

　　 hij is <u>naar</u> huis gelopen. （他往家裡走去了。）

(6) ik heb een eindje in mijn auto gereden. （我已經開有一小段距離了。）

　　 ik ben <u>naar</u> Amsterdam gereden. （我往阿姆斯特丹開去了。）

(7) Joost heeft lekker gezwommen. （Joost 游得很暢快。）

　　 het eendje is <u>naar</u> de overkant gezwommen. （鴨子已經往對岸游去了。）

6. 很難解釋的是，在完成式中搭配 zijn 的幾乎都是不規則動詞（即強動詞），就連 blijven（停留；保持）與 zijn（是）這兩個不含移動意味的動詞也與 zijn 搭配。

　　例：hij is thuis gebleven. （他已待在家中。）

　　　　wij zijn nooit in Friesland geweest. （我們沒去過 Friesland。）

過去完成式

過去完成式與現在完成式很相似。

　　例：Gisteren zei Jan dat hij de film twee keer had gezien. （昨天 Jan 說那電影他已看過兩次了。）

　　　　Voordat ik gisteren naar de film ging, had ik mijn kamer schoongemaakt.

　　　　（我昨天去看電影之前就已經先打掃好房間了。）

　　　　Hij zei dat hij gisteren hier was geweest. （他說他昨天已來過這裡。）

　　　　Ik begreep dat hij zijn huiswerk niet had gemaakt. （我當時已知道他沒有做功課。）

　　　　Nadat we gegeten hadden, gingen we weg. （當時用餐之後，我們就離開了。）

現在完成式與過去完成式的差異

現在完成式是以現在（說話的當時）為基準點，描述在這個基準點之前發生或結束的動作。過去完成式則是以過去（說話的當時之前的某個時間）為基準點，描述這個基準點之前發生或結束的動作。通常想要在話題中點出某種關連性，才會先後讓這兩種時態的句型同時出現。

　　例：□<現完>Ik ben gisteren in Amsterdam geweest. （我昨天去了阿姆斯特丹。）

　　　　□<過完>Ik was er nooit eerder geweest. （在這之前我從沒去過那兒。）

　　　　△<現完>Piet heeft een jaar in dit hotel gewerkt. （Piet 已經在這家旅館工作一年了。）

　　　　△<過完>Daarvoor had hij al in een ander hotel gewerkt. （在這之前他已經在另一家旅館工作過了。）

　　　　○<現完> Dit jaar ben ik met vakantie in Italië geweest. （今年我去了義大利渡假。）

　　　　○<現完> Vorig jaar ben ik in Oostenrijk geweest. （去年我去了奧地利渡假。）

現在分詞

原型動詞字尾加 d(e) 即是所謂的現在分詞。

1. 現在分詞可以當形容詞使用，其意為「令人感到…的」，「正在…中的」。

當它後面形容的名詞是有性名詞或是名詞的複數型態時，此時字尾要加 e；如果後面形容的名詞是中性名詞單數型，就不加 e。此時常搭配 die（與有性名詞配用的「這個；那個」）或 dat（與中性名詞單數配用的「這個；那個」）出現。

例：een slapende hond （睡覺中的狗）

ik hoor een huilend kind. （我聽到小孩哭。）

al doende leert men. （人們從經驗中學習。）

de jongen kwam huilend binnen. （那男孩哭著進門。）

huilen （哭） → huilend （哭泣的） → een huilende baby（哭泣中的嬰兒）

slapen （睡覺） → slapend（睡覺中的） → een slapende hond（在睡覺的狗）

De geverfde muren moeten drogen.

→ De muren die geverfd zijn, moeten drogen. （上了漆的牆壁必須乾燥。）

2. 荷語的形容詞通常也可以當副詞來形容整個句子，其意為「…地」。所以現在分詞有時也會在句首充當副詞來形容全句。此時常可以取代 toen（過去式裡用的「當時」）或 terwijl（當…時；同一時間）。

例：Huilend komt het kind binnen. （那小孩哭著走進來。）

Glimlachend ontvangt zij het cadeautje. （她微笑著接過禮物。）

Terwijl zij zingt, doet zij de afwas.

→ Zingend doet zij de afwas. （她洗碗的時候唱著歌。）

Toen wij ons werk gedaan hebbende, gingen wij naar huis.

→Ons werk gedaan hebbende, gingen wij naar huis. （當時我們工作完畢，就回家去了。）

過去分詞

1. 一般規則變化動詞的過去分詞表現形式：

ge＋動詞基幹＋d 或 ge＋動詞基幹＋t

加 d 或加 t 的原則是：基幹是特殊字尾時（即字尾是 t 或 k 或 f 或 s 或 ch 或 p 等無聲子音者）加 t；其他情況則加 d。

例：Ik heb hard gewerkt. （我已努力工作了。）

Heb je alle oefeningen gemaakt? （你每篇練習都做了嗎？）

Ze heeft veel nieuwe woorden geleerd. （她已學到了許多新字彙。）

We zijn helemaal naar Muiden gefietst. （我們全程騎單車到 Muiden。）

Hans heeft zijn fiets gerepareerd. （Hans 的腳踏車修好了。）

Dat heeft hij van zijn broer geleerd. （那個是他跟他哥哥學來的。）

但要切記，過去分詞字尾也不能有同時出現 tt 或 dd 的情形。所以當基幹字尾是 t 或 d 時，只有前面要加 ge，後面就不再加了。

例：Het vliegtuig is veilig geland. （飛機安全降落。）

Heb je al koffie gezet? （你準備好咖啡了嗎？）

2. 至於不規則動詞的過去分詞，請參看不規則動詞變化總覽。請謹記並活用此表的動詞過去式及過去分詞。

3. 雖然大部分的過去分詞都以 ge 作為開頭，但如果是以 be 或 er 或 ge 或 her 或 ont 或 ver 開始者的動詞，其過去分詞不可以將 ge 直接加在字首。

例：*be*danken（感謝）：We hebben hem bedankt voor zijn hulp.（我們感謝他的幫忙。）
　　*ge*bruiken（使用）：Heb je een woordenboek gebruikt?（你使用了字典嗎？）

4. 可拆式動詞的過去分詞型態是把 ge 擺在原動詞與介系詞中間。
　　例：opbellen（打電話）：Hij heeft me gisteren weer opgebeld.（他昨天再度打電話給我。）
　　　　invullen（填）：Wat heb jij bij vraag 4 ingevuld?（你第四題填了什麼？）
　　*有時原型動詞也可當抽象名詞使用，此時將之視為中性字。
　　例：reizen is altijd duur.（旅遊總是貴的。）
　　　　is roken hier verboden?（這裡禁菸嗎？）

5. 過去分詞有時也當形容詞使用：
　　(1)en 結尾者的過去分詞，便可直接當作形容詞
　　　　例：Ze heeft het servetje gevouwen.（她摺了那條餐巾。）
　　　　　　→ een gevouwen servetje（摺好的餐巾）
　　　　　　Piet heeft zijn been ontbloot.（Piet掀露他的腿。）
　　　　　　→ een ontbloot been（掀露的腿。）
　　(2)d 或 t 結尾者的過去分詞，則字尾再加e當形容詞使用。
　　　　例：Deze weg is vorige jaar verbreed.（這條道路去年拓寬了。）
　　　　　　→ de verbrede weg（那條被拓寬的路）
　　　　　　De vaas was in de oven gebarsten.（花瓶在烤爐裡裂開了。）
　　　　　　→ de gebarsten vaas（那個裂掉的花瓶）

特殊動詞 laten（讓）

1. laten 在祈使句中常以基幹形式（即 laat）出現。
　　例：Laat ons die foto's eens zien.（讓我們看一下照片啦。）
　　　　Laat mij het maar doen.（讓我做這個。）
　　　　Laat ons je nieuwe CD eens horen.（讓我們聽聽你的新CD啦。）

2. laten 在現在完成式裡若有搭配另一個動詞，那麼這兩個動詞皆不會以過去分詞的型態，而是以原型動詞型態出現；沒有搭配另一個動詞時才會以過去分詞的型態出現。
　　例：Wij hebben hem een uurtje laten slapen.（我們已經讓他睡一小時了。）
　　　　Joost heeft de deur open laten staan.（Joost 已經把門開著了。）
　　　　Ik heb de foto's laten zien.（我已經展示照片了。）
　　　　Jij hebt ons mening laten schrikken.（你的看法已經嚇到我們了。）
　　　　Zij heeft haar koffie koud laten worden.（她已經把她的咖啡放到涼了。）
　　　　Bart heeft de hond uit gelaten.（Bart 已經讓狗出去了。）
　　　　De politie heeft de verdachte vrij gelaten.（警方已經釋放那個嫌疑犯了。）

四、練習

1. 以下句子為完成式敘述，請將動詞部分畫線，並另外寫出此過去分詞的原型動詞。

例：We zijn helemaal naar Muiden gefietst.　　　原型動詞：fietsen
(1) Ik ben vandaag op tijd opgestaan.
(2) Gisteren zijn we bij mijn oma op de koffie geweest.

(3) Ik heb tot 1985 in Portugal gewoond.

(4) Hij heeft zijn vrouw in 1972 in Nairobi ontmoet.

(5) Anne Marie heeft de verjaardag van Pieter vergeten.

(6) Zijn jullie met het vliegtuig naar Madrid gegaan?

(7) Heb je al wat gegeten?

(8) Peter en Margot zijn twee jaar geleden getrouwd.

(9) Wanneer bent u precies naar Nederland verhuisd?

(10)Ik heb vanochtend alle formulieren ingevuld.

2. 請填入過去分詞，以使句子完整。

(1) Cees heeft oefening 3 niet _____ (maken)

(2) De vorige les hebben we onze naam _____ (spellen)

(3) Ik heb het aan Isabel _____ (vragen)

(4) Hij heeft de hele dag nog niets _____ (zeggen)

(5) Ineke heeft haar oma nooit _____ (kennen)

(6) Heb je gisteren _____ ?(werken)

(7) Hebben jullie al _____ ?(lunchen)

(8) Ik heb de hele dag Nederlands _____ !(praten)

3. 請依提示填入該適當的動詞型態，使之成為完整的完成式句子。

(1) _____ (hebben) je vanochtend naar de radio _____ (luisteren)?

(2) _____ (hebben) jullie het grote nieuws al _____ (horen)?

(3) Sandra _____ (hebben) vijf jaar in Amsterdam _____ (wonen).

(4) Ik _____ (hebben) het _____ (proberen), maar het _____ (zijn)
niet _____ (lukken).

(5) Gisteren _____ (zijn) Gerard en Ank (trouwen).

(6) Het afgelopen weekend _____ (zijn) we naar Den Helder _____ (fietsen).

(7) Van wie _____ (hebben) je dat _____ (leren)?

4. 請將句子改為現在完成式。

(1) Bart en Michiel voetballen met hun vrienden. （Bart 和 Michiel 及他們的朋友踢足球。）

(2) Astrid repareert haar fiets. （Astrid 修理她的單車。）

(3) Roel studeert in Londen. （Roel 在倫敦讀書。）

(4) We maken een fietstocht op de Veluwe. （我們在 Veluwe 這個地方安排騎單車行程。）

(5) Ze kamperen in Domburg. （他們在 Domburg 露營。）

(6) Zaterdag vier ik mijn verjaardag. （我週六要慶祝生日。）

(7) Zet jij koffie? （你要準備咖啡嗎？）

(8) De fietser verdwijnt om de hoek van de straat. （那個騎單車的人消失在街角。）

(9) De les begint om negen uur. （課程九點開始。）

(10)De pijn in mijn rug verdwijnt. （我的背痛消失了。）

(11)Hij blijft niet lang op die bijeenkomst. （他不會在集會上停留很久。）

(12)Ik hoop dat hij slaagt voor zijn examen. （我希望他考試成功。）

(13)De oude man sterft rustig in zijn slaap. （那個老人在睡眠中安詳地去世了。）

(14)Die mooie spiegel barst. （鏡子裂了。）

(15)Die leuke reis bevalt ons goed. （這趟旅程我們會很愉悅。）

(16)Met dit wasmiddel verdwijnen de plekken als sneeuw voor de zon. （用這個洗衣劑洗衣服，髒汙都會不見，就像雪在陽光下融化一樣。）

(17)De kinderen schrikken van de harde knal. （孩子們對這個衝擊感到很震驚。）

(18)De prijs van benzine stijgt met twee eurocent. （汽油價錢要上漲兩分錢。）

(19)Jij bent niet op school. （你沒去上學。）

5. 哪一個動詞的過去分詞拼寫不正確？請找出來並更正之。

(1) gemaakt	gespeld	gezett	getekend
(2) gevraagt	geleerd	gezegd	geluncht
(3) gewerkt	gekent	gehoord	gefietst
(4) gelukt	gefietsd	geprobeerd	getrouwd

6. 請將下列句子以現在完成式重新敘述。

(1) Jullie laten je huis opknappen. （你們要整修房子。）

(2) Zij laat haar haren verven. （她要染髮。）

(3) De kinderen laten hun speelgoed liggen. （孩子們把玩具擱著。）

(4) Ik laat mijn foto's afdrukken. （我要沖洗照片。）

(5) Hij laat de deur open staan. （他讓門開著。）

(6) Joost laat zijn eten koud worden. （Joost 要把食物擱涼了。）

(7) Ik laat mijn boeken op school liggen. （我把書放在學校。）

(8) Jij laat je nieuwe CD horen. （你放新 CD 聽。）

7. 請將下列句子以現在完成式重新敘述。

(1) Hij laat zijn tas thuis. （他袋子放在家裡。）

(2) Hij laat haar met rust. （他不打擾她。）

(3) Wij laten de deur open. （我們讓門開著。）

(4) Ik laat de ramen dicht. （我關上窗戶。）

(5) Wij laten onze vrienden achter. （我們讓朋友們跟在後面。）

(6) De controleur laat de bezoekers door. （查驗員讓訪客通過。）

(7) Joost laat de hond uit. （Joost 讓狗出去。）

8. 請將下列句子改以現在分詞重新敘述。

(1) Terwijl ze fietsen, verkennen ze de omgeving.

(2) De meisjes lopen door het winkelcentrum, terwijl ze kletsen.

(3) Terwijl hij hoest en proest, komt hij boven water.

(4) De hond loopt weg, terwijl hij jankt.

(5) Terwijl het briest en snuift, galoppeert het paard over de vlakte.

(6) Terwijl hij aan zijn bureau zit, telefoneert hij met zijn vriendin.

(7) Toen zij de kinderen naar bed had gebracht, ging ze televisie kijken.

(8) Toen hij nauwelijks gearriveerd was, moest hij al weer weg.

(9) Terwijl ze chips eten en cola drinken, kijken de kinderen naar de film.

(10)De gewonde ligt op straat, terwijl hij bloedt.

Les 7

EN WAT VOOR WERK DOE JIJ?

（你從事什麼工作？）

一、會話

Ruud: Dit zijn Paco en Luisa, Spaanse vrienden van mij.
（這是 Paco 和 Luisa，我的西班牙朋友。）

Marijke: O, wat leuk. Waar komen jullie vandaan?
（喔，真好。你們來自哪裡呀？）

Luisa: Uit Zaragoza.
（來自 Zaragoza。）

Marijke: Zijn jullie voor het eerst in Nederland?
（你們是第一次來荷蘭嗎？）

Paco: Nee hoor. Ik ben vaak op Schiphol.
（不是啦。我常待在Schiphol機場。）

Ruud: Paco werkt namelijk bij de KLM.
（Paco 在 KLM 航空工作。）

Marijke: O ja? Werk je aan boord?
（是喔？你在飛機上工作嗎？）

Paco: Nee, ik werk meestal buiten, ik ben monteur.
（沒有，我主要在戶外工作，我是技師。）

Marijke: En bevalt het jullie hier in Nederland?
（那你們喜歡荷蘭嗎？）

Luisa: Ja hoor. Alleen het weer hé...!
（喜歡啊。只是天氣…）

Marijke: Ik heb net het nieuws gehoord: morgen wordt het beter, zeggen ze.
（我剛聽到新聞說明天天氣會比較好，他們是這麼說啦。）

Luisa: Goed, we blijven optimistisch!
（好啊，我們欣然等待！）

Marijke: En jij Luisa, jij bent zeker ook niet voor de eerste keer in Nederland?
（Luisa，你也不是第一次來荷蘭吧？）

Luisa: Nee, ik heb in Nederland gestudeerd.
（不是，我在荷蘭讀過書。）

Marijke: Daarom spreek je zo goed Nederlands!
（所以你荷蘭語說得這麼好！）

Luisa: Nou, dat valt wel mee.
（還可以啦。）

Marijke: En wat doe jij, werk je ook bij de KLM?
（那你是做什麼的，你也在 KLM 工作嗎？）

Luisa: Nee, ik ben verpleegster, maar we hebben twee kleine kinderen.
Dus momenteel ben ik huisvrouw!
（不，我是護士，但我們有兩個小孩子。所以我目前是家庭主婦！）

二、連連看

（Part I）

下列動作分別是這五個人中誰最常做的呢？（單選）

A	B	C	D	E
een huisman	een buschauffeur	een politieagent	een secretaresse	een dominee
家庭主夫	巴士駕駛	警察	秘書	神父

引源 Taal vitaal

① doet het huishouden（做家事）   ② doet boodschappen（買菜；購物）

③ geeft raad（給予忠告）   ④ geeft bekeuringen（傳喚；召喚）

⑤ kookt（烹飪）   ⑥ helpt met huiswerk（幫忙課後作業）

⑦ rijdt（開車）   ⑧ maakt schoon（清理打掃）

⑨ stofzuigt（吸塵）   ⑩ staat in de file（塞車中）

⑪ snijdt brood（切麵包）   ⑫ telefoneert（打電話）

⑬ verkoopt kaartjes（賣〔乘車〕卡）   ⑭ zet koffie（準備咖啡）

⑮ leest en schrijft/beantwoordt brieven（讀信及寫／回信）

（Part II）

A	functie（職務）	甲	informatie over de baan of de sollicitatiewijze（關於此工作或申請須知的訊息）
B	taken（工作內容）	乙	hoe je moet [solliciteren schriftelijk of persoonlijk b.v.] en tot wanneer（你如何辦理[如書面申請或是親自去]及截止時間）
C	functie-eisen（職務要求）	丙	Werkuren per week, salaris, pensioenregeling, aantal vakantiedagen enz.（每週的工作時數、薪資、退休金規定、總休假天數等等）
D	salaris（薪資）	丁	het werk dat je moet doen（你必須做的工作）
E	arbeidsvoorwaarden（工作契約）	戊	dat wat men van de sollicitant verwacht, b.v. opleiding, ervaring enz.（期待申請者所具備的如：學歷、經驗等等）
F	inlichtingen（通知）	己	het geld dat je regelmatig voor het werk krijgt（你固定從工作中領得的錢）
G	sollicitatiewijze（申請須知）	庚	dat wat het werk inhoudt, soms 'functieomschrijving' genoemd（是工作中所包括的，有時被稱為「工作內容」）

三、填填看

引源 Taal vitaal

☐ de dokter（醫生）　　　　☐ de lerares（女老師）　　　　☐ de opticien（驗光師）
☐ de politieagent（警察）　☐ de groenteboer（菜販）　　☐ de dominee（神職人員）
☐ de tuinman（園丁）　　　☐ de secretaresse（秘書）　　☐ de orgelman（風琴手）
☐ de kapper（理髮師）　　　☐ de verkoopster（女售貨員）☐ de fietsmonteur（單車修理員）

四、補給站

1. 搭配地方性副詞或時間，就可以做出許多敘述。

　　* op kantoor（在辦公室裡）　　　　* op school（在學校裡）　　　* in een ziekenhuis（在醫院裡）

　　* in een fabriek（在工廠裡）　　　　* buiten（在外面）　　　　　* in een restaurant（在餐廳裡）

　　* in een winkel/warenhuis（在商店／百貨公司裡）　　　　　　　　* thuis（在家裡）

　　* bij een bedrijf（在公司行號）

　　例：De dokter werkt in het ziekenhuis.（醫生在醫院裡工作。）

　　　　Hij werkt daar nu [al] zeven jaar.（他那裡[已經]做了七年了。）

2. 對話練習題材

　　Wat voor werk doet u?（您是做什麼工作的呢？）

　　Wat studeert u?（您是唸什麼的？）

　　Waar werkt/studeert u?（您在哪高就／研究？）

　　Hoe lang werkt/studeert u daar al?（您在那已經工作／研究多久了？）

　　Vindt u uw werk/studie leuk?（您覺得工作／研究不錯吧？）

3. 職稱與名詞性別的變化種類

Hij is …（他是…）	Zij is …（她是…）（陰性字尾有數種）
[politie]agent（警察）	[politie]agente（女警）
assistent（助理）	assistente（女助理）
docent（教師）	docente（女教室）
leraar（老師）	lerares（女老師）
tekenaar（畫家）	tekenares（女畫家）
apotheker（藥劑師）	apothekeres（女藥劑師）
verkoper（售貨員）	verkoopster（女售貨員）
groepsleider（班長；組長）	groepsleidster（女班長；女組長）
kapper（理髮師）	kapster（女理髮師）
verpleger（男護士）	verpleegster（女護士）
boekhouder（記帳員）	boekhoudster（女記帳員）
chauffeur（司機）	chauffeuse（女司機）
dominee（神職人員）	domina（女神職人員）
secretaris（秘書）	secretaresse（女秘書）
opticien（驗光師）	optica（女驗光師）
bakker（麵包師傅）	bakster或bakte（女麵包師）

* Hij is werkloos.（他沒有工作。）

* Zij is werkzoekend.（她在找工作。）

4. 徵人啓示範例

Voor het Ziekenhuis ten Bos in Amstelveen zoeken wij

VERPLEEGKUNDIGE (m/v)

(32-36 uur per week)

Gevraagd Diploma A-verpleegkundige of HBO-V, met opleiding brede basis. De verpleegafdeling bestaat uit 40 bedden. Er werkt een enthousiast team. U helpt bij het onderzoek en de behandeling van patiënten en verricht ook administratieve taken.

Geboden Een collegiale werksfeer, honorering afhankelijk van ervaring, volgens FWG 45/50, tot maximaal 2.350,- bruto per maand bij een 36-urige werkweek. Arbeidsvoorwaarden volgens de CAO-ziekenhuiswezen.

Schriftelijke sollicitaties binnen 10 dagen richten aan Ziekenhuis Ten Bos
Postbus 912, 5723 OP Amstelveen
Meer informatie bij Helen de Uyl,
Telefoon (090) 234 83 00

我們是在 Amstelveen 的 ten Bos 醫院，要尋找

護理人員（男女皆可）
（每週三十二～三十六小時）

需求 護理科或大專畢業的基礎學歷。護理科有四十個床位，一群熱情的工作團隊，您會在研究部門幫忙病患治療與行政工作。

資格要求 合作的工作氣氛，薪資視經驗而定，依據 FWG 45/50法的規定，最高可達每週三十六工時每個月2.350歐元的稅前收入，工作契約依CAO醫院摘要制定。

書面申請請於十日內直接投遞至
Ten Bos 醫院，
郵政信箱912號，
5723 OP Amstelveen，
詳情可洽Helen de Uyl，
電話 (090) 234 83 00

五、語法解說

各類名稱和專有名詞

1. 陽性和陰性型態：這種特別指出陽性或陰性類名詞的專有名詞已在荷語中越來越少出現，通常會在報紙求才欄廣告上出現的「m／v」，是表示「男女皆可」之意。

   例：　　　　Gevraagd:　　　　　　　徵才：
   　　　　Administratief medeweker (m/v)　　行政人員　（男／女）

2. 通常人名和專有名詞會有其陰性字眼。查字典時，這類陰性字可在其陽性字的釋義群中看到它們的拼法。

   例：**le·raar** (de~(m,); leraren of –s), vrouw: **le·ra·res** (de ~(v.); -sen)
   　　(1) iemand die les geeft op een basisschool of in het voortgezet onderwijs
   　　(2) (in België) iemand die les geeft in het secundair onderwijs (kijk ook bij: secundair).
   　　譯：老師（有性名詞陽性，複數型是 leraren 或字尾加 s）；
   　　　　女老師（有性名詞陰性，複數型為 leraressen）
   　　　　(1) 在小學或中學授課的人
   　　　　(2)（在比利時）在中學授課的人（查：secundair）

ver·koop·ster → verkoper

ver·ko·pen (verkocht, heeft verkocht) iets verkopen: iets aan een ander geven in ruil voor geld
■ een huis verkopen; nee verkopen: (uitdr.) zeggen dat je het gevraagde niet in voorraad hebt; de minister weet z'n plannen goed te verkopen: (uitdr.) hij vertelt ze zó dat ze heel aantrekkelijk klinken.
ver·ko·per (de~(m.); -s), vrouw: ver·koop·ster (de ~(v.);-s) iemand die voor zijn of haar beroep dingen verkoopt*

譯：女售貨員 → 售貨員

賣（過去式拼法；過去分詞的使用方式）■ 賣東西：以金錢交換某樣物品；賣房子；不賣：（慣用語）商店裡沒有庫存了；他們知道這樣有助銷售（慣用語）聽起來也吸引人。售貨員（有性名詞陽性，複數型是字尾加 s），陰性字是女售貨員（有性名詞陰性，複數型是字尾加 s），表示某人的職業是賣東西。

3. 早期某些工作只有男性在做，所以該職業從業人員的名稱只有陽性字眼，沒有陰性字眼，如：de groenteboer（菜販），de arts（醫生）。所以描述現今這類工作的女從業人員的字就是：de vrouwelijke groenteboer（女菜販），de vrouwelijke arts（女醫生）

■ 日期如：週一、週二…及月份的字首並不一定要大寫。
■ 通常地名的字尾是 dam 時，重音在字尾。
例：Rotterdám, Amsterdám, Zaandám, Edám
但有澄清解釋的意味時，則重音移到字首。
例：Hij woont niet in Záandam, maar in Ámsterdam.
（他不是住在 Záandam，而是住在 Ámsterdam。）
■ 字尾 tie 的發音：類似「機」的音。
例：traditie（傳統）

現在完成式的造句原則

主要子句由 hebben 或 zijn 帶領的動詞變化組合，動詞的過去分詞擺在句尾。
例：

句首	動詞	主詞	其他	過去分詞
Gisteren	heb	ik	een drukke dag	gehad.（我昨天忙了一天。）
Ze	heeft	-	veel nieuwe woorden	geleerd.（她學到了很多新字彙。）
In het weekend	ben	ik	naar Valkenburg	gefietst.（我週末騎單車去 Valkenburg。）
We	zijn	-	in 1995	getrouwd.（我們是一九九五年結婚的。）

六、練習

1. 請查字典，依提示在空白部分填上答案。

(1) (kapper)　　　Jan, mijn neef, is _____.

(2) (verkoper)　　Alle _____ van dat bedrijf hebben een lease-auto.

(3) (leraar)　　　Zij werkt als _____ op een middelbare school.

(4) (verpleger)　 Erica heeft HBO-V gedaan. Ze werkt nu als _____ in een groot ziekenhuis.

(5) (docent)　　　Op het Talencentrum in Den Haag werken 17 _____.

(6) (arts)　　　　De meeste artsen zijn mannen, maar je ziet steeds meer _____.

(7) (journalist)　 Ze heeft lang als _____. voor een landelijk dagblad gewerkt.

(8) (acteur)　　　Ken jij veel Nederlandse acteurs en _____?

2. 請依提示填入適當的答案。

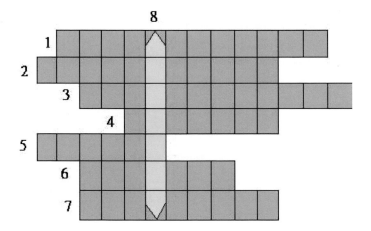

(1) Deze vrouw werkt in een ziekenhuis. （這位女性在一家醫院工作。）

(2) Deze vrouw werkt in een apotheek. （這位女性在一家藥局工作。）

(3) Deze vrouw typt brieven voor haar baas. （這位女性為她的老闆打信。）

(4) Deze vrouw knipt haren. （這位女性幫人修剪頭髮。）

(5) Deze vrouw helpt zieke mensen. （這位女性幫助生病的人。）

(6) Deze vrouw werkt op een volksuniversiteit. （這位女性在社區大學工作。）

(7) Deze vrouw werkt thuis. （這位女性在家工作。）

(8) Deze vrouw geeft les op school. （這位女性在學校授課。）

3. 連連看。

待連接者

(1) Een agente is een vrouw die   a) les geeft.

(2) Een verkoper is een man die   b) een autobus bestuurt.

(3) Een lerares is een vrouw die   c) brillen verkoopt.

(4) Een arts is een persoon die   d) van alles verkoopt.

(5) Een groenteboer is een persoon die   e) zieke mensen helpt.

(6) Een opticien is een persoon die   f) bij de politie werkt.

(7) Een chauffeur is een man die   g) gegevens van een bedrijf bijhoudt.

(8) Een administratief medewerker is een man die   h) groente verkoopt.

4. 請將下列現在完成式句子的所有動詞部分畫線，並拼寫出該動詞的原型狀態。

(1) Ik heb al overal gezocht, maar ik kan mijn pen niet vinden.

(2) Zijn Thomas en Leonie nog lang gebleven?

(3) Goedemorgen, heb je lekker geslapen?

(4) We hebben gisteren gezellig bij de pizzeria gegeten.

(5) Onze buren hebben een ander huis gekocht.

5. 請填入動詞的過去分詞形式。

(1) We zijn in tien uur naar Zuid Frankrijk _____. (rijden)

(2) Niels en Anouk hebben een kopje koffie _____. (drinken)

(3) Ze zijn om 22.30 uur naar huis _____. (gaan)

(4) Hebben jullie dat hele stuk _____? (lopen)

(5) Ik ben moe; ik heb de hele dag Nederlands _____. (spreken)

(6) We hebben vandaag geen les _____. (hebben)

(7) Wat heb je het afgelopen weekend _____? (doen)

6. 選擇題。

(1) Walter kent Nederland al lang. （Walter 已經認識荷蘭很久了。）

    a) Walter is nog nooit in Nederland geweest. （Walter 還沒去過荷蘭。）

    b) Walter is al vaak in Nederland geweest. （Walter 常去荷蘭。）

    c) Walter is in Nederland geboren. （Walter 在荷蘭出生。）

    d) Walter is al een keer in Nederland geweest. （Walter 去過一次荷蘭。）

(2) Het valt wel mee. （很順利，還不錯。）

    a) Het is geen mooi weer. （天氣不好。）

    b) Ik ben gevallen. （我跌倒了。）

    c) Ik vind het hier niet zo mooi. （我覺得這裡不太好。）

    d) Het gaat wel. （很好啊。）

(3) Het weer werkt niet zo mee. （天氣不是很配合。）

    a) Het is koud en het regent. （天冷又下雨。）

    b) De zon schijnt en het is lekker warm. （陽光燦爛又暖和。）

    c) In Nederland regent het altijd. （荷蘭老是在下雨。）

    d) Het is hier altijd zonnig. （這裡常常陽光普照。）

(4) Hij heeft zijn handen vol. （他有很多事要做。）

    a) Hij heeft heel veel tijd. （他有很多時間。）

    b) Hij heeft een baan als monteur. （他有個技術員的工作。）

    c) Hij moet heel hard werken. （他必須很努力工作。）

    d) Hij heeft veel geld. （他很有錢。）

7. 請將下列字依正確順序寫出來。

(1) mijn – een – zus – auto – heeft – gisteren – gekocht

(2) de – ik – genomen – vorige – heb – trein – week

(3) hebben – fiets – wij – eergisteren – gerepareerd – de

(4) bed – weekend – ben – in – ik – het – gebleven – afgelopen

(5) geleden – geleerd – twee – hebben – weken – woorden – jullie – nieuwe – de

(6) u – koffie – toen – gezet – hebt

(7) school – gisteren – gegaan – zus – naar – mijn – is

(8) 1992 – Mieke – de – in – gekocht – fiets – heeft

8. 請將下列句子改為現在完成式。

(1) Mijn zus helpt me met mijn huiswerk. （我姊協助我做功課。）

(2) Matthijs doet vandaag de boodschappen. （Matthijs 今天購物。）

(3) De meeste brieven schrijft mijn secretaresse. （大部分的信都是我的秘書寫的。）

(4) Na de les spreekt de docent met enkele cursisten. （老師課後跟一些學生談話。）

(5) Ik verkoop mijn fiets. （我賣我的腳踏車。）

(6) Lees je de krant vandaag niet? （你今天沒看報紙嗎？）

(7) Hoe laat hebben jullie vandaag koffiepauze? （你們今天幾點休息喝咖啡呢？）

(8) Hij geeft mij vaak goede raad. （他常常給我好的建議。）

9. 請依提示填入適當的字。

* al   * handen vol   * voor het eerst   * huisvrouw   * secretaresse   * verpleegster

(1) Zij heeft als _____ op een kantoor gewerkt.

(2) Onze vrienden uit Spanje zijn _____ in Nederland.

(3) Ik werk hier _____ vijf jaar.

(4) Een politieagent heeft zijn _____.

(5) Mariska is _____ Ze werkt in een academisch ziekenhuis.

(6) Als _____ heb je ook de hele dag je handen vol.

Les **8**

IK HEB TREK IN PATAT!

（我想吃薯條！）

一、會話

Greetje : Ik krijg langzamerhand trek.
（我肚子漸漸餓了。）

Jaap : Zullen we ergens gaan zitten?
（我們要找個地方坐一會兒嗎？）

Greetje : Nou, dat hoeft voor mij niet. Ik heb trek in patat.
（我是不需要啦。我想吃薯條。）

Jaap : Ik ook wel. Kijk eens, daar op de hoek is een patatkraam.
（我也想吃。看，那邊角落有個薯條攤。）

verkoper: Meneer?
（販賣員）（先生，您要什麼？）

Jaap : Twee patat graag, één met mayonaise en één met pindasaus.
（兩份薯條，一份配美乃滋，一份配花生醬。）

verkoper: Groot, middel of klein?
（大薯，中薯或小薯？）

Jaap : Wat wil jij, Greetje?
（你要哪種呢，Greetje？）

Greetje : O, dat maakt niet uit; doe maar middel.
（喔，都可以啦；中薯好了。）

Jaap : Oké, één middel dan met mayonaise en voor mij een grote portie met pindasaus.
（好，一份中薯配美乃滋，我的要大薯配花生醬。）

verkoper : Anders nog iets?
（還要些什麼嗎？）

Jaap : Nee, verder niets.
（不，不要了。）

verkoper:	Dat is dan 3,20.
	（那一共是 3 歐元 20 分。）
Jaap :	Alstublieft.
	（請。）

Pieter :	Heb je ook zin in een kopje koffie?
	（你也想喝杯咖啡嗎？）
Ellen :	O ja, goed idee.
	（喔，好提議。）
Pieter :	Om de hoek heb ik een gezellig café gezien.
	（我看到角落有間不錯的簡餐店。）
Ellen :	Ja, dat ken ik. Daar ben ik vorige week nog geweest.
	（是啊，那間我知道。我上週還有去呢。）
ober :	Mevrouw, meneer, zegt u het maar...
（侍者）	（女士，先生，請問您們要點…）
Ellen :	Twee kopjes koffie graag.
	（兩杯咖啡。）
Pieter :	Wat heeft u voor gebak?
	（您要什麼烘焙點心？）
ober :	Vandaag hebben we appelgebak en boterkoek.
	（今天我們有蘋果派及奶油餅。）
Pieter:	Geeft u mij maar een stukje appelgebak en een spa, alstublieft.
	（麻煩您給我一份蘋果派及礦泉水。）
ober :	U ook nog iets erbij, mevrouw?
	（您也要點些什麼嗎？女士。）
Ellen :	Ik neem ook appelgebak.
	（我也要蘋果派。）

Pieter:	Kunnen we afrekenen?
	（我們可以結帳了嗎？）
ober :	Ja, ik kom zo.
	（是的，我馬上來。）
ober :	Zo, twee appelgebak en twee koffie: dat wordt dan zes vijftig bij elkaar, alstublieft.
	（那麼，兩份蘋果派及兩杯咖啡，一共是 6 歐元 50 分，麻煩。）
Pieter :	En mijn spa nog!
	（還有我的礦泉水呢！）
ober :	O ja, die ben ik vergeten. Dat wordt dan zeven vijfenzeventig, alstublieft.
	（噢，對了，那個我忘了。那麼應該是 7 歐元 75 分，麻煩。）
Pieter :	Alstublieft. Doet u maar acht.
	（請。就收 8 歐元好了。）
ober :	Dank u wel en een prettige dag nog!
	（謝謝您，並祝您有美好的一天。）
Pieter :	Dank u wel. Tot ziens!
	（謝謝，再見！）

二、連連看

A	Ik ben moe. （我累了。）
B	Ik heb nog maar tien euro. （我還有十歐元。）
C	Er is daar bijna nooit plaats. （那裡幾乎都沒有位子了。）
D	Ik heb trek in Italiaans. （我想吃義大利菜。）
E	Ik heb honger. （我肚子餓了。）
F	Ik weet niet wat ik wil. （我不知道我想要什麼。）
G	Ik heb zin in een pilsje. （我想要啤酒。）

甲	Zal ik dan maar een voorstel doen? （我該介紹一下嗎？）
乙	Zullen we ergens gaan eten? （我們要找個地方吃飯嗎？）
丙	Zal ik dan wat uit de muur halen? （我該去牆上販賣機買點什麼嗎？）
丁	Zal ik iets bij "Carlo" gaan halen? （我去 Carlo 買點什麼來好嗎？）
戊	Zullen we ergens gaan zitten? （我們找個地方坐坐好嗎？）
己	Zullen we naar een café gaan? （我們去簡餐店好嗎？）
庚	Zal ik opbellen en proberen een tafel te reserveren? （我要不要打電話看看能不能訂位？）

三、補給站

1. 對話練習題材

問：Hebt u [Heb je] wel eens in Nederland of in België gegeten?
　　（您〔你〕在荷蘭或比利時吃過飯嗎？）
　　Hebt u iets bij een snackbar/patatkraam gehaald of hebt u in een eetcafé gegeten?
　　（您曾在點心店／署條攤買過或是簡餐店吃過東西嗎？）
答：Ja, maar pas één keer.　（有，但只有一次。）
　　Ja hoor, vaak.　（有啊，經常啊。）
　　Nee, nog nooit.　（沒有，還沒有過。）
問：Wat hebt u [heb je] gegeten? Weet u [je] dat nog?
　　（您〔你〕吃了什麼？ 還記得嗎？）
答：Ik heb … gegeten.　（我吃了…）
問：En wat hebt u [heb je] gedronken?　（您〔你〕喝了什麼？）
答：Ik heb … gedronken.　（我喝了…）

2. 點餐時常用到的句子

Laat maar zitten.（坐吧。）
Hebt u een keuze gemaakt?（您決定要點了嗎？）
Wat neem jij?（你要什麼？）
Ik neem …（我要…）
Doet u maar [voor mij] …（您就給〔我〕…）
Wil je nog iets? Nee, ik wil niets.（你還要些什麼嗎？不，我不要了。）
Dat was het?（就這些了？）
Alstublieft.（麻煩／請。）
Ik wil graag afrekenen.（我想結帳了。）
Negen euro bij elkaar.（一共是九歐元。）
Wilt u nog iets drinken?（您還要喝點什麼嗎？）
Ik kom zo bij u.（我很快就過來您這兒。）
Heeft het gesmaakt?（好吃嗎？吃得滿意嗎？）
Dank u wel.（謝謝您。）
Smakelijk eten!（好好享用！）

*fooi（小費；規費）

3. 各類食物及飲料的名稱

eten （食物）	drinken （飲料）
uitsmijter（培根加蛋的三明治）	het pilsje（玻璃瓶裝啤酒）
bitterballen（炸丸子）	het glaasje fris（無酒精的飲料，通常是汽水）
frikandel（炸肉條）	cola（可樂）
het gebak（烘培點心）	spa（以礦泉水製成的飲料）
taartpunten（切塊蛋糕）	koffie（咖啡）
soep（湯）	thee（茶）
het ijsje（冰淇淋）	borrel（小玻璃杯裝的高濃度酒類飲品）
patat（炸薯條）	
tosti（土司與乳酪和火腿一起烘培的食物）	

四、語法解說

名詞縮小號

Lucia Zijlstra woont in een **dorpje** in Friesland. Ze heeft een **baantje** bij een restaurant voor twee avonden in de week. Soms gaat ze met haar collega's na het werk een **borreltje** drinken in een **cafeetje** in de buurt.
（Lucia Zijlstra 住在 Friesland 的一個小村莊裡。她每週兩個晚上在一家餐廳有份小差事做。有時她工作之後會和同事們在附近的小酒館小酌一杯。）

1. 在下列的情況下可使用縮小號 ：
   (1)當人較矮小或物品較小時。
      例：Medemblik is een **plaatsje** aan het IJsselmeer.
         （Medemblik 是往 IJsselmeer 時會經過的一個小地方。）
         Bas heeft vandaag zijn eerste **fietsje** gekregen. （Bas 今天得到他的第一部單車。）
   (2)對某事物持肯定態度或表示喜好時。
      例：We hebben in het **zonnetje** gezeten. （我們曬了太陽。）
         We hebben gezellig een **wijntje** gedronken. （我們舒服地喝了葡萄酒。）
   (3)對某人表達親暱或同情時。（類似中文裡句尾加「兒」的語氣。）
      例：Wil je wat drinken, **schatje**? （你要喝什麼呀，小寶貝？）
         Paultje, wil je mij even helpen? （小保羅，你要不要幫我一下忙呀？）
   (4)對某件事物持否定態度時。
      例：Ik vind dat Nederlands maar een raar **taaltje**. （我發現荷蘭語是個奇怪的語言。）
         Vreemd **stelletje**, die vrienden van jou. （你的朋友們真是奇怪的組合。）

2. 有時名詞縮小號會有與原字不同的意思，但兩者間會有某種程度的連接關係。亦即名詞與其小一號的描述有時不只是尺寸大小的不同而已，縮小號的字常會演變成其他不同的意思。
   例：

名詞	縮小號名詞
de lepel （湯匙）	het lepeltje （茶匙；咖啡匙）
het scheermes （剃刀；刮鬍刀）	het scheermesje （刮鬍刀片）
kwart （四分之一）	het kwartje （25分錢的硬幣）
klein （小的）	een kleintje （小孩子；孫子）
toe （不只如此）	het toetje （點心）
onder ons （我們之間）	onderonsje （兩人間的談心）

het brood: （麵包；吐司）	de substantie of een deel voor meer dan één persoon. （指很多麵包，不只一人份。）
het broodje:	brood met een bepaalde vorm, voor één persoon. （指一人份，固定份量與形狀的麵包。）
de koek: （餅乾）	voor meer dan één persoon. （指很多餅乾，不只一人份。）
het koekje:	soort biscuitje, voor één persoon. （指一人份的餅乾）

3. 有些名詞只有帶縮小號的字，並無所謂的原字。

　　例：beetje（一點點；一些）, meisje（小妹妹）, toetje（甜點）等等。

4. 所有的名詞縮小號單數時的不定冠詞為 het，複數就直接在字尾加上 s 即可。其種類有以下群組，
　　請注意其拼寫方式：

(1) 名詞（即原字）＋ je

　　①原字為單音節且短母音者，縮小號維持其一貫的單音節短母音。

　　　　例：het stuk（段；塊）→ het stukje（一小塊；一小段）

　　②原字為長母音或雙母音者，縮小號維持其一貫的長母音或雙母音。

　　　　例：het huis（房子）→ het huisje（小房子）

　　　　*例外字：het glas（玻璃杯）→ het glaasje（小玻璃杯）

(2) 當 名詞（即原字）的字尾是母音 時，以 l, n, r, el, en, er 結尾者＋ tje。

　　以下是仔細區分的原則。

　　①當該原字的字尾是母音時。

　　　　例：de borrel（瓶）　　　　→ het borreltje（小酌）

　　　　　　het bureau（辦公桌）→ het bureautje（小辦公桌）

　　　　　　de dame（女性）　　　→ het dametje（小姐兒）

　　　　　　het ei（蛋）　　　　　→ het eitje（小蛋）

　　　　　　de stoel（椅子）　　　→ het stoeltje（小椅子）

　　　　　　de tafel（桌子）　　　→ het tafeltje（小桌子）

　　　　　　de kamer（房間）　　　→ het kamertje（小房間）

　　②當該原字的字尾是母音，而字尾又是重母音時，則要重複該字尾並將重音節移至此。範例中
　　　的劃線部分為重音所在。

　　　　例：de paprika（甜椒）→ het paprik<u>aa</u>tje（小甜椒）

　　　　　　de auto（汽車）　　→ het aut<u>oo</u>tje（小汽車）

　　　　　　het café（簡餐館）→ het caf<u>ee</u>tje（小簡餐店）

　　③當該原字的重音落在字的後方，且字尾又剛好是 l 或 n 或 r 時。

　　　　例：de tuin（花園）　　　　→ het tuintje（小花圃）

　　　　　　de vrouw（女性）　　　→ het vrouwtje（小女生）

　　　　　　de schoen（鞋子）　　　→ het schoentje（小鞋子）

　　　　　　de deken（床巾；桌巾）→ het dekentje（小床巾；小桌巾）

　　　　　　de deur（門）　　　　　→ het deurtje（小門）

de stoel （椅子） → het stoeltje （小椅子）

de schuur （倉庫）→ het schuurtje （小倉庫）

(3) 名詞（即原字）＋字尾重覆一次的字母＋etje

當該原字的字尾是 l 或 m 或 n 或 ng 或 r，且此字尾與短母音相接形成重音節時，除了 ng 結尾者不用重複字尾，其他的都要重複字尾再加 etje。

例：de bril （眼鏡）　　　　　→ het brilletje （小眼鏡）

　　de bal （球）　　　　　　→ het balletje （小球）

　　de kam （梳子）　　　　　→ het kammetje （小梳子）

　　de pen （筆）　　　　　　→ het pennetje （小筆）

　　het ding （事，物）　　　→ het dingetje （小事物）

　　de snor （人中處的鬍鬚）→ het snorretje （人中處的小鬍鬚）

　　het ding （東西；事物）　→ het dingetje （小東西；小事物）

　　de bel （鈴鐺）　　　　　→ het belletje （小鈴鐺兒）

　　de ster （星星）　　　　　→ het sterretje （小星星）

　　de pan （平底鍋）　　　　→ het pannetje （小平底鍋）

(4) 名詞（即原字）＋pje

當該原字的字尾是 m，且此字尾與長母音或雙母音相接形成重音節時。

例： de boom （樹）　　→ het boompje （小樹）

　　de duim （拇指）　→ het duimpje （拇指兒）

　　de bezem （掃把）　→ het bezempje （小掃把）

　　de bloem （花）　　→ het bloempje （小花兒）

　　de arm （手臂）　→ het armpje （小手臂）

　　de film （底片）　→ het filmpje （底片兒；短片）

(5) 另外字尾是 cht 或 ft 或 st 的名詞，其縮小號字尾的 t 要秀出來，但是不唸出音來。

例：

名詞	小一號的寫法	小一號的發音
lucht（飛行）	luchtje（小段飛行）	luchje
kist（盒子）	kistje（小盒子）	kisje
lijst（表單）	lijstje（小表格）	lijsje

(6) 其他很多單數時重音為短母音，複數時重音為長母音的字，其縮小號的重音也採用長母音。

例：

名詞 （單數）	名詞 （複數）	小一號的名詞 （單數）
het glas （玻璃杯）	De glazen （玻璃杯）	het glaasje （小玻璃杯）
het schip （綿羊）	de schepen （綿羊群）	het scheepje （小綿羊）

(7) 也有無法解釋的變化者，如：

de woning （房子；居所） → het woninkje （小住處）

助動詞 zullen（將；應該是；可能；希望；但願）

主詞多半是人，搭配另一動詞出現。這個字不會出現在使用完成式的狀態裡。

我將	你將	您將	他／她／它將	我們將	你們將	您們將	他／她們將
ik zal	je/jij zal/zult	u zult/zal	hij/ze/zij/het zal	we/wij zullen	jullie zullen	u zult/zal	ze/zij zullen

je/jij zal 多在口語中出現，je/jij zult 則多在書寫中出現；u zult 較 u zal 常使用，尤其是在書寫裡。

1. zullen 以現在式型態出現時可以有下列的涵義：
   (1)表達未來之意
      例：De trein zal over een kwartier vertrekken.（火車將在十五分鐘後出發。）
         De gasten zullen over enkele minuten arriveren.（賓客將在數分鐘後抵達。）
   (2)有提議的語氣
      例：Zal ik dat even voor je opruimen?（要我幫你整理一下嗎？）
         Zullen wij morgen samen uit eten gaan?（我們明天要一起去外頭吃飯嗎？）
   (3)表示承諾別人的要求
      例：Ik zal je wel even helpen.（我會幫你一點的。）
         Zullen jullie dat nooit meer doen?（你們不再做了嗎？）
   (4)表示可能性
      例：Hij zal wel weer bij Erik zijn.（他可能又待在 Erik 那了。）
         Wij zullen wel naar dat toneelstuk gaan.（我們可能會去看那個展出作品。）

2. zullen 的過去式型態則有下列的涵義：
   (1)表示有禮貌的請求
      例：Zou u mij kunnen zeggen waar het postkantoor is?
         （您可以告訴我郵局在哪嗎？）
         Zouden wij jullie auto even mogen lenen?（我們可以借用一下你們的車嗎？）
   (2)表達建議
      例：Je zou je bij een uitzendbureau in kunnen schrijven.
         （你可以去職業介紹中心申請。）
         Als ik jou was, zou ik naar de huisarts gaan.（如果我是你，我就去看醫生。）
   (3)表示呼籲
      例：Zou je niet eens opschieten!（你得趕快！）
         Zouden jullie nu niet eens je huiswerk gaan maken.
         （我講不只一次了。你們現在應該去做功課了。）
   (4)表示可能性
      例：Zou hij vandaag op bezoek komen?（他今天來拜訪嗎？）
         Zou zij de bus gemist hebben?（她錯過巴士了嗎？）
   (5)表達提醒之意
      例：Je zou gisteren die brief gepost hebben.（你應該昨天寄那封信的。）
         Jullie zouden om tien uur aanwezig zijn.（你們應該在十點出席。）
   (6)表示希望之意
      例：Wij zouden graag een nieuwe auto willen hebben.（我們希望有輛新車。）

Joost zou graag brandweerman willen worden.（Joost 希望當消防員。）

(7)假設語氣（與條件子句配合）

例：Als het niet zou regenen, ging ik met de fiets.

（如果沒下雨，我就騎單車去。）──實際上有下雨

Als jullie genoeg fruit zouden eten, zou je niet verkouden worden.

（如果你們吃足夠的水果，就不會感冒了。）──實際上沒有吃足夠的水果

■ 一般來說，使用兩個動詞時，敘述中間會用到不定詞te。能夠在後面直接搭配另一個動詞的動詞字，除了助動詞之外，還有 laten（讓），gaan（來），komen（去），此時這第二個動詞是以原型動詞型態出現的。

例：Wij laten een boek vallen.（我們讓一本書掉下去了。）

Jullie gaan een auto kopen.（你們去買一部車。）

Zij komen de televisie repareren.（他們來修理那電視。）

五、練習

1. 請拼寫出以下名詞的縮小號。

名詞		名詞（請注意形容詞部分）	
(1)	de straat （街道）	(10)	een lief kind（可愛的孩子）
(2)	het glas（玻璃杯）	(11)	een lekkere soep（美味的湯）
(3)	het huis （房子）	(12)	het nieuwe gerecht （新的菜色）
(4)	de stad （城市）	(13)	een drukke plaats （忙碌熱鬧的地方）
(5)	de brief （信）	(14)	een groene fles（綠色的瓶子）
(6)	de fles（瓶子）	(15)	een leuke afspraak（很好的會議）
(7)	de soep（湯）	(16)	het gezellige restaurant （舒適的餐廳）
(8)	het woord （單字）		
(9)	het gedicht （詩；散文）		

2. 以下句子為完成式敘述，請將動詞部分畫線，並另外寫出此過去分詞的原型動詞。

(1) Heb je alle formulieren al ingevuld?

(2) Bart heeft mijn brieven nog niet beantwoord.

(3) Waarom heb je dat niet eerder verteld?

(4) Ik heb Mirjam vanochtend opgebeld.

(5) We zijn wat later begonnen.

(6) Hoe laat zijn jullie opgestaan?

3. 請填入過去分詞，以使句子完整。

(1) De docent heeft de oefening nog een keer .... (uitleggen)

(2) Ze hebben er niet zo veel van .... (begrijpen)

(3) Wat is er precies ....? (gebeuren)

(4) Ik heb om half acht met Margot .... (afspreken)

(5) We hebben iedereen voor het feest ....(uitnodigen)

(6) Wat hebben jullie ....? (bestellen)

(7) Ik heb iets lekkers voor je .... (meenemen)

(8) Hij heeft met zijn creditcard .... (betalen)

4. 請將句子改為完成式。

(1) Ik ontmoet mijn vriendin op het station. （我與女朋友在車站碰面。）

(2) Ik ga met de auto naar Maastricht. （我開車到 Maastricht。）

(3) Geef je Mieke alle boeken? （你每本書都給 Mieke 了嗎？）

(4) Simon en Alice zijn in Amsterdam. （Simon 和 Alice 在阿姆斯特丹。）

(5) We fietsen vaak met onze kinderen. （我們常和孩子們騎單車。）

(6) Ze haasten zich. （他們很匆忙。）

(7) Barbara bestelt koffie en appelgebak. （Barbara 點了咖啡和蘋果派。）

(8) We ruimen het huis op. （我們清理房子。）

5. 請選出與其他字特別格格不入者。

(1) repareren（修理）　　trouwen（結婚）　　zoeken（尋找）　　leren（教學）

(2) krijgen（得到）　　geven（給）　　eten（吃）　　ontmoeten（碰面）

(3) vragen（問）　　opstaan（起床）　　uitglijden（滑倒）　　aantrekken（吸引）

(4) geweest（去過）　　geslapen（睡覺）　　gebleven（停留）　　gekomen（來）

6. 以下是十六個音節，請依據提示將各音節組合成一個字彙。

■ bak ■ bal ■ bit ■ bor ■ del ■ fri ■ ge ■ ka ■ pa ■ rel ■

■ smij ■ spa ■ tat ■ ter ■ ter ■ ti ■ tos ■ uit ■

(1) In vet gebakken stukjes aardappel （在油裡煎炸出來的小塊馬鈴薯）

(2) Brood met vlees of kaas en gebakken eieren （夾肉或乳酪和煎蛋的三明治）

(3) Sandwich van geroosterde sneetjes brood （烤吐司做成的三明治）

(4) Mineraalwater （礦泉水）

(5) Gebraden vleesballetje（煎烤的肉丸子）

(6) Lekkers bij de koffie （搭配咖啡的美味食物）

(7) Een glaasje sterke drank （一杯濃烈的飲料）

(8) Een snack van gehakt, in de vorm van een worst （碎肉做的香腸狀點心）

7. 請填入助動詞 zullen（將）的正確格式。

(1) Wat _____ we drinken: een pilsje of liever thee?
(2) _____ ik voor jou iets meebrengen?
(3) _____ we naar de bioscoop gaan?
(4) Waar _____ we morgen naartoe gaan?
(5) _____ ik een borreltje nemen?
(6) _____ ik de dokter bellen?

8. 請在下列句子中加入 zullen（應該）的現在式，以表示其可能性。

(1) Zij heeft vast de bus gemist. （她錯過巴士了。）
(2) U bent wel moe. （您累了。）
(3) Jullie hebben het wel koud. （你們受涼了。）
(4) Hij komt wel. （他就來了。）

9. 請在下列句子中加入 zullen 的過去式表示禮貌或建議或希望等。

(1) Mag ik je fiets even lenen? （我可以借一下你的自行車嗎？）
(2) Wil jij het raam dichtdoen? （你要關上窗戶嗎？）
(3) Mogen wij er even langs? （我們可以借過一下嗎？）
(4) Jij moet eens naar de dokter gaan. （你必須去看醫生。）
(5) Jullie kunnen beter met de fiets gaan. （你們騎單車去比較好。）
(6) Jij moet met die kou handschoenen dragen. （天冷你應該戴手套。）
(7) Jullie kunnen beter volgende week op bezoek komen. （你們最好下週來拜訪。）
(8) Ik wil graag een nieuwe fiets. （我想要一部新單車。）
(9) Joost wil graag politieman worden. （Joost 想當警察。）
(10) Wij willen graag in een andere stad wonen. （我們想住其他城市。）
(11) Zij willen graag een prijs winnen in de loterij. （他們想要中樂透。）

10. 請將下列單字或片語填入句子裡，使其完整。

> * afrekenen * appelgebak * café * ergens * iets * op de hoek * portie

(1) Ik heb zin in een grote _____ patat.
(2) Ja, we drinken _____, maar we eten niets.
(3) Zullen we _____ gaan zitten?
(4) Ik neem _____ en een kopje thee.
(5) Ben je voor het eerst in dit _____?
(6) Kijk eens, daar _____ is een restaurant.
(7) Ober, kan ik alstublieft _____?

11. 請填入正確的動詞組，使其成為完整的現在完成式句子。

(1) <zoeken>　　Erik ＿＿＿＿＿＿ vanmorgen heel lang naar zijn sleutels ＿＿＿＿＿＿.

(2) <eten>　　　＿＿＿＿＿＿ jullie nu al genoeg ＿＿＿＿＿＿?

(3) <hebben>　　We ＿＿＿＿＿＿ in Wenen heel veel plezier ＿＿＿＿＿＿.

(4) <opgroeien> Pedro ＿＿＿＿＿＿ in Spanje ＿＿＿＿＿＿.

(5) <komen>　　Waarom ＿＿＿＿＿＿ jullie pas zo laat ＿＿＿＿＿＿?

(6) <zijn>　　　＿＿＿＿＿＿ hij nog nooit in Amsterdam ＿＿＿＿＿＿?

(7) <reizen>　　Gisteren ＿＿＿＿＿＿ Ria naar Wenen ＿＿＿＿＿＿.

(8) <kopen>　　Ik ＿＿＿＿＿＿ onze kaartjes voor de treinreis al ＿＿＿＿＿＿.

12. 請將下列句子中劃線部分的字改為縮小號，再將句子重新敘述。

(1) Dit zijn mijn twee katten. （這是我的兩隻貓。）

(2) Jongens, jullie hebben een mooi huis, zeg! （孩子們啊， 我說啊，你們家真漂亮。）

(3) Deze kerk is 100 jaar oud. （這座教堂有一百年了。）

(4) Gisteren hebben we een feest gevierd. （昨天我們辦了個派對。）

(5) We varen met de boot door de grachten. （我們搭船航行運河。）

(6) Wij wonen in deze kleine stad. （我們住在這個小城。）

(7) Opa leest uit het oude boek voor. （爺爺讀那本舊書並讀出聲音來。）

Les 9

PARDON, WEET U MISSCHIEN WAAR ...?

（請問您知不知道…在哪裡？）

一、會話

de weg vragen（問路）和 de weg wijzen（指路）

toerist :　　Hallo, ik zoek de VVV.
（遊客）　　（哈囉，我找旅遊服務中心。）

passant :　　Sorry, wat zeg je?
（路人）　　（抱歉，你說什麼？）

toerist :　　Kun je me zeggen waar de VVV is?
（遊客）　　（你可以告訴我旅遊服務中心在哪裡嗎？）

passant :　　Oh, dat weet ik ook niet. Ik woon hier niet. Je kunt het maar beter even aan iemand
　　　　　　anders vragen.
（路人）　　（噢，那個我也不知道。我不住在這裡。你最好問一下其他人吧。）

toerist :　　Oké, bedankt! Dag.
（遊客）　　（好，謝謝！再見。）

passant :　　Doei!
（路人）　　（再見！）

toerist :　　Pardon mevrouw, bent u hier bekend?
（遊客）　　（女士，請問一下您對這兒熟悉嗎？）

passant 2:　Ja zeker.
（路人2）　（熟啊。）

toerist:　　Weet u misschien waar de VVV is?
（遊客）　　（您或許知道旅遊服務中心在哪吧？）

passant 2: Even kijken hoor.　Ja, die is hier vlakbij.
（路人2）　（讓我想看看喔。呦，那離這裡挺近的。）

toerist : Pardon?
（遊客） （您是說？）

passant 2: Ik bedoel, nog maar een klein stukje lopen, dan bent u er al. Wacht even, ik heb toevallig een plattegrond bij me.
（路人2） （我是說，還要走一小段，然後您就到那了。等等啊，我剛好有帶地圖。）

toerist : Oh, dat komt goed uit!
（遊客） （喔，真好！）

passant 2: Kijk we staan nu hier, in de Einsteinstraat. U loopt een klein stukje rechtdoor. Dan de tweede straat rechts, de eerste links en dan komt u op de Markt. Daar is de VVV – precies tegenover de Nieuwe Kerk.
（路人2） （看啊，我們現在站在這裡，在 Einsteinstraat 街。然後您直走一小段，到第二條街右轉，然後第一條街左轉，您就來到市集上了。那裡就是旅遊服務中心，就位在新教堂的正對面。）

toerist : Dank u wel, mevrouw! O ja, weet u misschien ook welke bus ik moet nemen naar het station?
（遊客） （多謝您，女士！喔，對了，您或許也知道我該搭哪路線巴士到車站去吧？）

passant 2: Eens kijken, er zijn drie lijnen: lijn 60 en 61 en lijn 7. En de bushalte is vlakbij naast het stadhuis.
（路人2） （我想想看啊，有三個路線的巴士：60 路、61 路和 7 路的巴士。巴士停靠站很近，就在市政廳旁邊。）

toerist : Fijn, dank u wel.
（遊客） （很好，多謝您。）

passant 2: Graag gedaan hoor – en nog veel plezier in Delft!
（路人2） （榮幸之至，並且希望你在 Delft 玩得愉快。）

toerist : Dank u. Dag!
（遊客） （謝謝您，再見！）

二、連連看

A	rechtsaf, rechts（右轉）		甲	ver weg（相距遙遠的）
B	rijden（開車；駕駛）		乙	om de hoek（角落裡）
C	naar boven（上樓）		丙	aankomen（抵達）
D	rechtdoor（直走）		丁	linksaf, links（左轉）
E	in（在…裡）		戊	naar beneden（下樓）
F	vlakbij（接近的）		己	uit（出自於）
G	vertrekken（駛離；開走）		庚	naartoe（往…去）
H	vandaan（自…來）		辛	lopen（走路）

三、填填看

引源 Taal vitaal

☐op het plein（在廣場上）　　　　☐in de telefooncel（在電話亭裡）

☐onder de brug（在橋下）　　　　☐tegenover de kerk（教堂對面）

☐achter het standbeeld（在雕像後面）☐bij de bushalte（在巴士停靠站）

☐naast het stadhuis（在市政廳旁邊）☐tussen de auto's（在汽車中間）

☐aan de gracht（在運河邊）　　　　☐voor de VVV（在遊客服務中心 VVV 前面）

* 參考上圖，你會發現…

1.Hij staat in de telefooncel.（他站在電話亭裡。）

2.Zij zit aan de gracht.（她坐在運河邊。）

3.Hij staat op het plein.（他站在廣場上。）

4.Zij staat naast het stadhuis.（她站在市政廳旁邊。）

5.Hij is onder de brug.（他在橋下。）

6.Hij staat achter het standbeeld.（他站在雕像後面。）

7.Zij staat voor de VVV.（她站在旅遊服務中心前面。）

8.Zij wacht bij de bushalte.（她在巴士站等候。）

9.Zij staat tegenover de kerk.（她站在教堂對面。）

10. Hij loopt tussen de auto's.（他走在汽車中間。）

四、補給站

1. 問路時常會聽到的方向指示字：

■ daar（那裡）　　　　■ linksaf, links（左轉）　　■ rechtsaf, rechts（右轉）

■ rechtdoor（直走）　　■ over（過馬路）　　　　　■ terug（往回走）

2. 問路時的用語及句型

Pardon, waar is de/het ....?		（請問…在哪？）
Die/Dat is		（那個是…）
	aan uw linkerhand/rechterhand.	（在你的左邊／右邊）
	aan de linkerkant/rechterkant.	（在左方／右方）
	linksaf/rechtsaf.	（左轉／右轉）
	rechtdoor.	（直走）
	om[或op] de hoek.	（在角落）
	naast het hotel.	（在旅館旁邊）
	tegenover de bank.	（在銀行對面）
	in de Nieuwstraat.	（在新街上）
	twee huizen verder.	（再過兩間房子）
U gaat		（您往…）
	almaar rechtdoor.	（一直直走就是了）
	de volgende straat links.	（下一條街左轉）
	de tweede rechts.	（第二條街右轉）
U komt dan		（然後您就…）
	langs een hoge flat/ziekenhuis.	（經過一棟高高的公寓／醫院）
	bij een kruispunt.	（到十字路口）
U rijdt		（您開車）
	over de brug.	（過那座橋）
	langs het water.	（沿著水邊開）
	door de tunnel.	（穿過隧道）

3. links（左）與 rechts（右）這兩個字當形容詞時，就變成「linder~」與「rechter~」，它們一定會和要所形容的字寫在一起，成為一個複合字。

例：het linkeroog（左眼），het rechteroog（右眼）
de rechterkant van de straat（右側街道）
hij schrijft met de linkerhand（他用左手寫字。）

4. kleuren（顏色）

	wit（白）
	beige（米白）
	geel（黃）
	oranje（橘）
	paars（紫）
	groen（綠）
	bruin（棕）
	zwart（黑）
	roze（粉紅）
	rood（紅）
	blauw（藍）　　　lichtblauw（淡藍）　　　donkerblauw（深藍）

例句：Welke kleur heeft een glasbak?（玻璃瓶回收箱是什麼顏色的？）
　　　Bij ons zijn de glasbakken beige en in Nederland groen.
　　　（我們的玻璃瓶回收箱是米色的，在荷蘭的則是綠色的。）

5. 其他關於顏色的對話可以是：

Welke kleur heeft een politieauto?（警車是什麼顏色的？）
Welke kleur heeft een telefooncel?（電話亭是什麼顏色的？）
Welke kleur heeft een bestelbus van de post?（郵務車是什麼顏色的？）
Wat is uw lievelingskleur?（您最喜愛的顏色是什麼？）
Welke kleur heeft uw fiets?（您的腳踏車是什麼顏色的？）
Welke kleur heeft uw tas?（您的袋子是什麼顏色的？）

6. 位置解說

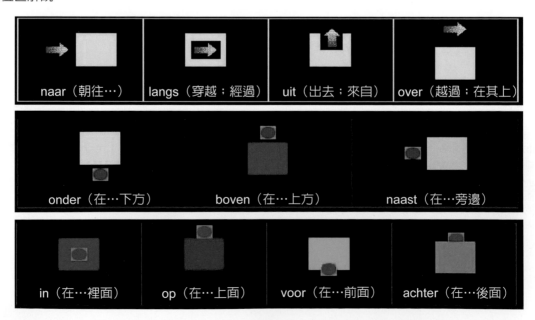

naar（朝往…）	langs（穿越；經過）	uit（出去；來自）	over（越過；在其上）
onder（在…下方）	boven（在…上方）		naast（在…旁邊）
in（在…裡面）	op（在…上面）	voor（在…前面）	achter（在…後面）

7. 造句練習：Waar is de fiets?　（單車在哪？）

引源 Taal vitaal

- naast de geldautomaat　（提款機旁邊）
- onder de boom　（樹下）
- in de gracht　（運河裡）
- voor het postkantoor　（郵局前面）
- achter de bank　（長板椅後面）
- tussen twee brommers　（兩部機車之間）
- tegen de glasbak　（玻璃瓶回收箱對面）
- op het trottoir　（在人行道上）

De groene fiets staat onder de boom.　（綠色單車停在樹下。）
De rode fiets ligt in de gracht.　（紅色單車倒在運河裡。）
De zwarte fiets staat voor het postkantoor.　（黑色單車停在郵局前面。）
De paarse fiets ligt op het trottoir.　（紫色單車倒在人行道上。）
De blauw fiets staat tegen de glasbak.　（藍色單車停在玻璃瓶回收箱對面。）
De oranje fiets staat achter the bank.　（橘色單車停在長板椅後面。）
De gele fiets staat tussen twee brommers.　（黃色單車停在兩部機車中間。）
De witte fiets staat naast de geldautomaat.　（白色單車停在提款機旁邊。）

五、語法解說

介系詞

以下短文可看出介系詞的使用重點。
Manuel woont **met** zijn vriendin **in** een flat **in** de Parklaan. **Achter** hun flat is een groot park. Ze gaan **op** zondag vaak **naar** het park: wandelen of lekker **op** een bankje **in** het zonnetje zitten.
（Manuel 跟他的女朋友住在 Parklaan 的一間公寓裡。他們的公寓後面是個大公園。他們經常在星期天到公園去散步或是舒服地坐在椅子上曬太陽。）

1. 介系詞不會有單獨出現的情況，一定是跟著一個或數個字同時出現，位置在其所形容的名詞之前。介系詞的種類大概有：
   (1)指「地方」的介系詞
   　　例：Ik ben **in** Haarlem geboren. （我是在 Haarlem 出生的。）
   　　　　De bushalte is **naast** het stadhuis. （巴士停靠站位於市政廳旁。）
   　　　　Het park is **achter** ons huis. （公園在我們的房子後面。）
   (2)指「方向」、「趨勢」的介系詞
   　　例：We gaan vanavond **naar** de bioscoop. （我們今晚去看電影。）
   　　　　U komt dan **langs** een oude kerk. （您經過舊教堂過來。）
   　　　　We vliegen **over** de Atlantische Oceaan. （我們飛越大西洋上方。）

2. 有時介系詞會放在其所形容的名詞之後。
   　　例：Jan wandelt het park **in**. （Jan 散步進公園裡。）
   　　　　Jan wandelt **in** het park. （Jan 在公園裡散步。）

3. 搭配日期和時間所使用的介系詞。舉例如下：
   Ik ga **op** maandag en **op** donderdag naar de cursus Nederlands.
   （我週一和週二去上荷蘭語課。）
   Op 12 juni gaan we op vakantie. （我們六月十二日去渡假。）
   In mei gaan we verhuizen. （我們要在五月搬家。）
   Ze zijn **in** 1992 getrouwd. （他們是在一九九二年結婚的。）
   Om negen uur begint de les. （九點開始上課。）
   Het is kwart **over** zeven. （現在是七點十五分。）
   Het is tien **voor** elf. （現在是十點五十分。）
   Sinds vorige week heb ik een nieuwe baan. （我從上週起有了個新工作。）
   De les duurt **tot** drie uur. （課上到三點鐘。）

4. 以下為常見的介系詞 met 的使用實例。
   　　例：zij zijn met vakantie. （他們正在渡假。）
   　　　　wij gaan met de trein/de boot/de fiets/een taxi. （我們坐火車／搭船／騎單車／坐計程車去。）
   　　　　ze feliciteert hem met zijn verjaardag. （她祝他生日快樂。）
   　　　　gefeliciteerd met je verjaardag! （祝你生日快樂！）
   　　　　ze komen met Pasen. （他們復活節要來。）
   　　　　met Van den Berg! （我是 Van den Berg） -- 接電話時的第一句話。

間接問句

1. 間接問句的使用概況：劃線部分即為間接子句。
   　　例：Kunt u me zeggen <u>waar de VVV is</u>?
   　　　　（您可以告訴我<u>旅遊服務中心在哪</u>嗎？）
   　　　　Kun je me zeggen <u>hoe laat de trein aankomt</u>?
   　　　　（你可以告訴我<u>火車幾點抵達</u>嗎？）
   　　　　Weet jij <u>hoeveel mensen Nederlands spreken</u>?

（你知道有<u>多少人</u>講荷蘭語嗎？）

Weet je <u>wanneer de vakantie begint</u>?

（你知道<u>假期何時開始</u>嗎？）

Ik weet niet <u>waar de VVV is</u>.

（我不知道<u>旅遊服務中心在哪</u>。）

Hij heeft me niet verteld <u>wanneer hij op vakantie gaat</u>.

（他沒有告訴我<u>他何時去渡假</u>。）

Ik heb hem uitgelegd <u>hoe hij dat moet doen</u>.

（我已經跟他說明他<u>必須怎麼做</u>。）

2. 間接問句通常有三個特色：

(1)通常與主要問句或主要子句結合。

例：<u>Kunt u me zeggen</u> waar de VVV is?

（<u>您可以告訴我</u>旅遊服務中心在哪<u>嗎</u>？）

<u>Ik weet niet</u> waar de VVV is.

（<u>我不知道</u>旅遊服務中心在哪。）

(2)間接問句通常以一個疑問代名詞做開始。

例：Weet jij <u>hoeveel</u> mensen Nederlands spreken?

（你知道有<u>多少人</u>講荷蘭語嗎？）

Hij heeft me niet verteld <u>wanneer</u> hij op vakantie gaat.

（他沒有告訴我<u>他何時</u>去渡假。）

(3)間接問句中的動詞都是擺在句尾。

例：Weet je wanneer de vakantie <u>begint</u>?（你知道假期何時<u>開始</u>嗎？）

Ik heb hem uitgelegd hoe hij dat <u>moet doen</u>.

（我已經跟他說明他<u>必須</u>怎麼做。）

祈使句

De docent geeft een opdracht aan zijn cursisten: **Lees** de tekst. **Maak** oefening één tot en met vijf. **Schrijf** de antwoorden op. Duidelijk **schrijven**, alsjeblieft. **Geef** de antwoorden van de oefeningen na de les aan mij. （老師給他的學生功課：讀課文。做一到五的練習。寫上答案。請寫清楚。課後交給我習作上的答案。）

1. 何時使用祈使句：

(1)指派任務時

例：Lees de tekst. （讀內容。）

Schrijf de antwoorden op. （寫上答案。）

(2)緊急時

例：Sluit alle deuren en ramen. （關上每扇門與窗戶。）

Niet aanraken. （別碰。）

(3)表達請求時

例：Komt u binnen. （您請進。）

Doe je jas uit en ga zitten. （脫下外套去坐。）

2. 祈使句的形式

(1)在常見的非正式用法中不管單數或複數，動詞皆以第一人稱單數（即基幹）出現。

例：Kom binnen.（進來呀！）

Ga zitten.（坐啊！）

(2)正式用法不論單數或複數，以動詞的第一人稱單數的型態（即基幹）加 t，然後再加上尊稱 u。

例：Komt u binnen.（您請進。）

Gaat u zitten.（您請坐。）

(3)但是當要用到 zijn 當祈使句的動詞時，就須換成「wezen（思考）」這個字，也就是其基幹「wees（思考）」。注意：這兩個動詞的過去分詞是同一個字：geweest。

例：Wees voorzichtig!（小心點！）

(4)其實在口語中與寫作上也常有以原型動詞做為祈使句中的動詞的情況。

例：口語中 →　Doorlopen!（往前走！）

Niet doen!（不要做！）

Op de stoep blijven!（待在路邊！）

寫作上 →　Niet roken.（禁止吸菸。）

Hier melden.（此處報到。）

Elles: 3 x bellen.（Elles 的電話：響三聲）

(5)祈使句中若含有 eens（一次；一下），maar（但是；嘛），toch（反正），even（一會兒）等字時，那麼語氣就會比較和緩、友善一些。

例：Ga eens zitten.（坐嘛。）

Komt u maar binnen.（您請進喔。）

Hou toch op!（別再說了!）

Gaat u even zitten.（您坐一會兒嘛。）

代名詞

1. 除了中性名詞以外，所有名詞（或受詞）都可用 hij（受詞為 hem）作代名詞代替此名詞。

例：de auto hij/die is bruin（那部棕色車）

hij verkoopt de auto ＝ hij verkoopt hem（他賣那部車。）

2. 但若在介紹時人或事物尚未明確的情況下，則使用方法如下：

例：het is mijn auto（這是我的車。）

het zijn onze vrienden（那些是我們的朋友。）

在介紹時人或事物明確的情況下：

(1)代替人

例：A: Weet jij waar Peter is?（你知道 Peter 在哪嗎？）

B: Ja, hij is in de kantine. Ik heb hem daar zojuist nog gezien.

（知道，他在福利社。我剛剛還有看到他。）

其中 B 所說的 hij 和 hem，指的都是 Peter。

(2)代替有性名詞的事物。此時 die 也可以當代名詞。

例：A: Waar staat de auto?（車子在哪？）

B: Hij staat nog buiten. Ik heb hem straks nog nodig.（車子還在外頭。我很快就要再用到它。）

C: Waar staat de auto?（車子在哪？）

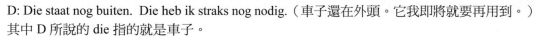

D: Die staat nog buiten. Die heb ik straks nog nodig. （車子還在外頭。它我即將就要再用到。）

其中 D 所說的 die 指的就是車子。

*第二人稱代名詞尊稱格 u（您／您們），配用的動詞恆以單數型出現。

3. 使用代名詞時的注意事項：

(1)不可以將 hem（「他」受格）放在句首，如果要這麼作時，就必須用 die 這個字來代替 hem，此時主詞與動詞位置互換。

例：Ik heb hem straks nog nodig. （我很快就要用車。）

→Die heb ik straks nog nodig. （車我很快就要用到。）

(2)要代替無性名詞的事物可用 het 或 dat 來作其代名詞。如果決定以 dat 來代替，那麼主詞與動詞位置就要互換。

例：Weet jij waar het woordenboek is? （你知道字典在哪嗎？）

Ja, het ligt op tafel. Ik heb het daar vanochtend neergelegd.

（知道，它在桌上。我今早把它拿下來放在那裡的。）

→ Weet jij waar het woordenboek is? （你知道字典在哪嗎？）

Ja, dat ligt op tafel. Dat heb ik daar vanochtend neergelegd.

（知道，它在桌上。它是我今早拿下來放在那裡的。）

(3)het 作為受格的代名詞時，不能擺在句首。這種情況必須用 dat。以上面的例子來看：

Ik heb het daar vanochtend neergelegd. （我今早把它拿下來放在那裡的。）

→ Dat heb ik daar vanochtend neergelegd. （它是我今早拿下來放在那裡的。）

4. 當 alle（每個都），beide（兩者都），veel（很多）及其他某些形容詞被當作代名詞或名詞使用時，不論是當主詞或受詞，從文字敘述就可以看出指的是人（此時字尾加 en）或是物（此時字尾加 e）。

例：

	文字敘述	口語表達
汽車「複數型態」（都是黑色的車子）	Ze zijn allemaal zwart.	Alle zijn zwart.
朋友「複數型態」 (1)（他們日間工作。） (2)（他認識很多人。） (3)（老年人知道這個。）	(1) ze werken allemaal overdag. (2) hij kent veel mensen. (3) de oude mensen weten dat.	(1) zij werken allen overdag (2) hij kent velen (3) de ouden weten dat

5. 在關係代名詞加介系詞的情形下也常用 waar 來做對於位置的描述。

例：het brood, waarvan ik een stuk heb = het brood, waar ik een stuk van heb

（那條我吃了一片的吐司麵包）

de groente, waarvoor wij veel betalen = de groente, waar wij veel voor betalen

（那些我們花了好多錢買的蔬菜）

這種含介系詞的複合字有時作用就像關係代名詞一樣可用來指人。

例：de man waar ik in de winkel mee praatte （那個我在商店裡和他交談的人）

dat zijn de mensen waar ik het over had （這些是我所說的那群人。）

* 有時使用地方副詞如：er, daar, waar 等字時，可以將它們視為代名詞。

  例：er （那裡）

    daar （那裡）

    hier （這裡）

    waar （哪裡）

    ergens （某處）

    nergens （無處）

    overal （到處）

    ervoor （為了⋯）

    daarvoor （為了那⋯）

    hiervoor （為了這⋯）

    waarvoor （為什麼）

    ergensvoor = voor iets （為某事物）

    nergensvoor = voor niets （不為任何事物）

    overalvoor = voor alles（為所有事物）

六、練習

1. 請依提示寫出祈使句。

  例：nog wat koffie halen

    → Haal nog wat koffie! （再一些咖啡！）

    或 Haalt u nog wat koffie, alstublieft! （請您再喝些咖啡！）

(1) op tijd komen

(2) het geld niet vergeten

(3) eens komen kijken

(4) binnenkomen

(5) gaan zitten

(6) maar even meelopen

2. 請依圖示與提示的片語寫出完整的地點說明。

- op de hoek（在角落）
- in（在…裡）
- tegenover（對面）
- achter（在…之後）
- naast（在…旁邊）
- vlakbij（靠近）
- daar（那邊）
- aan de overkant（在另一端）

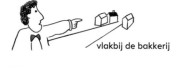

3. 請依提示填入適當的介系詞。

- aan
- achter
- bij
- door
- in
- naar
- naast
- over
- tegenover
- tussen
- voor
- uit

(1) De auto rijdt _____ de brug.

(2) Lieneke staat _____ mijn vader en mij.

(3) Onze hond Balu ligt altijd _____ de deur.

(4) Ik heb toevallig een plattegrond _____ me.

(5) Het stadhuis ligt precies _____ de Oude Kerk.

(6) Veel plezier _____ Den Haag!

(7) Henk en Harrie gaan over tien minuten _____ huis.

(8) Ligt Haarlem _____ de Noordzee?

(9) De meeste toeristen _____ Vlissingen komen _____ Duitsland.

(10) Daarna loopt u _____ een voetgangersgebied.

4. 請使用這些指示形容詞：deze 或 die 或 dit 或 dat 來造問句。

例：koffie → Hoeveel kost deze koffie?（這咖啡多少錢？）

(1) standbeeld

(2) boek

(3) auto
(4) fiets
(5) appelgebak
(6) kerk
(7) postkantoor

5. 請填入正確的形容詞形式。

(1) wit   Henk drinkt een glas _____ wijn.
(2) bruin   Bedoel je nu deze _____ kast of die _____?
(3) rood   U loopt dan langs een _____ brievenbus.
(4) geel   Er staat een _____ auto op het plein.
(5) groen   Wij hebben in onze straat een _____ telefooncel.
(6) zwart   Let op: _____ katten!
(7) paars   Wil je echt deze _____ broek aantrekken?

6. 請看圖回答問題。

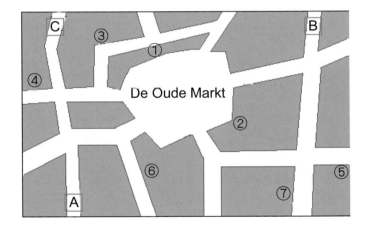

注釋/引源 13

①het stadhuis	②de Nieuwe Kerk	③de VVV	④het postkantoor
⑤het station	⑥ het hotel	⑦de Oude Kerk	

(1) 你站在 A 這裡

Je gaat rechtdoor, dan neem je de eerste straat rechts. Nu ga je de eerste straat links en dan ga je rechtdoor. Nu sta je _____ _____ Nu de eerste zijstraat weer naar rechts en direct daarna weer naar links. Bij de volgende straat weer naar rechts. Na ongeveer 100 meter zie je aan de rechterkant _____.

(2) 你站在 B 這裡

Je loopt rechtdoor, dan de eerste straat naar rechts. Die loop je ook rechtdoor en dan ben je _____. _____ De eerste straat weer naar rechts en dan de volgende naar links. Deze straat loop je rechtdoor. Daar op de hoek zie je dan _____.

(3) 你站在 C 這裡

Je rijdt rechtdoor, dan de eerste straat links. Dan weer rechtdoor, dan ben je _____ _____.

Aan de linkerkant zie je _____.

7. 請依提示填入適當的字。

| *bekend *bezienswaardigheden *rechtdoor *tegenover *vlakbij *waar |

(1) Pardon mevrouw, bent u hier _____?

(2) Kunt u me zeggen _____ het station is?

(3) Ja hoor, dat is hier _____.

(4) U gaat hier _____ en dan neemt u de eerste straat rechts.

(5) De Oude Kerk staat _____ het postkantoor.

(6) Er zijn in Delft veel _____.

Les 10

LEKKER MET DE TREIN!

（搭火車很舒適！）

一、會話

1. Met de trein of met het vliegtuig?（搭火車還是坐飛機？）

Erik:　En, ga je mee naar Wenen?
　　　（那，你要一塊兒去維也納嗎？）

Ria :　Nou, Wenen is erg leuk, maar ik denk het niet.
　　　（這個嘛，維也納是很好，但我想不了。）

Erik:　Waarom niet?（為什麼不去？）

Ria :　Dat weet je toch!（你知道的嘛！）

Erik:　Je wilt niet vliegen?（你不搭飛機？）

Ria :　Precies!（正是！）

Erik:　Waarom doe je daar nou zo moeilijk over?
　　　（為什麼你要把情況弄得這麼困難呢？）

Ria :　We kunnen toch ook lekker met de trein gaan! Waarom moeten we eigenlijk vliegen?
　　　（我們也可以搭火車舒服地去啊！為什麼我們一定要坐飛機呢？）

Erik:　Omdat je er zó bent met het vliegtuig.
　　　（因為坐飛機一下子就到了呀。）

Ria :　Maar het is…
　　　（但是…）

Erik:　En de trein doet er de hele dag over zonde van de tijd!
　　　（而坐火車要花一整天的時間耶！）

Ria :　We kunnen toch ook de nachttrein nemen.
　　　（我們也可以搭夜間火車去。）

Erik:　Nee hoor, dat is niks voor mij! Ik doe geen oog dicht in die trein.
　　　（不要，那不適合我！我搭火車時無法閉上眼睛。）

Ria：　Maar je weet toch dat ik bang ben om te vliegen!
　　　（但是你知道我害怕坐飛機的呀！）

Erik：　Ik ben toch bij je!
　　　（我就在你身邊呀！）

Ria：　Nou, sorry, maar daar wordt het echt niet beter van!
　　　（唷，抱歉啦，那實在是無濟於事的！）

Erik：　En ik heb geen zin om de hele dag in de trein te zitten!
　　　（我不想花整天坐在火車上！）

Ria：　Ja, maar in de trein kun je naar muziek luisteren, eten, slapen, lezen, lekker koffie drinken.... Dat kan allemaal niet in een vliegtuig.
　　　（可是在火車上你可以聽音樂、吃東西、睡覺、閱讀、喝可口的咖啡…在飛機上就沒辦法全做到囉。）

Erik：　Doe niet zo gek! Natuurlijk kan dat in een vliegtuig ook.
　　　（別這麼瘋狂！這些當然飛機上也可以做的。）

Ria：　Ja, maar niet als je er zó bent!
　　　（是可以呀，只是一下子你就到目的地了！）

* Gaat u vaak met de trein?（您常搭火車嗎？） Waarom?（為什麼？）
　　　　　regelmatig（經常的；固定的）
　　　　　af en toe （偶而）
　　　　　[bijna] nooit （〔幾乎〕從來沒有）
　　.. omdat （因為）　■ het sneller gaat.（比較快。）
　　　　　　　　　　　■ het gezellig is. （很舒服啊。）
　　　　　　　　　　　■ ik in de trein kan werken. （我可以在火車裡工作。）
　　　　　　　　　　　■ het milieuvriendelijker is. （比較環保，不破壞生態。）
　　　　　　　　　　　■ je geen parkeerplaats hoeft te zoeken. （你不用去找停車位。）
　　　　　　　　　　　■ het [te] lang duurt. （耗時〔太〕久。）
　　　　　　　　　　　■ het [te] duur is. （〔太〕貴。）
　　　　　　　　　　　■ de verbinding slecht is. （轉乘不太方便。）
　　　　　　　　　　　■ de trein [te] vol is. （火車〔太〕擠。）
　　　　　　　　　　　■ je van het spoorboekje afhankelijk bent. （你可視火車時刻表而定。）

2. Op de bank （在銀行）

Mev. Van Hees：　Goedemorgen! Ik wil graag een rekening openen.
　　　　　　　　（早安！我想要開戶。）

Johan：　Wilt u een spaarrekening of een betaalrekening?
　　　　（您要開存款戶還是支付戶呢？）

Mev. Van Hees：　Een betaalrekening, graag. （支付戶，麻煩你。）

Johan：　Heeft u een legitimatiebewijs?
　　　　（您有證件嗎？）

Mev. Van Hees：　Wat bedoel je?
　　　　　　　　（你指的是什麼？）

Johan :	Bijvoorbeeld uw paspoort, identiteitskaart of rijbewijs.
	（例如您的護照、識別證或是駕駛執照。）
Mev. Van Hees:	Dit is mijn paspoort, alstublieft.
	（這是我的護照，麻煩了。）
Johan :	Wilt u een gewone bankpas of een Europas? Voor een Europas moet u 10 euro per jaar betalen.
	（您要一張本國提款卡或是歐洲區通提卡？歐洲區通提卡每年須繳 10 歐元。）
Mev. Van Hees:	Een Europas, graag.
	（一張歐洲區通提卡，麻煩你。）
Johan :	Dank u wel. Wilt u dit formulier even invullen?
	（謝謝您。您可以填一下這個表格嗎？）
Mev. Van Hees:	Ik wil graag vandaag 200 euro op mijn rekening storten. Kan dat?
	（我今天想存 200 歐元到我的戶頭上，可以嗎？）
Johan :	Ja, natuurlijk.
	（是的，當然可以。）
Mev. Van Hees:	Ik heb nog een reischeque. Kan ik hem bij u verzilveren?
	（我還有張旅行支票。可以在您這兌現嗎？）
Johan :	Geen probleem. （沒問題。）
Mev. Van Hees:	En wat is vandaag de koers van de Amerikaanse dollar? Ik wil wat geld wisselen.
	（還有今天兌美元的匯率是多少呢？我想換一些錢。）
Johan :	U krijgt 100 dollar voor 97 euro.
	（您 100 美元可以換到 97 歐元。）
Mev. Van Hees:	Ik wil graag 300 euro in Amerikaanse dollars wisselen. Hoeveel commissie berekent u?
	（我要換相當於 300 歐元價值的美元。您要收多少手續費呢？）
Johan :	2.5% van het totale bedrag. U krijgt 301.78 dollar, alstublieft.
	（全部金額的 2.5%。您的 301.78 美元，請。）

二、補給站

1. 試著寫下一些你喜歡或是不喜歡做的事。例：

Ga je graag naar de bioscoop? （你喜歡去電影院嗎？）
→ Ja, ik ga heel graag naar de bioscoop. （是，我很喜歡去電影院。）
　Nee, ik ga niet zo graag naar de bioscoop. （不，我不怎麼喜歡去電影院。）
Ik vind tuinieren leuk. （我喜歡園藝工作。）
Ik ga niet graag naar het theater. （我不怎麼喜歡去劇院。）
Ik fiets graag. （我喜歡騎單車。）
Ik winkel niet zo graag. （我不怎麼喜歡逛街購物。）
Ik vind computeren niet leuk. （我不喜歡電腦。）
Richard rijdt graag auto, maar hij vindt tuinieren niet leuk.（Richard 喜歡開車，但他不喜歡園藝。）
Vera rijdt niet zo graag auto, ze gaat liever met de trein.（Vera 不怎麼喜歡開車，她比較喜歡搭火車。）

2.下圖是常用的動詞片語，請詳記。

引源 Taal vitaal

1. lezen （閱讀）　　　　2. televisie kijken （看電視）　　　3. tuinieren （忙園藝）
4. zwemmen （游泳）　　5. winkelen （逛街購物）　　6. fietsen （騎單車）
7. tennissen （打網球）　　8. wandelen （散步）
9. naar de bioscoop gaan （去電影院）
10. naar het theater/een concert gaan （去戲院／去演唱會）
11. reizen （旅行）　　　　12. naar muziek luisteren （聽音樂）

三、語法解說

序數

速寫法 （中文意義）	唸法及拼法	速寫法 （中文意義）	唸法及拼法	速寫法 （中文意義）	唸法及拼法
1e （第1個）	eerste	11e （第11個）	elfde	30e （第30個）	dertigste
2e （第2個）	tweede	12e （第12個）	twaalfde	：	：
3e （第3個）	derde	13e （第13個）	dertiende	：	：
4e （第4個）	vierde	14e （第14個）	veertiende	40e （第40個）	veertigste
5e （第5個）	vijfde	：	：	：	：
6e （第6個）	zesde	：	：	100e （第100個）	honderste
7e （第7個）	zevende	：	：	101e （第101個）	honderd eerste
8e （第8個）	achtste	20e （第20個）	twintigste	：	：
9e （第9個）	negende	21e （第21個）	eenentwintigste	200e （第200個）	tweehonderdste
10e （第10個）	tiende	：	：	1000e （第1000個）	duizendste

要訣：
*從「第一個」到「第十九個」中，除了 1e（第一個），3e（第三個），及 8e（第八個）之外，其他
　數字的序數都只要加 de 即可。
*從「第二十個」開始，都是加 ste 即可。

1. 序數可拿來當名詞或形容詞使用。
　(1)當名詞用
　　例：Het is vandaag de vijftiende. （今天是十五號。）
　(2)當形容詞用
　　例：Na het kruispunt neemt u de tweede straat rechts.
　　　　（您過了十字路口以後，到第二條街口右轉。）
　　　　Oscar krijgt een trommel voor zijn derde verjaardag.
　　　　（Oscar 三歲生日時得到一面鼓。）

連接詞

連接兩個有關係的句子的詞稱為連接詞。
例：Anneke blijft vandaag thuis. （Anneke 今天待在家裡。）
　　Ze is ziek. （她生病。）
　　→Anneke blijft vandaag thuis want ze is ziek.
　　　（Anneke 今天待在家裡，因為她生病。）

1. 連接詞有對等連接詞及從屬連接詞兩種。
　(1)對等連接詞連接兩個主要子句。
　　例：Anneke blijft vandaag thuis want ze is ziek.
　　　　（Anneke 今天待在家裡，因為她生病。）
　(2)從屬連接詞連接一個主要子句和一個從屬子句。
　　例：Anneke blijft vandaag thuis omdat ze ziek is.
　　　　（Anneke 今天待在家裡，因為她生病。）

2. 連接詞的屬性為對等或從屬，自動會在句子的排序中顯示出來。譬如 of 當從屬連接詞時，意為「是否」；當對等連接詞時，意為「或」。
　　例：ik weet niet of hij vandaag komt. （我不知道他是否今天會來。）
　　　　komt hij mee, of blijft hij thuis? （他要一起來或是待在家裡？）

3. 常見的連接詞

附屬連接詞		主要連接詞
als（當…時）用於現在式	dat（那）	want（因為）
toen（當時）用於過去式	hoewel（雖然）	en（而且）
sinds（從…開始）	nadat（…之後）	maar（但是）
terwijl（當…時）	nu（目前）	
doordat（因為）	aangezien（實際看來）	
voordat（之前）	of（是否；或）	
totdat（直到）	omdat（因為）	
zodra（一旦…就）	zodat（所以）	
zolang（在…期間內）	opdat（以便…）	
＊以上九個連接詞多用於指時間方面。	als（如果），mits（如果），tenzij（除非）這三個連接詞則用於條件子句／假設語句方面。	

* 一些口語中常聽到，但在文字寫作上看不到的連接詞：
daar（因為），ofschoon（雖然），tot（直到），voor（之前）。

其中的 als 和 toen 除了是連接詞之外，也是副詞。
例：連接詞：當…時。
　　例：ik zal het doen, als ik het kan.（當我辦得到的時候，我就做。）
　　副詞：身為。
　　例：als student hoef ik niet veel te betalen.（身為學生，我不需要付很多。）
　　連接詞：當…時。
　　例：toen hij jong was, las hij veel.（他年輕時讀很多書。）
　　副詞：然後。
　　例：ik ging eerst naar Leiden, en toen naar Den Haag.（我那時先去 Leiden，然後再去 Den Haag。）

4. 通常含有疑問詞，如：hoe（如何），waar（在哪裡），waarom（為什麼），wanneer（何時），wat（什麼），wie（誰）等等的描述多半會使用到從屬連接詞。
例：Weet je wanneer hij komt?（你知道他何時會來嗎？）
　　Ik weet niet wie die mensen zijn.（我不知道那些人是誰。）
　　Hij heeft niet gezegd waarom hij het vandaag niet kan doen.（他沒說為什麼今天他無法做。）

5. omdat 和 want 這兩個連接詞的比較：
　(1) omdat（因為）
　　①帶有理由。
　　②結合主要子句和從屬子句。從屬子句的主詞放在連接詞後面，全部動詞則放句尾。
　　　例：Ze maakt een afspraak bij de dokter omdat ze zich niet lekker voelt.
　　　　　（因為覺得不舒服，她跟醫生約診。）
　　③當回答「為什麼…」之類的問題時，常用到此連接詞回答。
　　　例：Waarom gaat ze naar de dokter? Omdat ze zich niet lekker voelt.
　　　　　（為什麼她去看醫生？因為她覺得不舒服。）
　(2) want（因為）
　　①帶有理由
　　②結合兩個主要子句。
　　　例：Ze maakt een afspraak bij de dokter want ze voelt zich niet lekker.
　　　　　（她跟醫生約診，因為她覺得不舒服。）
　　③不可以出現在句首。

從屬子句／附屬子句

從屬子句，也稱附屬子句，它是整個句子的一部份，為主要子句提供更多訊息。雖然它也有主詞及動詞，但其句子的排列，尤其是在主詞與動詞的位置部分，會跟主要子句不同。以下四個例句中的劃線部分字為連接詞，綠色粗體字為從屬子句。
Anneke blijft vandaag thuis omdat ze ziek is.
（Anneke 今天待在家裡，因為她生病。）

We hebben vandaag vrij <u>omdat</u> **het koninginnedag is**.
（因為國慶，我們今天放假。）
Ik ga met de trein <u>hoewel</u> **ik het erg duur vind**.
（雖然我發現很貴，仍要搭火車去。）
Uzoma volgt een cursus <u>hoewel</u> **hij al goed Nederlands spreekt**.
（雖然 Uzoma 荷語說得很好，他還是選了堂課上。）

1. 在口語中從屬子句是可以單獨存在的，這種情形主要出現在回答問題時。
   例：A: Waarom moeten we eigenlijk vliegen naar Wenen？（為什麼我們一定得飛到維也納？）
   　　B: Omdat je er zó bent met het vliegtuig.（因為搭飛機一下子就到了。）
   　　A: Wanneer gaan jullie naar Amsterdam？（你們何時要去阿姆斯特丹？）
   　　B: Als we vakantie hebben.（當我們休假時。）

2. 附屬子句幾乎都以連接詞連接在主要子句旁。其造句原則為：

   > 主詞直接放在連接詞後面，而動詞一律放在句尾。

主要子句	從屬連接詞	從屬子句		
		主詞	其它	動詞
Anneke blijft vandaag thuis	omdat	ze	ziek	is.
We hebben vandaag vrij	omdat	het	koninginnedag	is.
Ik ga met de trein	hoewel	ik	het erg duur	vind.
Uzoma volgt een cursus	hoewel	hij	al goed Nederlands	spreekt.
Henk kan niet helpen	omdat	hij	een gebroken been	heeft.
Weet u misschien	waar	het station		is?
Dit is het huis	dat	Jan en Mieke	zo graag	willen kopen.

   例：Henk kan niet helpen omdat hij een gebroken been **heeft**.
   　　此句連接詞為omdat（因為小腿骨折，Henk 無法幫忙。）
   　　Weet u misschien waar het station **is**?
   　　此句連接詞為疑問詞waar（您知道車站在哪嗎？）
   　　Dit is het huis dat Jan en Mieke zo graag willen **kopen**.
   　　此句連接詞為指示代名詞dat（這就是那間 Jan 和 Mieke 很想買的房子。）

3. 請記住附屬子句句尾的動詞通常很少以原型型態出現，除非是搭配助動詞。有時也會有以助動詞配合過去分詞的型態出現。
   例：Hij komt niet, omdat hij vandaag moet werken.（因為今天得工作，他不會來。）
   　　Zij zei dat ze het niet kon vinden.（她說她找不到。）
   　　Zij zei dat ze het niet heeft gevonden.（她說她沒找到。）
   　　Nu al de gasten aangekomen zijn, kunnen we aan tafel gaan.
   　　（現在客人們已經抵達，我們上桌吧。）

4. 有時從屬子句也會被拿來做為句子的開端，此時從屬子句的主詞放在從屬連接詞的後方，動詞放在句尾；主要子句的主動詞位置要互換，且此時從屬子句和主要子句之間要用逗點區隔開來。

例

句子的開頭（從屬子句）	動詞	主詞	句尾
<u>Omdat</u> **ze** ziek **is**,	blijft	Anneke	vandaag thuis.
<u>Omdat</u> **het** koninginnedag **is**,	hebben	we	vandaag vrij.
<u>Hoewel</u> **ik** het er duur **vind**,	ga	ik	met de trein.
<u>Hoewel</u> **hij** al goed Nederlands **spreekt**,	volgt	Uzoma	een cursus.

5. want（因為），en（而且），maar（但是）這三個連接詞之後接的是主要子句。
～有點頭暈對不對，請記住以下的色塊順序，當大致原則使用，久即熟悉。～

附屬連接詞

〔主詞＋動詞＋（其他成份，如：受詞…）〕＋附屬連接詞＋〔主詞＋（其他成份，如受詞…）＋動詞〕

附屬連接詞＋〔主詞＋（其他成份，如：受詞…）＋動詞〕＋〔動詞＋主詞＋（其他成份，如受詞…）〕

主要連接詞（沒什麼變化）

〔主詞＋動詞＋（其他成份如受詞…）〕＋主要連接詞＋〔主詞＋動詞（＋其他成份如受詞…）〕

* daarom（所以）這個連接詞則是為兩個句子的連接提供一個因果關係。
　　例：Hij voelt zich niet lekker.（他覺得不舒服。）
　　　　Hij gaat naar de dokter.（他去看醫生。）
　　　　Hij voelt zich niet lekker, daarom gaat hij naar de dokter.（他覺得不舒服，所以去看醫生。）

依不同的感受程度來作描述的動詞片語

1. vind iets leuk（覺得某事不錯或有趣）
　　例：Ik vind kubuswoningen leuk.（我覺得立體屋挺好的。）
　　　　Hij vindt tennissen leuk.（他發現網球蠻有趣的。）

2. doen iets graag（樂意；同意）
　　例：Vind je voetballen leuk? – Ja, dat doe ik graag.
　　　　（你認為足球好玩嗎？是啊，我喜歡踢足球。）

3. houden iets van（非常癡迷、喜愛）
　　例：Ik houd van kubuswoningen.（我非常喜愛立體屋。）
　　　　Hij houdt van voetballen.（他對足球非常瘋狂。）

- lekker（美味的；舒適的；美好的）這個字用途很廣，除了普遍用在飲食方面的對話之外，其他時候也常會聽到。

  例：Vind je de salade lekker?（你覺得沙拉好吃嗎？）

  　　We hebben lekker in het zonnetje gezeten.（我們舒服地曬了太陽。）

- 「doe niet zo gek!」（不要太猛了，慢慢來）是常見的友善用語。

- niks（一點也沒有！沒有的事！）這個字常在口語裡聽到。跟 niets（沒有；沒事）比起來，niks 的口氣比較強烈。

四、練習

1. 請將整個句子完成。

(1) Ik ben vanmorgen pas om 10.00 uur opgestaan omdat ....

(2) Hein wil vanavond meegaan hoewel ....

(3) Ria reist liever met de trein omdat ....

(4) Erik vliegt liever als hij op vakantie gaat hoewel ....

(5) Rob wil niet zo graag zwemmen omdat ....

(6) Janny eet het liefst bij de Italiaan omdat ....

(7) In Nederland is watersport heel populair omdat ....

(8) Ik vind het hier gezellig hoewel ....

2. 請依提示拼寫填入正確的序數。

(1) Is dit jouw _____ (1e) reis naar Wenen, Henk?

(2) Nee, het is al de _____ (3e) keer.

(3) De _____ (8e) maand van het jaar is augustus.

(4) Mijn zoon zit op de universiteit. Hij zit in het _____ (4e) jaar.

(5) Ik zeg het niet voor de _____ (2e) keer.

(6) Wij wonen op de _____ (13e) etage.

(7) De familie Meijer woont in het _____ (6e) huis rechts.

(8) Ik hoor dit lied al voor de _____ (100e) keer.

3. 請將劃線部分的字改為複數型態，再將句子重新敘述。

(1) De schaatser staat al op het ijs.（溜冰的人站在冰上。）

(2) Hoe laat vertrekt de trein naar Utrecht?（往 Utrecht 的火車幾點開呢？）

(3) Er is geen parkeerplaats meer vrij.（沒有停車位了。）

(4) De bioscoop is gesloten.（電影院關了。）

(5) Op het plein staat een auto geparkeerd.（廣場上停著一部車。）

(6) Er is een telefooncel voor het stadhuis.（市政廳前面有個電話亭。）

4. 請填入適當的否定詞。

(1) Ben je nog nooit _____ Scheveningen geweest?
(2) Ik ga morgen _____ de trein naar Roosendaal.
(3) Waarom doe je daar zo moeilijk _____?
(4) Dat is niets _____ mijn moeder.
(5) Thuis kun je _____ muziek luisteren.
(6) In Nederland doet men veel en graag _____ sport?
(7) We maken in Amsterdam een boottocht _____ de grachten.
(8) Jan Timmermans is _____ 23 mei 1912 geboren.
(9) Ik sta elke dag _____ 07.00 uur op.
(10) Wat eet jij _____ het ontbijt?

5. 請依提示填入適當的字。

```
* gaan * in * kunnen * met * naar * nemen * omdat * vinden*
```

(1) Thijs en Irene _____ naar Wenen.
(2) Ze willen in Wenen _____ een concert gaan.
(3) Irene wil graag _____ het vliegtuig _____ dat sneller gaat.
(4) Thijs _____ liever de trein.
(5) In de trein _____ je lezen, slapen en naar muziek luisteren.
(6) Irene _____ dat zonde van de tijd.
(7) Ze wil niet de hele dag _____ de trein zitten.

6. 請選擇該使用 omdat（因為；可連接出理由或結果）或是doordat（因為；多半跟時間有關聯，連接理由居多）。

(1) Bart kijkt graag naar een voetbalwedstrijd, omdat/doordat hij het spannend vindt.
(2) Omdat/Doordat er een explosie plaatsvond, zijn veel woningen verwoest.
(3) Inga was niet thuis, omdat/doordat zij naar Den Haag moest.
(4) Ik bel je op, omdat/doordat ik graag een afspraak wil maken.
(5) Doordat/Omdat het zo hard stormt, waaien er veel bomen om.
(6) Zij kan die rekening niet betalen, omdat/doordat zij geen geld heeft.
(7) Doordat/Omdat het weinig heeft geregend, is de oogst slecht.
(8) De wegen zijn glad, doordat/omdat het heeft gesneeuwd.

Les 11

WE GAAN VERHUIZEN!

（我們要搬家了！）

一、會話

Wat ben je dan aan het doen?（你在忙什麼？）

Marijke: Met Marijke de Visser.
（我是 Marijke de Visser。）

Connie: Hoi, Marijke, je spreekt met Connie. Hoe is het?
（嗨，Marijke，我是 Connie。你好嗎？）

Marijke: O, hou op, ik heb het hartstikke druk！
（喔，別說了，我忙得很哪！）

Connie: Waarom, wat ben je dan aan het doen?
（為什麼，你在忙什麼？）

Marijke: Ik ben koffers aan het pakken.
（我正在整理行李。）

Connie: Koffers pakken? Wat ben je van plan?
（整理行李？你有什麼計劃？）

Marijke: Nou, morgen vliegen we naar Parijs en over twee weken gaan we verhuizen.
（是這樣的，明天我們要飛去巴黎，而且兩週後我們要搬家。）

Connie: Gaan jullie verhuizen naar Parijs?
（你們要搬去巴黎？）

Marijke: Nee, we gaan daar op bezoek bij vrienden. En we verhuizen naar één verdieping hoger!
（不是的，我們去拜訪朋友。然後往上搬一層樓！）

Connie: Een verdieping hoger? Hoezo?
（往上搬一層樓？為什麼？）

Marijke: Nou, op de derde verdieping is een vierkamerwoning vrij gekomen.
（就現在三樓有個四間房間的住所空出來啦。）

Connie: Wat leuk! Dan hebben jullie één kamer meer. Maar waarvoor ik eigenlijk bel: komen jullie vanavond een hapje mee-eten? Ik maak erwtensoep.

（很好呀！這樣你們就多出一間房子來了。不過我打電話來的理由是：你們今晚要過來一起吃嗎？我要煮豆子湯。）

Marijke: Hm, lekker, maar we kunnen jammer genoeg niet. Een vriend van Frans komt ons helpen met schilderen.

（嗯，聽起來很好吃，可是很可惜，我們無法去。Frans 的一個朋友要來幫我們油漆。）

Connie: O, jammer! Zullen we dan volgende week afspreken?

（喔，可惜！那我們下週再約吧？）

Marijke: Goed idee. Ik bel je als we terug zijn uit Parijs, oké?

（好主意。我們從巴黎回來之後我再打電話給你，這樣好嗎？）

Connie: Prima. Nou, veel plezier in Parijs, hè.

（好。祝你們在巴黎玩得愉快啊。）

Marijke: Ja, bedankt. En tot ziens hè!

（謝謝，再見囉！）

Connie: Ja, tot ziens. En doe de groetjes aan Frans!

（再見，替我向 Frans 問個好！）

Marijke: Doe ik! Doei!

（我會的！再見！）

- Deze flat is groter dan die van mij.
  （這間公寓比我的大。）
- Mijn flat is even groot als de flat in de advertentie.
  （我的公寓就像廣告上的一樣大。）
- Dit huis is kleiner dan mijn huis, maar het is ook goedkoper.
  （這房子比我的小，但也比較便宜。）

二、補給站

1. 各種住屋的用語

(1)

(2)

(3)

(4)

(5)

(6)

引源 Taal vitaal

(1) de twee-onder-één-kap（兩戶屋頂相連式）

is een huis met aan één kant hetzelfde huis eraan vast. Het heeft dus één muur gemeenschappelijk met de buren. De twee huizen hebben samen één dak.

（是一種房子的一邊與另一間房子相連接的住屋。所以有一道牆與鄰居共用。這兩戶共用一個屋頂。）

(2) de woonboot（居住船／船屋）

is een boot die iemand heeft omgebouwd tot een woning. Woonboten zie je veel in de grachten van Amsterdam.

（是一種有人住在裡面的船。在阿姆斯特丹的運河上你可以看到很多這種船屋。）

(3) het vrijstaande huis（獨棟屋）

is een huis met één of meer verdiepingen. Om het hele huis ligt een tuin.

（是一種平房或多層樓式的房子。整座房子有花園包圍著。）

(4) de flat（公寓）

is een woning in een flatgebouw. Alle kamers van een flat zijn op dezelfde etage. Ook een gebouw met zulke woningen kan je een flat noemen.

（是一種位在公寓建築內的生活方式。所有的房間都在同一個樓層上。這類建築也可簡稱為flat。）

(5) de 3-kamerwoning（三房住所）

bestaat uit drie kamers, een keuken, een badkamer en een toilet. Een 3-kamerwoning bevindt zich in een flatgebouw.

（包含有三個房間；一個廚房、一個浴室和一個廁所。三房住所通常都位在公寓式建築內。）

(6) het rijtjeshuis（排屋）

is een huis met aan beide kanten dezelfde huizen eraan vast. Het heeft dus twee muren gemeenschappelijk met de buren.

（是一種屋子有兩邊與同類型房子相連接的住屋。所以該房子會有兩道牆與鄰居共用。）

2. 可藉助下列文字來畫個居住處的平面圖。

例：In de keuken kan je koken en eten.（你在廚房煮菜和吃飯。）

- keuken（廚房）
- gang（走道）
- het balkon（陽台）
- werkkamer（工作室）

- slaapkamer（臥室）
- woonkamer（客廳）
- WC/het toilet（廁所）

- kinderkamer（兒童房）
- badkamer（浴室）
- logeerkamer（客房）

- eten（吃）
- jezelf wassen（洗澡）
- zitten（坐）
- knutselen（走動做瑣事）

- spelen（遊戲）
- slapen（睡覺）
- tv-kijken（看電視）
- naar muziek luisteren（聽音樂）

- koken（烹飪）
- lezen（閱讀）
- studeren（讀書）

3. 造句練習

Hoe groot is uw [jouw] woning? （您〔你〕的住所有多大？）

Hoe veel kamers heeft uw [jouw] woning? （您〔你〕的住所有幾間房間？）

Woont u [Woon je] in het centrum? （您〔你〕住在市中心嗎？）

Hebt u [heb je] een mooi uitzicht aan de voorkant [achterkant]?
（您〔你〕的前院〔後院〕有漂亮的景觀嗎？）

Woont u [Woon je] boven of beneden? Op welke verdieping?
（您〔你〕住樓上或是地面樓層？第幾樓？）

Heeft de woning een tuin [balkon／kelder／zolder／schuur]?
（那個住所有花園〔陽台／地下室／閣樓／倉庫〕嗎？）

Zijn er winkels [scholen／sportvoorzieningen] in de buurt?
（這附近有商店〔學校／運動設施〕嗎？）

Hoe is het openbaar vervoer? Is er een bus[tramhalte／station] vlakbij?
（公共交通工具如何運作？附近有巴士〔電車站／火車站〕嗎？）

Bent u [Ben je] tevreden met uw [je] huis of wilt u [wil je] liever een ander huis?
（您〔你〕對於您的〔你的〕房子滿意嗎，還是您〔你〕想換房子？）

三、語法解說

未來式

下列短文可看出未來式的使用概況。

Volgende week **vertrekt** Hellen naar Afrika. Ze **gaat** een jaar lang voor Unicef **werken**. Ze **zal** eerst een paar maanden in Tanzania **blijven**. Daarna **vliegt** ze naar Kameroen. Daar **zal** ze ook enkele maanden **werken**. Over een jaar **komt** ze dan weer terug naar Nederland.

（下個星期 Hellen 要啟程去非洲了。她去為聯合國兒童基金會工作一年。她將先停留在坦尚尼亞兩個月。然後她飛到喀麥隆。在那裡她將工作幾個月。一年後她會再度回到荷蘭。）

總結來說，未來式可用三種方式表達：

1. 現在式，有時再加上時間方面的描述。此方式主要是用於時間與事物的結合。如果很清楚這是日後會發生的事，那麼時間點的表達可以忽略不說出來。

   例：Volgende week **vertrekt** Hellen naar Afrika.（下個星期 Hellen 要啟程去非洲了。）

   Daarna **vliegt** ze naar Kameroen.（然後她飛到喀麥隆。）

   Over een jaar **komt** ze dan weer terug naar Nederland.（一年後她會再度回到荷蘭。）

2. gaan 動詞＋原型動詞。此方式主要是表達出計劃或意願。此時的 gaan 動詞不可以與其他動詞，如：hebben 或 zijn 或另一個 gaan 等動詞一起使用。

   例：Ze gaat een jaar lang voor Unicef werken.（她去為聯合國兒童基金會工作一年。）

   We gaan in de Franse Alpen wandelen.（我們要在法國境內的阿爾卑斯山裡散步。）

   Hij gaat een verdieping hoger wonen.（他去住更高一層樓。）

3. zullen 動詞＋原形動詞。此方式可表下列意涵：

(1)表示意願

　　例：Zal ik Hellen even opbellen?（我要打電話給 Hellen 嗎？）

　　　　Zullen wij haar naar het vliegveld brengen?（我們要帶她去機場嗎？）

(2)表示承諾

　　例：Ik zal Hellen vanavond even opbellen.（我今晚會打個電話給 Hellen。）

　　　　Wij zullen haar naar het vliegveld brengen.（我們會帶她到機場。）

(3)點出該事物已經幾乎是確定的了

　　例：Ze zal eerst een paar maanden in Tanzania blijven.（她將先停留在坦尚尼亞兩個月。）

　　　　Daar zal ze ook enkele maanden werken.（她將在那裡工作幾個月。）

進行式

1. 表達講話的此刻正在進行的事物，也就是現在進行式，其主要句型為：

> zijn 動詞＋aan het＋原型動詞

- 在aan het 和原型動詞之間可以沒有其他字彙。
- 值得注意的是，這個句型並不能在被動式狀態下使用。

　　例：Wat is ze aan het doen? – Ze is koffers aan het pakken.（她正在做什麼？她正在整理行李。）

　　　　De buurman is aan het timmeren.（鄰居正在忙著做木工。）

　　　　Even wachten Sacha, ik ben nu met je moeder aan het praten!

　　　　（Sacha，等一下，我現在正在和你媽談話！）

　　　　Ik ben aan 't schrijven.（我正在寫。）

　　　　Ik ben een brief aan 't schrijven.（我正在寫封信。）

　　　　Hij is bezig de klok te repareren.（他正在修那時鐘。）

　　　　Hij is aan 't schrijven.（他正在寫。）

　　　　Zij is de ramen aan 't wassen.（她正在洗窗戶。）

2. 「bezig zijn te...」也是進行式的句型，表「正在…」。

　　例：Hij is bezig te schrijven.（他正忙著寫。）

3. 有時現在式也表示正在進行中的意思。

　　例：Zij zaten t.v. te kijken.（他們當時正在看電視。）

　　　　Hij ligt nog te slapen.（他還在睡覺。）

　　　　Zij staan in de keuken te praten.（他們正站在廚房講話。）

形容詞比較級

下列短文中可看出形容詞比較級的大致使用方式。

We hebben een nieuw huis gekocht. Het is wat **ruimer** dan het huis dat we nu hebben; de slaapkamers zijn **groter**, de badkamer is **luxer** en de keuken is **moderner**. En de tuin is veel **mooier**! Het is een vrijstaand huis, dus we hebben waarschijnlijk ook **minder** last van de buren dan nu.

（我們買了間新房子。那間房子的空間會比目前住的這間房子多；臥室比較大，浴室比較豪華，廚房比較新穎。而且花園漂亮多了！那是間獨棟的房子，因此可能來自鄰居的吵鬧會少些。）

形容詞比較級的形式：

1. 形容詞原級加 er。

    例：原級 klein（小的）→ 比較級 kleiner（較小的）

        → Deze slaapkamer is kleiner dan die andere.（這間臥室比另外其他間小些。）

        原級 leuk（美好的）→ 比較級 leuker（更美好的）

        →Jullie uitzicht is leuker dan ons uitzicht.（你們的景觀比我們的景觀好。）

        原級 hoog（高的）→ 比較級 hoger（較高的）

        →In een oud huis zijn de kamers vaak wat hoger.（老房子房間的挑高多半較高。）

    ＊請注意一些拼寫變化上的規則

      原級 h<u>oo</u>g（高的）→ 比較級 h<u>o</u>ger（較高的）

      原級 lie<u>f</u>（可愛的）→ 比較級 lie<u>ver</u>（較可愛的）

      原級 boo<u>s</u>（生氣的）→ 比較級 bo<u>zer</u>（較生氣的）

2. 形容詞原級字尾是 r 時，則加 der。

    例：原級 duur（昂貴的）→ 比較級 duurder（較貴的）

        In deze wijk zijn de huizen veel duurder.（這一區的房子貴很多。）

        原級 lekker（美味的）→ 比較級 lekkerder（較美味的）

        Ik vind hagelslag lekkerder dan pindakaas.（我發現巧克力絲比花生醬好吃些。）

3. 以下是一些不規則變化形容詞的原級與比較級：

形容詞原級	形容詞比較級	例
goed （好的）	beter （較好的）	Voorkomen is beter dan genezen. （預防勝於治療。）
veel （多的）	meer （較多的）	We hebben nu meer ruimte dan in ons oude huis. （我們現在有比舊房子更大的空間。）
weinig （少的）	minder （較少的）	Er zijn steeds minder mensen die roken. （抽煙的人逐漸減少。）
graag（樂意的）	liever （較樂意的）	Ik ga liever met de trein naar Wenen. （我比較想搭火車去維也納。）

4. 形容詞比較級的分類與使用

(1)因為形容詞字尾有加 e 或不加 e 的情況，其比較級與最高級也必須跟著因應。

例：een betere weg（一條較好的路）

　　de belangrijkste man（那位最重要的人士）

　　de grootste van de twee（兩位裡面較高的那位）

但形容詞的比較級是三個音節（或以上）時，則字尾就不加 e 了。

例：een be-lang-rij-ker man（一位較重要的人士）

　　het lek-ker-der brood（較好吃的麵包）

(2)屬性形容詞的比較級：放在它要形容的名詞之前。

		比較級形容詞形容單數名詞時的變化原則為：	比較級形容詞形容複數名詞時的變化原則為：
有性名詞	配定冠詞	+e 例：de kleinere woning （那較小的居住空間）	+e 例：de kleinere woningen （那些較小的居住空間）
	配不定冠詞	+e 例：een kleinere woning （一個較小的居住空間）	+e 例：kleinere woningen （較小的居住空間）
中性名詞	配定冠詞	+e 例：het oudere huis （那間較舊的房子）	+e 例：de oudere huizen （那些較舊的房子）
	配不定冠詞	Ø 例：een ouder huis （一間較舊的房子）	+e 例：oudere huizen （較小的房子）

(3)敘述形容詞的比較級：後面沒有名詞，不做加 e 或不加 e 的變動。

例：Ons nieuwe huis is iets ruimer.（我們的新房子是空間比較大的。）

　　De slaapkamers zijn groter.（那些臥室比較大。）

　　En de tuin is veel mooier!（而且那花園漂亮多了！）

(4)跟形容詞比較級有關的其他介紹

　　①dan（比起來；比較）

　　用於兩個人、事、物、動作做比較時的副詞。有時被比較的人、事、物、動作不必重複提及，例句中的[…]就是可省略的部分。

　　例：Ons nieuwe huis is wat ruimer dan ons oude huis.

　　　　（比起舊房子來說，我們的新房子有較多的空間。）

　　　　En de tuin is veel mooier [dan de tuin van ons oude huis]!

　　　　（〔跟舊房子的那個花園比起來〕，那花園漂亮多了！）

②even... als = net zo... als（如同…一樣；相同）

當互相比較的人、事、物、動作之間沒有差異時，就用這個片語。有時被比較的人、事、物、動作不必重複提及，例句中的[…]就是可省略的部分。

例：Mijn slaapkamer is even groot als jouw slaapkamer.

= Mijn slaapkamer is net zo groot als jouw slaapkamer.

= Mijn slaapkamer is even groot [als jouw slaapkamer].

= Mijn slaapkamer is net zo groot [als jouw slaapkamer].

（我的臥室和你的臥室一樣大。）

四、練習

1. 請使用 gaan 動詞＋原型動詞 來造句。

(1) Morgen – Wim – Den Haag – verhuizen

(2) Vanavond – we – Chinees – eten

(3) Volgende maand – Hans – nieuwe auto – kopen

(4) Overmorgen – Ruud – broer – helpen

(5) Vanaf volgende week – hij – Venlo – wonen

(6) Dit weekend – ik – fiets – repareren

(7) Over een uurtje – ik – thee zetten

(8) Morgen – Jan – tot 19.30 uur – werken

(9) Volgend jaar – Anneke – aan de marathon - deelnemen

2. 請使用 zijn 動詞＋aan het＋原型動詞 來造句。

(1) Uw moeder komt op bezoek. Ze vraagt: "Waar zijn de kinderen?"

（您的母親來訪。她問：「孩子們在哪？」）

U zegt: "＿＿＿＿＿＿＿＿＿＿＿＿＿＿＿＿." <ze spelen in de tuin>

(2) De vriendin van uw dochter belt op. Ze vraagt: "Is Marianne thuis?"

（你女兒的女性友人來電。她問：「Marianne 在家嗎？」）

U zegt: "Nee, ＿＿＿＿＿＿＿＿＿＿＿＿＿＿" <ze tennist>

(3) Een kennis van u komt binnen. Hij vraagt: "Wat is hier aan de hand?"

（您的朋友進來。他問：「這裡是怎麼回事啊？」）

U zegt: "＿＿＿＿＿＿＿＿＿＿＿＿＿＿＿" <we verbouwen>

(4) Een kennis belt u op. Hij vraagt: "Heb je zin om op de koffie te komen?"

（朋友打電話給您。他問：「你要不要來喝杯咖啡呀？」）

U zegt: "Het spijt me, ik heb geen tijd. ＿＿＿＿＿＿＿＿＿＿＿＿＿＿" <ik schilder>

(5) Uw zoontje komt thuis. Hij vraagt: "Waar is papa?"

（您的兒子進門來。他問：「爸爸在哪？」）

U zegt: "＿＿＿＿＿＿＿＿＿＿＿＿＿" <hij ruimt de keuken op>

3. 請依提示與圖示以現在進行式作答。

 ①  ②  ③

| de krant lezen |
| boodschappen doen |
| een brief schrijven |
| spelen |
| douchen |
| koken |

 ④  ⑤  ⑥

(1) Bart Hendrix is aan het ....

(2) Meneer De Meyer ....

(3) Anne en Leo Boes ....

(4) Mevrouw Tryens ....

(5) Wim van den Berg ....

(6) Wilma Eeftink ....

4. 請依提示，並使用 even... als 或 net zo... als，以使句子完整。

(1) <lief>   Mijn hond is .... mijn kat.

(2) <populair>   Van Gogh is .... Rembrandt.

(3) <warm>   Het is hier in Nederland .... België.

(4) <dun>   Claude is .... Karel.

(5) <romantisch>   Ik ben .... mijn vrouw.

5. 請依提示寫出該形容詞的比較級形式。

(1) Waar wonen jullie?

   Wij wonen een verdieping _____ dan Lonneke en Wouter. <hoog>

(2) Wat vind jij _____, appeltaart met slagroom of zonder slagroom? <lekker>

(3) Je mag hier niet _____ dan 50 kilometer per uur. <hard>

(4) Elleke is vijf jaar _____ dan Raymond. <jong>

(5) Ik ga _____ naar Griekenland op vakantie. <graag>

(6) Met het vliegtuig ben je _____ in Wenen. <snel>

(7) Hans vindt de Rolling Stones _____ dan de Beatles. <goed>

(8) In ons nieuwe huis hebben we een _____ uitzicht. <mooi>

(9) Volgens mij heeft mijn broer _____ cd's dan de platenzaak! <veel>

(10) Bas en Joost zijn even oud, maar Joost is iets _____. <groot>

6. 請依下圖所提供的資料，做這七項比較。

注釋／引源 16

(1) het aantal inwoners
(2) de investeringen
(3) de bierconsumptie
(4) het toerisme
(5) het autobezit
(6) het aantal werklozen
(7) de export

7. 請選出與其他字特別格格不入者。

(1)	vanavond	twee weken geleden	morgen	volgende week
(2)	bruiner	zwarter	langer	witter
(3)	flat	vrijstaand huis	3-kamerwoning	logeerkamer
(4)	sporthal	woonkamer	badkamer	keuken
(5)	lopen	zitten	gaan	wandelen

8. 請依提示填入適當的字。

* gaan   * op bezoek gaan   * ophouden   * slaapkamer   * van plan zijn   * vanavond   * veel plezier

(1) Op de eerste etage zijn vier _____, een badkamer en een toilet.
(2) Verhuizen? _____, ik word al moe als ik eraan denk!
(3) Ik _____ mijn vrienden te helpen met schilderen.
(4) Wat _____ je morgen doen?
(5) We _____ bij vrienden in Parijs.
(6) Paul gaat _____ bij zijn moeder eten.
(7) Tot volgende week dan – en _____ in Antwerpen.

Les 12

WIJ WOONDEN IN EEN GEZELLIG HUISJE.

（我們以前住在一間很舒適的房子裡。）

一、連連看

het weer（天氣）

引源 Taal vitaal

甲　Het was mistig.（當時起霧。）

乙　Het was bewolkt.（當時是多雲的。）
　　Er waren wolken.（當時有雲。）

丙　Het was koud.（當時天氣很冷。）

丁　Het was winderig [stormachtig].（當時起風〔有風暴〕。）
　　Het waaide [stormde].（當時起風〔有風暴〕。）

戊　Het was regenachtig.（當時下著雨。）
　　Het regende.（當時下著雨。）

己　Het was warm.（當時天氣很熱。）

庚　Het was zonnig.（當時出太陽呢。）
　　De zon scheen.（當時陽光閃閃發亮。）

二、短文

De huizen in onze straat zagen er allemaal hetzelfde uit. Elk huis had een klein voor- en achtertuintje en als je je sleutel vergeten had, ging je achterom door de tuin, want de achterdeur stond meestal open. Dat kon toen nog. In de tuin stond een schuurtje voor de fietsen. Ik speelde met mijn vriendinnen op het pleintje achter het huis. Als ik 's middags uit school kwam, dronk ik met mijn moeder altijd een kopje thee in de woonkamer, lekker warm naast de kachel. Mijn slaapkamer was niet groot: er stond alleen een bed en mijn bureau. Het liefst zat ik in de woonkamer in mijn vaders fauteuil en las een spannend boek. In de slaapkamer van mijn ouders hing een schilderij boven hun bed.

（以前我們那條街上的房子看起來都一個樣兒。每間房子前後都有小花園，當時如果你忘記帶鑰匙，那就穿過花園走後門，因為後門大半是開著的。當時可以這麼做。花園裡有個小庫房放腳踏車。我跟朋友們在房子後面的小空地上遊戲。當時我下午放學回家，總是跟我媽媽一起在客廳裡的壁爐旁喝杯暖暖又舒適的茶。我的臥室不大：只有一張床與我的書桌。我最喜歡坐在客廳裡那張爸爸的舒適椅子上讀本令人興奮的書。當時我父母臥室裡的床頭上掛有一幅畫。）

三、補給站

1. 基本的家具名稱

引源 Taal vitaal

- lamp（檯燈）
- boekenkast（書架）
- bank（沙發）
- het bureau（書桌）
- fauteuil（舒適的個人椅）
- kast（櫃子）
- tafel（桌子）
- het vloerkleed（地毯）
- stoel（椅子）
- het bed（床）
- het bijzettafeltje（小茶几）

- Het bed staat in de slaapkamer.（床在臥室裡。）
- Er staat een stoel voor het bureau.（書桌前有張椅子。）

2. 造句練習（過去式問題）

Waar woonde u [je] toen u [je] nog klein was:（您〔你〕小時候住在哪？）
      in een stad（在市鎮。）
      in een buitenwijk（在郊區。）
      in een dorpje（在小村子。）
      op het platteland（在鄉間。）
Woonde u [je] in een flat?（您〔你〕以前住在公寓嗎？）
Hoe groot was uw [jouw] gezin?（從前您的〔你的〕家有多大？）
Hoeveel kamers waren er bij u [jullie] thuis?（您〔你們〕以前家裡有幾間房間？）
Had u [je] een eigen kamer?（您〔你〕以前有自己的房間嗎？）
Welke kleur had uw [jouw] kamer?（以前您的〔你的〕房間是什麼顏色的？）
Was het een grote of een kleine kamer?（從前那房間是大還是小？）
Welke meubels stonden er in uw [jouw] kamer?（以前您的〔你的〕房間有些什麼家具？）
Had u [je] een bureau [een stoel]?（以前您〔你〕有書桌〔椅子〕嗎？）
Hingen er foto's [posters／boekenplanken]?（從前有掛照片〔海報／書架〕嗎？）
Had u [je] planten [een radio／cassetterecorder]?（以前您〔你〕有盆栽〔收音機／錄音機〕嗎？）
Wat deed u [je] meestal op uw [je] kamer?（從前您〔你〕多半在您的〔你的〕房間裡做些什麼？）
Vond u [je] uw [je] kamer leuk? Waarom [niet]?
    （那時您〔你〕覺得您的〔你的〕房間很好嗎？為什麼〔不〕？）
Stond er in uw [jouw] kamer een kast?（以前您的〔你的〕房間有櫃子嗎？）
    Ja, er stond een kast.（有，以前有櫃子。）
    Nee, er stond geen kast.（沒有，以前沒有櫃子。）

3. 代表天氣狀況的符號

onbewolkt （沒有雲的）bewolkt （有雲的）

regen （下雨）motregen （下毛毛雨）

buien （傾盆大雨）storm （風暴）

mist（濃霧）sneeuw （雪） hagel （雹）

nevel （輕霧）onweer （雷風雨）ijzel（霜）

4. 關於天氣的過去式問題

    Hoe was het weer vanmorgen?（今天早上的天氣如何？）
    Hoe was het weer gisteren?（昨天的天氣如何？）
    Hoe was het weer vorig weekend?（上週末的天氣如何？）
    Hoe was het weer 's winters toen u nog klein was?（您小時候冬天天氣如何？）
    Hoe was het weer vorig jaar met Kerstmis?（去年聖誕節天氣如何？）
    Hoe was het weer tijdens uw laatste vakantie?（您最近一次渡假時的天氣如何？）

5. 月份的字彙

Wat is uw favoriete seizoen [maand]? En waarom?
（您最喜歡的季節〔月份〕為何？為什麼？）

januari（一月）	mei（五月）	september（九月）
februari（二月）	juni（六月）	oktober（十月）
maart（三月）	juli（七月）	november（十一月）
april（四月）	augustus（八月）	december（十二月）

四、語法解說

過去式

以下短文可看出過去式的使用概況。

Mijn grootouders **woonden** in een klein huis aan de dijk. Ze **hadden** geen badkamer en ze **kenden** ook geen centrale verwarming. In de woonkamer **stond** de kachel die een gezellige warmte **verspreidde**. Boven **waren** twee kleine slaapkamers. Op zolder **was** het kamertje waar ik altijd **sliep** als ik bij mijn grootouders **logeerde**.

（以前我的祖父母住在堤防邊的一間小房子裡。當時他們沒有浴室，也不知道中央暖氣設備。當時客廳的暖爐提供了溫暖舒適。樓上是兩間小臥室。閣樓是我從前在祖父母家過夜時睡的小房間。）

1. 使用過去式的時機 ：
  (1)發生在過去的動作或事情
    例：Wij woonden in een gezellig huisje.（我們曾住在一間很舒適的房子裡。）
  (2)發生在過去的習慣
    例：Ze wasten zich altijd in de keuken.（他們以前都是在廚房洗澡的。）
  (3)每次發生之後要敘述該動作或事件
    例：Hij stond vroeg op, at een boterham en ging naar zijn werk.
       （他從前早上起床，吃個三明治，然後去工作。）

■ 所有條頓（Teutonen）語系（荷語、英語、德語等皆屬條頓語系）可依動詞過去式的字尾變化或母音變化分成兩個主要群組：規則動詞（又稱弱動詞）與不規則動詞（又稱強動詞）。

2. 規則動詞（即弱動詞）的過去式

其表現型態依主詞是單數或複數而有兩種形式；參見附錄中的動詞基幹圖解後可知：

(1)當基幹的字尾是 t 或 k 或 f 或 s 或 ch 或 p 等無聲子音者，過去式動詞單數（複數）就是 基幹＋te(n)

例：koken（「煮」的過去式）

ik kookte 我煮	jij kookte 你煮	hij kookte 他煮	wij kookten 我們煮	jullie kookten 你們煮	zij kookten 他們煮

Mijn opa <u>werkte</u> in een fabriek.（我祖父從前在一家工廠工作。）

Wanneer <u>maakte</u> Picasso zijn eerste schilderij?（畢卡索何時畫出他的第一幅畫？）

We <u>fietsten</u> elke dag samen naar school.（當時我們每天一起騎單車上學。）

(2)其他動詞的過去式動詞單數（複數）是 基幹＋de(n)。

例：horen（「聽」的過去式）

ik hoorde 我聽到	jij hoorde 你聽到	hij hoorde 他聽到	wij hoorden 我們聽到	jullie hoorden 你們聽到	zij hoorden 他們聽到

In de eerste les <u>leerden</u> we het alfabet.（那時我們第一課學的是字母的排列順序。）

Anneke <u>woonde</u> op het platteland.（Anneke 以前住在鄉下。）

Ze <u>speelde</u> altijd met de kinderen uit de buurt.（她總是跟鄰近的小孩一起玩。）

(3)下表列舉一些規則動詞變化：

原型動詞	基幹	主詞單數時的過去式；（我，你／您，他／她）；	主詞複數時的過去式（我們，你們／您們，他們）
hopen（希望）	hoop	hoopte	hoopten
kloppen（敲擊）	klop	klopte	klopten
praten（說,講）	praat	praatte	praatten
zetten（擺設）	zet	zette	zetten
roken（抽煙）	rook	rookte	rookten
straffen（處罰）	straf	strafte	straften
fietsen（騎單車）	fiets	fietste	fietsten
lachen（哈哈笑）	lach	lachte	lachten
bestellen（點選）	bestel	bestelde	bestelden
bouwen（建築）	bouw	bouwde	bouwden
naaien（縫製）	naai	naaide	naaiden
studeren（研讀）	studeer	studeerde	studeerden
schudden（搖晃）	schud	schudde	schudden
leggen（放置）	leg	legde	legden

（*荷語中的「g」有發出聲音，同樣的發音部位不發出聲音時就是「ch」。同樣的現象也發生在「v」與「f」及「s」與「z」等的發音原理上。）

(4)注意：

①原型動詞是 zen 結尾，且基幹是 s 結尾；與原型動詞是 ven 結尾，且基幹是 f 結尾的這兩組動詞的過去式型態都是基幹加 de(n)。

例：In 1992 verhuis**den** we naar Arnhem.（我們一九九二年搬去 Arnhem。）

　　Hij wilde iets vragen, maar hij durf**de** het niet.（當時他想問一些事，但不敢。）

原型動詞	基幹	主詞單數時的過去式； （我，你／您，他／她）	主詞複數時的過去式 （我們，你們／您們，他們）
leven（生活）	leef	leefde	leefden
geloven（相信）	geloof	geloofde	geloofden
reizen（旅行）	reis	reisde	reisden
glanzen（擦亮）	glans	glansde	glansden

②若基幹是 d 或 t 結尾者，其過去式則照常加當時 de(n) 或加 te(n)，因此會有兩個 t 或兩個 d 的情況出現。

例：Het vliegtuig landde drie uur te laat.（飛機慢了三個小時才抵達。）

　　Hij zette de radio aan om naar het nieuws te luisteren.（他那時打開收音機要聽新聞。）

3. 不規則動詞（即強動詞）的過去式

(1)不規則動詞的過去式依基幹母音的不同而有所不同。

　　下列是一個典型的強動詞時態變化。

zingen（「唱歌」的現在式）

ik zing	jij zingt	hij zingt	wij zingen	jullie zingen	zij zingen

zingen（「唱歌」的過去式）

ik zong	jij zong	hij zong	wij zongen	jullie zongen	zij zongen

　　由上例可知，主詞為單數時，過去式的字尾都不需添加任何字母，只要與第一人稱的動詞一樣，將母音部分更改，就知道這是過去式的敘述了。

(2)最常用的動詞多半都屬於強動詞。但強動詞的總數比弱動詞總數少。這裡則有一些幫助記憶的小秘訣：

①原型中有「ij」的，其過去式與過去分詞中的這部份常變成「ee」。

②原型中有「ie」或「ui」的，其過去式與過去分詞中的這部份常變成「oo」。

③原型中有「i」或「e」連接鼻音類子音時，其過去式與過去分詞中的這部份常變成「o」。

(3)雖然說強動詞屬不規則變化，某些還是可理出其變化路徑幫助記憶。這裡略分為數組，每組舉兩三個動詞作例子。這些動詞的過去分詞基本上都是字首加 ge 即可。其他不在此表中的，就真的是標準強動詞，屬毫無理由的不規則變化了。

原型動詞	過去式動詞單數型；過去式動詞複數型 (我，你／您，他)；(我們，你們／您們，他們)		過去分詞
ij–ee–e blijven（保持；停留） blijken（顯得；看起來） krijgen（得到）	bleef bleek kreeg	bleven bleken kregen	gebleven gebleken gekregen
ui–oo–o buigen（彎下） sluiten（關） duiken（潛水）	boog sloot dook	bogen sloten doken	gebogen gesloten gedoken
i–o–o binden（連接） vinden（發現） dwingen（強迫）	bond vond dwong	bonden vonden dwongen	gebonden gevonden gedwongen
e–a–e geven（給予） eten（吃） vergeten（忘記）	gaf at vergat	gaven aten vergaten	gegeven gegeten vergeten
a–oe–a dragen（穿） vragen（問） slaan（打）	droeg vroeg sloeg	droegen vroegen sloegen	gedragen gevraagd geslagen
a–ie–a laten（讓） slapen（睡覺）	liet sliep	lieten sliepen	gelaten geslapen
ang–ing–ang hangen（掛） vangen（接住） ontvangen（接收）	hing ving ontving	hingen vingen ontvingen	gehangen gevang ontvangen
e–a–o breken（打斷；折斷） nemen（取拿） stelen（偷）	brak nam stal	braken namen stalen	gebroken genomen gestolen
ie–oo–o bieden（提供） kiezen（選擇） liegen（撒謊）	bood koos loog	boden kozen logen	geboden gekozen gelogen
原母音–ie–原母音 houden（握；持） lopen（走） roepen（呼叫）	hield liep riep	hielden liepen riepen	gehouden gelopen geroepen
o–a–o komen（來） vóórkomen（阻止；預防） voorkómen（先…而來）	kwam voorkwam kwam voor	kwamen voorkwamen kwamen voor	gekomen voorkomen voorgekomen

~~請詳記並練習本書所附之不規則動詞變化總覽表。~~

過去式與現在完成式

1. 和中文一樣，荷語中現在完成式與過去式的差異並非總是很明顯。一般來說，前者講的是已發生且結束了的動作或情形本身；後者講的則是動作或事情的全盤景象。另外，依據你的會話對象所使用的時態來做對答，這樣也是個不會出錯的方式。

    例：<現在完成式> Ik heb vorig jaar in een restaurant gewerkt.（去年我曾在一家餐廳工作。）

    　　<過去式 >Dat restaurant heette "Zeezicht".（當時那家餐廳叫做「Zeezicht」。）

    　　　　　　Het lag in de duinen en het was er altijd erg druk.（那時它位在沙丘上，生意一直很好。）

    　　<現在完成式 >Ik heb vijf jaar bij de politie gewerkt.（我曾在警局工作過五年。）

    　　<過去式 >De eerste drie jaar werkte ik in een kleine plaats waar ik bijna iedereen kende.

    　　　　　　（前三年我在一個幾乎每個人都互相認識的小地方工作。）

    　　<現在完成式> Maar toen ben ik verhuisd naar een grote stad.（但當我搬到大城鎮去）

    　　<過去式> Daar veranderde het werk voor mij. Ik vond het erg zwaar.

    　　　　　　（當時那裡的工作對我來說很不一樣。我感到很吃力。）

    　　<現在完成式> Daarom heb ik ander werk gezocht.（所以我就找其他的工作。）

2. 一般來說，現在完成式比過去式常被使用。但如果有搭配使用助動詞時，則多半用過去式。

    例：Ik mocht niet op mijn kamer eten.（我以前不可以在我的房間吃東西。）

    　　Hij kon goed schaatsen.（他從前很會溜冰。）

3. 進行式句型：zijn動詞＋aan het＋原型動詞 中的 zijn 動詞如果採用過去式，那麼就是過去進行式了。

    例：Ze was koffers aan het pakken [toen ik belde].

    　　（〔當我打電話來時〕，她正在整理行李。）

    　　We waren al aan het opruimen [toen hij binnenkwam].

    　　（〔當他進來時〕，我們正在打掃清理。）

4. 在連接詞 toen（然後；當時）之後所使用的敘述幾乎都是過去式。

    例：Toen ik klein was, wilde ik politieagent worden.

    　　（我小的時候想當警察。）

    　　Toen we in Den Haag woonden, gingen we vaak naar het strand.

    　　（以前我們住在海牙時，我們常去海邊。）

■ 時間副詞、連接詞中 dan 和 toen 兩個字都解釋為「然後；當時」，他們最大的不同處是：dan 用於現在式及未來式；toen 則用在過去式裡。

    例：ik ga eerst naar Leiden, en dan naar Den Haag.

    　　（我首先要去 Leiden，然後去 Den Haag。）

    　　ik ging eerst naar Leiden, en toen naar Den Haag.

    　　（我當時先去 Leiden，然後去 Den Haag。）

五、練習

1. 請依提示填入正確的動詞過去式。

(1) <drinken> Wij _____ een kopje koffie.
(2) <maken>   Vroeger _____ we elke zondag een fietstocht.
(3) <schrijven> Ik _____ een brief aan mijn vriendin toen ze belde.
(4) <wandelen> Wij _____ vaak in het park.
(5) <regenen> Omdat het zo hard _____, namen we de bus.
(6) <bakken>   Mijn oma _____ altijd zelf brood.
(7) <verhuizen> In 1993 _____ hij naar Londen.
(8) <zetten>   Ze _____ koffie en ging de krant lezen.

2. 請查字典或參看本書的不規則動詞變化表，將下列句子改為過去式。

(1) Jullie komen altijd te laat. （你們總是遲到。）
(2) Ik zie haar niet. （我沒看到她。）
(3) De kinderen wachten elke morgen op de bus. （孩子們每天早上等巴士。）
(4) We rijden vaak naar Groningen. （我們常開車去 Groningen。）
(5) Ik heb geen zin om naar school te gaan. （我沒心情去上學。）
(6) Kun je echt niet komen? （你真的不能來嗎？）
(7) Hij wil graag gaan dansen maar hij mag niet. （他很想去跳舞，但是他不可以跳。）
(8) We drinken een kopje koffie. （我們喝杯咖啡。）
(9) De cursisten moeten veel huiswerk maken. （那些選修生必須做很多功課。）
(10) In deze kamer slaap ik altijd. （我總是睡在這間房間。）
(11) Ze zijn een spelletje mens-erger-je-niet aan het doen. （他們正在玩 mens-erger-je-niet 的遊戲。）

3. 請將下列字依正確順序寫出其過去式。

1. wij – logeren – vaak – mijn grootouders – Hilversum
2. vroeger – spelen – ik – vaak – mijn broer
3. opa – zitten – 's avonds – altijd – leunstoel
4. willen – je – niet – mee – bioscoop?
5. gisteren – moeten – hij – op – de kinderen – passen
6. wij – schrijven – brief – onze grootouders
7. 's avonds – gaan – jullie – nooit – op tijd – bed

4. 請選擇使用正確的時間副詞 als（當…時）或 toen（當時；當）。

(1) _____ ze me zag, ging ze naar buiten.

(2) _____ de leraar niet kwam, gingen wij naar huis.

(3) _____ ik thee drink, eet ik er altijd een paar koekjes bij.

(4)_____ ik dat deed, werd hij erg boos.

(5) _____ het regent, blijven we thuis.

(6) _____ jij betaalt, ga ik graag mee.

(7) _____ wij nog in Roermond woonden, hadden wij een 3-kamerwoning.

(8) _____ de kinderen naar bed zijn, kletsen we vaak nog een tijdje.

5. 請選出與其他字特別格格不入者。

(1) luisterde   regende   speelde   maakte

(2) kende   las   ging   stond

(3) wachtten   zouden   leerden   antwoordden

(4) stoel   bank   bed   lamp

(5) juni   januari   augustus   juli

6. 請依提示填入適當的字詞。

* hebben * regenen * vertrekken * toen * vroeger * wonen * zijn

(1) Vroeger _____ ik in het centrum van Rotterdam.

(2) Drie weken geleden _____ ik nog bij mijn ouders op bezoek.

(3) _____ stopte de trein nog in Emmen.

(4) _____ ik klein was, sliep ik vaak bij mijn oma.

(5) Toen we vorig jaar in Oostenrijk waren, _____ het de hele tijd.

(6) De bus _____ vanmorgen pas om 08.15 uur.

(7) Toen mijn vader vakantie _____, las hij elke dag de krant.

Les 13

IK ZIT NET TE DENKEN...

（我正坐著想…）

一、會話

Wie kan ons helpen? （誰能幫我們？）

Frans: Hé Marijke, ik zit net te denken; wie kan ons volgende week met de verhuizing helpen?
（嘿，Marijke，我正坐著在想；誰下個禮拜能幫我們搬家啊？）

Marijke: Misschien kunnen Tom en Simon wel komen helpen.
（也許 Tom 和 Simon 可以來幫忙。）

Frans: Dat denk ik niet; Tom moet zo vaak overwerken en Simon heeft de laatste tijd last van zijn rug. Hij mag geen zware dingen tillen.
（我不這麼想；Tom 必須經常加班而 Simon 上回才背痛。他不能提重物。）

Marijke: En Maarten? Die kan vast wel. Jij helpt hem toch ook altijd.
（那 Maarten 呢？他肯定可以。反正你也經常幫他。）

Frans: Gaat hij niet volgende week voor zaken naar Berlijn?
（他下個禮拜不是要出差到 Berlijn 嗎？）

Marijke: O ja, dat klopt!.... En Rob?
（對喔，沒錯！那 Rob 呢？）

Frans: Ja, Rob zou misschien wel kunnen, ik geloof dat hij volgende week vrij heeft.
（對了，Rob 也許可以，我想他下個禮拜有空。）

Marijke: En vergeet Kees niet.
（還有別忘了 Kees。）

Frans: Kees? Liever niet! Hij loopt altijd zo te zeuren!
（Kees？寧可不要！他走路邊走邊唸的！）

Marijke: Ja, dat is waar ook. Vraag het dan maar aan Jos.
（欸，那倒也是真的。問 Jos 看看吧。）

Frans: Natuurlijk! Jos, goed idee. Ik ga hem meteen bellen. Zet jij in de tussentijd dan even koffie?
（當然！Jos，好主意。我立刻打電話給他。打電話的時候你要不要煮咖啡？）

Marijke: Ja, even wachten, ik loop net mijn sleutels te zoeken.
（好，等一下，我去找一下鑰匙。）

Frans: Jos is in gesprek. Zal ik Henk dan maar vragen? Misschien kan hij wel.
（Jos 在通話中。那我要不要問 Henk 看看？也許他可以。）

Marijke: Nee, die hoef je helemaal niet te vragen!
（不用了，你完全都不用問他！）

Frans: Hoezo niet?
（為什麼不？）

Marijke: Omdat hij zijn been heeft gebroken.
（因為他腿骨折了。）

Frans: Jeetje! Dat wist ik niet. Wanneer is dat nou gebeurd?
（啊！我不知道啊。什麼時候發生的事？）

Marijke: Tijdens de wintersport, geloof ik.
（在冬季運動時發生的，我記得。）

Frans: Tjonge, wat vervelend voor hem!
（呦！對他而言，這可真是令人討厭。）

Marijke: Tja... Maar ik ben nu eigenlijk benieuwd wie ons dan wél kan komen helpen!
（欸…只是我現在真想知道誰可以來幫我們忙！）

二、連連看

引源 Taal vitaal

- 甲 vrij hebben （休息）
- 乙 overwerken （加班）
- 丙 op zakenreis gaan [zijn] （出差去〔中〕）
- 丁 een feest geven （辦個派對）
- 戊 een afspraak hebben （開會）
- 己 met vakantie gaan （渡假去）
- 庚 uitgenodigd zijn （受邀）
- 辛 een cursus volgen（上課）

* 延伸詞彙

圖示編號	
A	laat thuiskomen（晚歸） 's avonds op kantoor zitten（晚上還待在辦公室） veel geld verdienen（賺很多錢） geen tijd hebben om te eten（沒時間吃）
B	vliegen（飛行） laptop meenemen（帶筆記型電腦） een zakenrelatie ontmoeten（商業會面） in een hotel overnachten（在旅館過夜）
C	lekker lang slapen（睡到很晚） leuke dingen doen（做好玩的事） uitrusten（休閒） winkelen（逛街）
D	bloemetje meenemen（帶花） gezellig bij elkaar zijn（彼此相處融洽） koffie drinken（喝咖啡） borrelen（喝酒）
E	koffers pakken（整理行李） zwembroek meenemen（帶泳衣） in de file staan（塞在車陣中；排隊等待） geld wisselen（兌幣；換錢）
F	met je buurman oefenen（跟鄰居練習） op het bord kijken（看黑板） leren（學習） huiswerk doen（做功課）
G	boodschappen doen（購物） rommel opruimen（清理垃圾） dansen（跳舞） de hele dag in de keuken staan（整天在廚房忙）
H	tijdstip vastleggen（固定某一時間點） opschieten（迅速地行動；趕快） iemand ontmoeten（與某人見面） afzeggen（取消）

三、補給站

1. 搬好新家，辦個小派對，請親友到家裡熱鬧一下

Wie komt er op ons feestje? （誰會來我們家的派對？）

邀請函

Wij geven een feestje!
（我們要辦個派對！）

Wie: Frans en Marijke （誰主辦：Frans 和 Marijke。）

Waarom: Omdat we nu een 4kamerflat hebben. （為什麼：因為我們現在有個四房公寓。）

Wanner: Zaterdag, 15 mei om 20.00 uur （何時：五月十五日週六晚間八點。）

Waar: Julianalaan 156 A （何地：Julianalaan 巷 門牌號 156A 號。）

P.S. dezelfde flat, maar 1 verdieping hoger!
（備註：同棟公寓，只是高一層樓！）

Geef a.u.b. even een belletje of je kunt komen.
（請電告你是否出席。）

Tom	- ja, leuk! （好，不錯呀。）
Maarten	- alweer in Berlijn （已經又在 Berlijn 了。）
Rob	- misschien （也許吧。）
Kees	- ?? （不知道。）
Jos	- cursus （上課。）
Ria	- griep （感冒發燒。）
Yvonne	- komt （會來。）

2. 日期的說法

5-12-2000 （二○○○年十二月五日）→ vijf december tweeduizend
　　　　　　　　　　　　　　　　　　或de vijfde december tweeduizend

A: Wanneer bent u [ben je] jarig? （您〔你〕什麼時候生日？）

B: Op zeventien juli. En wanneer bent u [ben je] jarig? （七月十七日。您〔你〕呢？）

A: In maart. （三月。）

B: De hoeveelste? （哪天？）

A: De achtste. （八日。）

四、語法解說

不定詞

不定詞的用法：

1. staan 或 zitten 或 liggen 或 lopen＋te＋原型動詞
   此句型說的是同時發生的兩件事。前面劃線部分的動詞表示主詞的狀態，後面不定詞 te 所連接的原型動詞則表示動作。

現在式	過去式
Opa staat naar buiten te kijken. （祖父往外看去。）	Opa stond naar buiten te kijken. （那時祖父往外看去。）
Ank zit de krant te lezen. （Ank 坐著看報紙。）	Ank zat de krant te lezen. （當時 Ank 正坐著看報紙。）
Hugo ligt op de bank muziek te luisteren. （Hugo 躺在沙發上聽音樂。）	Hugo lag op de bank muziek te luisteren. （Hugo 那時躺在沙發上聽音樂。）
Ik loop me al de hele ochtend te haasten. （我忙了一整個早上。）	Ik liep me al de hele ochtend te haasten. （我當時忙了一整個早上。）

在現在完成式中，兩個原型動詞之間是不必用到 te 來銜接的。

例：Opa heeft naar buiten staan kijken. （祖父已經往外看過去了。）

Ank heeft de krant zitten lezen. （Ank 已經坐著看報了。）

Hugo heeft op de bank muziek liggen luisteren. （Hugo 已躺在沙發上聽音樂了。）

Ik heb me al de hele ochtend lopen haasten. （我已經忙了一整個早上了。）

2. hoeven＋否定詞 [＋te]＋原型動詞：（不需要；不用）hoeven 這個動詞表示否定之意，所以恆搭配 niet 或 geen，一同出現在否定敘述中；對話裡常聽到它搭配助動詞 moeten（必須）或 zullen（將要）使用。

例：Ik hoef toch geen Italiaans te leren. （反正我不需要學義大利文。）

Voor mij hoef je niet op te houden. （你不需要阻止我。）

問：Moeten we nog boodschappen doen? （我們還要買菜購物嗎？）

答：Nee, dat hoeft niet. （不，不必。）

問：Moet je morgen werken? （你明天得工作嗎?）

答：Nee, morgen hoef ik niet te werken. （不，我明天不用工作。）

問：Zullen we hier even wat drinken? （我們要在這裡喝點什麼嗎?）

答：Nee, dat hoeft voor mij niet. （不，我是不用啦。）

問：Zal ik Henk vragen? （我該問 Henk 嗎？）

答：Nee, die hoef je helemaal niet te vragen! （不，你完全都不用問！）

五、練習

1. 請依提示填入正確的過去式型態。

(1) ＜ kunnen ＞　　　Tom ＿＿＿＿＿＿＿＿ helaas niet meekomen.

(2) ＜doen＞　　　　Wat ＿＿＿＿＿＿＿＿ u toen u dat hoorde, meneer Bergers?

(3) ＜zijn/logeren＞　Toen wij twee jaar geleden op vakantie in Berlijn ＿＿＿＿＿＿＿, ＿＿＿＿＿＿＿＿ wij
bij mijn broer.

(4) ＜zijn/schrijven＞ Toen ik klein ＿＿＿＿＿＿＿, ＿＿＿＿＿＿＿ ik elk jaar een brief aan Sinterklaas.

(5) ＜mogen＞　　　Ik ＿＿＿＿＿＿＿＿ niet lang opblijven van mijn ouders.

(6) ＜lezen＞　　　 Bart ＿＿＿＿＿＿＿＿ voor het ontbijt altijd de krant.

(7) ＜staan＞　　　 We ＿＿＿＿＿＿＿＿ zeker drie kwartier in de file.

(8) ＜hebben＞　　 Ik ＿＿＿＿＿＿＿＿ geen tijd om mijn huiswerk te maken.

2. 下列字詞可跟 staan, komen, zijn, hebben, doen 中的哪些動詞搭配使用，請填入空格中。

(1)　boodschappen　　＿＿＿＿＿＿＿＿＿＿＿＿＿ .

(2)　tijd　　　　　　＿＿＿＿＿＿＿＿＿＿＿＿＿ .

(3)　een afspraak　　＿＿＿＿＿＿＿＿＿＿＿＿＿ .

(4)　benieuwd　　　　＿＿＿＿＿＿＿＿＿＿＿＿＿ .

(5)　vrij　　　　　　＿＿＿＿＿＿＿＿＿＿＿＿＿ .

(6)　zin in iets　　＿＿＿＿＿＿＿＿＿＿＿＿＿ .

(7)　een voorstel　　＿＿＿＿＿＿＿＿＿＿＿＿＿ .

(8)　trek in iets　　＿＿＿＿＿＿＿＿＿＿＿＿＿ .

(9)　langs　　　　　　＿＿＿＿＿＿＿＿＿＿＿＿＿ .

(10)plezier　　　　　＿＿＿＿＿＿＿＿＿＿＿＿＿ .

(11)in de keuken　　＿＿＿＿＿＿＿＿＿＿＿＿＿ .

(12)naar huis　　　　＿＿＿＿＿＿＿＿＿＿＿＿＿ .

(13)leuke dingen　　＿＿＿＿＿＿＿＿＿＿＿＿＿ .

(14)in de file　　　＿＿＿＿＿＿＿＿＿＿＿＿＿ .

(15)uitgenodigd　　 ＿＿＿＿＿＿＿＿＿＿＿＿＿ .

(16)te weten　　　　＿＿＿＿＿＿＿＿＿＿＿＿＿ .

(17)een dutje　　　　＿＿＿＿＿＿＿＿＿＿＿＿＿ .

(18)op straat　　　　＿＿＿＿＿＿＿＿＿＿＿＿＿ .

(19)honger　　　　　　＿＿＿＿＿＿＿＿＿＿＿＿＿ .

(20)jarig　　　　　　＿＿＿＿＿＿＿＿＿＿＿＿＿ .

(21)last　　　　　　　＿＿＿＿＿＿＿＿＿＿＿＿＿ .

3. 請依圖示與提示造句。

提示為：Meneer Van Vliet kan helaas niet komen omdat …

4. 請依回答來造問句。

(1) 問：_____
　　答：Sorry hoor, maar ik moet helaas overwerken. （抱歉，可是我必須加班。）

(2) 問：_____
　　答：Ik ben op elf juni 1966 geboren. （我是一九六六年六月十一日出生的。）

(3) 問：_____
　　答：Elk jaar op vijf december. （每年的十二月五日。）

(4) 問：_____
　　答：Ik speel sinds drie jaar piano. （我三歲開始彈鋼琴。）

(5) 問：_____
　　答：Het is lekker warm en de zon schijnt. （陽光照得很舒適溫暖。）

(6) 問：_____
　　答：In mijn vrije tijd luister ik graag naar muziek en ik wandel graag. （我空閒時喜歡聽音樂及散步。）

(7) 問：_____
　　答：Gisteren heb ik de hele dag gewerkt. （我昨天工作了一整天。）

(8) 問：_____
　　答：Omdat ik op zakenreis was. （因為我當時出差。）

(9) 問：_____
　　答：Het spijt me, maar ik moet morgen ... （很抱歉，但是我明天得…）

5. 請使用 staan 或 zitten 或 liggen 或 lopen＋te＋ 原型動詞的句型，再依據圖示寫出圖中人物在做什麼。

6. 請依提示填入適當的字。

* benieuwd	* helemaal	* hoeven	* liggen	* staan	* de verhuizing	* zitten *

(1) Ik zit net te denken wie ons met _____ kan helpen.

(2) Jullie _____ echt niet op mij te wachten.

(3) Ik ben _____ of hij ons zal helpen.

(4) Hij _____ de hele middag al te slapen.

(5) Ze _____ aan tafel een boek te lezen.

(6) Rob hoeven we _____ niet te vragen!

(7) We _____ al een half uur op je te wachten!

Les 14

HEBT U EEN DAGSCHOTEL?

（您有本日特餐嗎？）

一、會話

In een restaurant （餐廳裡）

serveerster:	Goedenavond. Hebt u gereserveerd?
（女侍）	（晚安。您訂位了嗎？）
Frans:	Nee, we hebben niet gereserveerd.
	（不，我們沒有訂位。）
serveerster:	Met hoeveel personen bent u?
	（您總共有幾位呢？）
Frans:	We zijn met z'n tweeën.
	（我們一共是兩位。）
serveerster :	Ik heb hier nog een tafel of wilt u liever daar zitten?
	（我這兒還有空桌，或是您想坐那邊？）
Frans:	Liever daar, bij het raam.
	（最好是那邊，靠窗戶。）
ober:	Zo, de kaart alstublieft.
（侍者）	（來，這是菜單，請。）
Marijke:	Hebt u een dagschotel?
	（您有今日特餐嗎？）
ober:	Ja, we hebben er twee: moussaka met sla of biefstuk met gebakken aardappels en appelmoes.
	（有，我們有兩種：moussaka 配沙拉或是牛排配煎馬鈴薯及蘋果泥。）
Frans:	Moussaka? Wat is dat?
	（Moussaka？那是什麼東西？）
ober:	Dat is een Grieks ovengerecht met aardappelen, aubergine, tomaten en gehakt.
	（那是由馬鈴薯、茄子、蕃茄及碎肉烘烤成的希臘菜。）

Marijke:	Lijkt me lekker! （聽來挺美味的！）
Frans:	Wat neem jij? （你要什麼？）
Marijke:	Eh, ik neem de moussaka. Jij ook? （嗯，我 moussaka。你也要嗎？）
Frans:	Nee, dat lust ik niet. （不，那個我不喜歡。）
ober:	Zo, hebt u al een keuze gemaakt? （那，您決定好了嗎？）
Marijke:	Ja, ik neem de moussaka. （是，我點 moussaka。）
Frans:	En voor mij graag zalm met aardappeltjes en mosterdsaus. （我想要鮭魚配馬鈴薯與芥茉醬。）
ober:	Het spijt me, maar die is al op. （抱歉，那已經沒有了。）
Frans:	Dat is nou jammer! Dan neem ik maar de varkenshaas met gemengde groenten. （那真可惜！這樣的話我點豬里肌肉配綜合蔬菜。）
ober:	En wat wilt u erbij drinken? （那您要喝什麼飲料？）
Frans:	Kunt u ons een witte wijn aanbevelen – niet te zoet? （您可以介紹我們白葡萄酒嗎，不要太甜的？）
ober:	We hebben een Pinot als huiswijn, die is prima. （我們有 Pinot，是本店招牌酒，那個不錯。）
Marijke:	Dat is toch die wijn die we de laatste keer ook hadden? （那也是我們上回喝的葡萄酒嗎？）
Frans:	Ja, doet u die dan maar!（是的，就那酒吧！）
ober:	Zo, heeft het gesmaakt?（好吃吧？）
Marijke:	Ja, prima. Die moussaka was lekker! （是啊，好吃。moussaka 好吃！）
Frans:	Mijn vlees was een beetje taai. （我點的肉有點老。）
ober:	O, dat spijt me. Had u dat maar eerder gezegd! Wilt u nog een dessert? （喔，真抱歉。您可以早點說的！您還要點心嗎？）
Frans:	Ja, mogen we de kaart nog even hebben? （好，我們可以看點心的菜單嗎？）
ober:	Ja, natuurlijk. Ik kom zo. （是的，當然。我馬上來。）
Frans:	Wat neem jij? （你要什麼？）
Marijke:	Het toetje dat ik altijd neem... （我總是點…）
ober:	Meneer, mevrouw? （先生女士點？）
Frans:	Voor mij graag, eh..., koffie. （我…嗯，咖啡好了。）
Marijke:	En voor mij aardbeienijs met slagroom. （我要草莓冰淇淋加奶霜。）

二、填填看

引源 Taal vitaal

- ☐ Ik denk dat ik naar de bioscoop ga. （我想去電影院。）
- ☐ Ik pak een pilsje. （我拿個啤酒。）
- ☐ Ik ga lekker een eitje bakken. （我去煎個蛋。）
- ☐ Ik ga zo meteen zwemmen. （我要立刻去游泳。）
- ☐ Ik ga even een trui aantrekken. （我去穿件毛衣一下。）
- ☐ Ik ga lekker slapen. （我要舒服地去睡覺了。）

三、補給站

西餐的全餐形式分別由以下三項所組成。

voorgerecht（前菜） ：多半是湯，也可以是其他食物。
hoofdgerecht（主餐） ：肉類或是魚。（附上蔬菜及馬鈴薯料理）
nagerecht（餐後點心） ：多半以冰淇淋為主，或是茶、咖啡等。
通常坐定後，侍者會先問要喝點什麼飲料，點了飲料後，就可以慢慢看菜單、點菜。在荷蘭可以只點主餐。

1. 常見的食物、餐具等名稱

- kip（雞肉）
- het ijs（冰淇淋）
- het bord（盤子）
- spa（荷蘭著名礦泉水品牌）
- tosti（乳酪火腿烤土司）
- peper en zout（胡椒與鹽）
- garnalencocktail（蝦仁沙拉杯）

- aardappels（馬鈴薯）
- salade（沙拉）
- groente（蔬菜）
- rijst（飯；米）
- het brood（麵包）
- het servet（餐巾）

- vis（魚）
- kaas（乳酪）
- het glas（玻璃杯）
- het mes（刀子）
- worst（香腸）
- olie en azijn（油與醋）
- vruchtensalade（水果沙拉）

- het sap（果汁）
- soep（湯）
- wijn（葡萄酒）
- vorken（叉子）
- lepels（匙）

例：Er staat soep op tafel. （桌子上有湯。）
　　Er staat geen soep op tafel. （桌子上沒有湯。）
　　Er liggen aardappels op het bord. （盤子上有馬鈴薯。）

2. Kaart（菜單）

't molentje
Restaurant

VOORGERECHTEN

Koud

Salade met gebakken geitenkaas	5.22
Konijnpaté met toast	4.31
Garnalencocktail	5.90
Tomaten-Mozzarella met basilicum	5.67

Warm

Vistaart	4.31
½ kreeft in roomsaus	12.93
Tomatensoep met croûtons	2.50
Soep van de dag	2.72

HOOFDGERECHTEN

Vlees

Biefstuk met frites	10.21
Varkenshaas met rozemarijn	11.12
Roerbakken kalfsvlees	11.80
Mixed grill van kalf, lam en rund met frites en salade	15.88

Vis

Gebakken zalm met mosterdsaus	10.89
Gebakken scampies met knoflook	13.16
Gegrilde tonijn	14.97
Gebakken forel met citroen	10.21

Vegetarisch

Aardappeltaart met pasta en bonensalade	7.94
Tortellini met spinazie en gorgonzolasaus	7.71

NAGERECHTEN

Vers fruit met room	3.40
Chocolade mousse	4.31
Frambozenijs met vruchtensaus	2.95

DAGSCHOTEL

Saté van de grill met frites

Kipsaté of saté van de haas	8.17
<< Zie ook de borden>>	

WARME DRANKEN

Koffie	1.45
Espresso	1.45
Koffie verkeerd	1.54
Portie slagroom	0.36

FRISDRANKEN

Spa blauw of rood	1.13
Coca Cola, Coca Cola light	1.13
Appelsap, Tomatensap	1.25

BIEREN

Tapbier

Fluitje Amstel	1.47
Vaasje Amstel	1.59
Pul Amstel	2.61
Flesjes bier vanaf	1.82

WIJNEN

per glas	2.04
per karaf	8.17
per fles	13.34

Een keuze uit witte, rode en rosé wijnen. Vraag naar de wijnkaart!

（中譯）

小磨坊
餐廳

前菜		本日特餐	
冷食		沙嗲肉配薯條	
沙拉搭配烤羊乳酪	5.22	雞肉或是豬肉	8.17
兔肝醬配土司	4.31	<< 也可以看板子上的>>	
蝦仁沙拉杯	5.90		
番茄乳酪九層塔	5.67	**熱飲**	
熱食		咖啡	1.45
魚派	4.31	Espresso	1.45
半隻奶油龍蝦	12.93	奶霜花式咖啡	1.54
番茄湯灑乾麵包丁	2.50	一份奶霜	.36
今日湯	2.72		
主餐		**冷飲**	
肉類		礦泉水，藍瓶的或是紅瓶的	1.13
牛排搭配薯條	10.21	可口可樂，健怡可口可樂	1.13
迷迭香豬里肌肉	11.12	蘋果汁，番茄汁	1.25
炒小牛肉	11.80		
小牛肉、羊肉、牛肉搭配薯條與沙拉的綜合烤肉	15.88	**啤酒**	
魚		櫃檯擠壓式啤酒	
鮭魚配芥茉醬	10.89	Amstel 牌中杯啤酒	1.47
明蝦配大蒜醬	13.16	Amstel 牌桶裝啤酒	1.59
烤鮪魚	14.97	有把手的大杯 Amstel 牌啤酒	2.61
檸檬烤鱒魚	10.21	瓶裝啤酒 vanaf	1.82
素食			
馬鈴薯派配義式麵食與豆子沙拉	7.94	**葡萄酒**	
義大利餃配菠菜與法國乳酪醬	7.71	一杯	2.04
餐後點心		一水晶瓶	8.17
新鮮水果加奶霜	3.40	一瓶	13.34
巧克力慕斯	4.31		
覆盆子冰淇淋加水果醬	2.95	要選擇葡萄酒時，請索取酒單！	

四、語法解說

關係代名詞

通常在同一個句子裡，某個字（即先行詞）之前已經出現過，為了不重複使用此先行詞，關係代名詞因而誕生。中性名詞單數所用的關係代名詞是 dat，其他名詞則用 die。說到關係代名詞的位置，其作用就像附屬連接詞一樣。

例：de man **die** u gisteren ontmoette heet Bakker.（你昨天見到的那人名叫 Bakker。）
　　kent u de mensen **die** daar wonen? （您認識住在那裡的人嗎？）
　　dat is het huis **dat** ik pas heb gekocht. （那就是我剛買的房子。）

以下短文可看到關係代名詞的使用概況。
Marian gaat naar een feestje van Petra, **die** jarig is. Ze heeft het boek over Thailand gekocht **dat** Petra graag wil hebben. Petra gaat namelijk op vakantie naar Thailand. Op het feestje ontmoet Marian iemand met wie ze vroeger heeft samengewerkt. Helaas moet ze de volgende dag vroeg opstaan. Ze kan dus niet lang blijven, **wat** Petra erg jammer vindt.
（Marian 去 Petra 辦的生日派對。她買了本 Petra 會很喜歡的，關於泰國的書。Petra 渡假時就是要去泰國。在派對上 Marian 碰到一個她以前的同事。可惜她隔天必須早起，所以她不能久留，Petra 覺得好可惜。）

1. 關係代名詞所描述的人、事、物可用逗點來區分其群組。
　　例：De studenten, **die** dit boek hebben...：指全部學生都有這本書。
　　　　De studenten **die** dit boek hebben...：指有的學生有，有的學生沒有這本書。

2. 關係代名詞的形式

先行詞種類	無介系詞時	有介系詞時
當先行詞是人	* 代替的是有性名詞時，關係代名詞為 die。 　例：Ken jij de man die daar staat? 　　　（你認識站在那兒的那個人嗎？） * 代替的是中性名詞單數時，關係代名詞為 dat。 　例：Hoe heet het kind dat u zoekt? 　　　（你找的那小孩叫什麼名字？）	* 介系詞＋wie，以兩個字的型態呈現 　例：De vrouw over wie hij vertelt, is zijn zus. 　　　（他談到的那小姐是他妹妹。） * 另外口語也常用到的是：waar＋介系詞，結合成一個字。 　例：De vrouw waarover hij vertelt, is zijn zus. 　　　（他談到的那小姐是他妹妹。）
當先行詞是事或物	* 代替的是有性名詞時，關係代名詞為 die。 　例：Hoe heet de wijn die je zo graag drinkt? 　　　（你很愛喝的那葡萄酒叫什麼？） * 代替的是中性名詞單數時，關係代名詞為 dat。 　例：Dit is het toetje dat ik altijd neem. 　　　（這是我常吃的甜點。）	Waar＋介系詞 例：Het huis waarin ik woon, is oud. 　　（我住的那房子是舊的。）

3. 關係代名詞的作用主要是使句子結合，變成主要子句＋從屬子句的句型。

　　例：Marian koopt het boek. Petra wil het boek graag hebben.

　　　（Marian 買了那本書。Petra 會很樂意擁有那本書。）

　　＝

主要子句	關係代名詞	從屬子句		
		主詞	其它	動詞
Marian koopt het boek	dat	Petra	graag	wil hebben.

　　（Marian 買了那本 Petra 會想要的書。）

4. 補充：

(1) 　粉紅色塊的補充

　　當先行詞是人，且無介系詞的狀況下，有時會有兩個動詞前後相偕出現的現象，此時這兩個動詞之間要加逗點。

　　例：De man zit op de bank. （那人坐在沙發上。）

　　　　＋De man is een ex-collega van Marian. （那人是 Marian 以前的同事。）

　　　　＝De man die op de bank zit, is een ex-collega van Marian.

　　　　　（坐在沙發上的那個人是 Marian 以前的同事。）

　　　　Ik heb een meisje ontmoet. （我碰見了個女孩。）

　　　　＋Het meisje komt uit Italië. （那女孩來自義大利。）

　　　　＝Het meisje dat ik heb ontmoet, komt uit Italië. （我碰見的那女孩來自義大利。）

(2) 　淡綠色塊的補充

　　①當先行詞是人，且配合使用介系詞的狀況下，此時關係代名詞由 die 改成 wie。

　　　例：de mensen bij wie wij wonen heten Van Dorp. （那些與我們住一塊兒的是 Van Dorp 家的人。）

　　　　　dat zijn de mensen van wie gisteren het huis afgebrand is. （這些是昨天房子被燒掉的人。）

　　②在口語裡，當介系詞與 waar 拆開時，通常此介系詞就直接放在該限定動詞的前面。

　　　例：Dit is mijn neef. （這是我姪子。）

　　　　　＋Ik vertelde je gisteren over mijn neef. （我昨天告訴你關於我姪子的事。）

　　　　　＝Dit is mijn neef over wie ik je gisteren vertelde.

　　　　　（這是我昨天跟你說的那個姪子。）→ 也等同口語中常使用的方式

　　　　　＝Dit is mijn neef waarover ik je gisteren vertelde.

　　　　　＝Dit is mijn neef waar ik je gisteren over vertelde.

(3) 　灰色塊的例句補充

　　當先行詞是事或物，且無介系詞的狀況下...

　　例：Hij leest boeken. （他看書。）

　　　　＋De boeken zijn meestal "detectives". （那些書多半是偵探類的。）

　　　　＝De boeken die hij leest, zijn meestal "detectives". （那些他看的書多半是偵探類的。）

Ze heeft werk.（她有工作。）

＋Ze vindt het werk niet zo leuk.（她覺得那工作不好。）

＝Het werk dat ze heeft, vindt ze niet zo leuk.（她覺得現有的工作不好。）

(4)　淡藍色塊的補充

①先行詞是事或物，且配合使用介系詞的狀況下，當介系詞與 waar 拆開時，通常此介系詞就直接放在該限定動詞的前面。

例：Je zit op een stoel.（你坐在一張椅子上。）

＋De stoel is van mijn grootouders geweest.（這椅子以前是我祖父母的。）

＝De stoel waarop je zit, is van mijn grootouders geweest.

＝De stoel waar je op zit, is van mijn grootouders geweest.

（你坐著的這張椅子，以前是我父母的。）

Ze praten over een tv-programma..（他們談到一個電視節目。）

＋Ik heb het tv-programma nog nooit gezien.（我尚未看過那個電視節目。）

＝Het tv-programma waarover ze praten, heb ik nog nooit gezien.

＝Het tv-programma waar ze over praten, heb ik nog nooit gezien.

（我尚未看過他們談到的那個電視節目。）

②此時與 waar 結合的介系詞如果是 met 或 mee，那麼一律都改成用 mee。

例：Ze bouwen met speciaal materiaal.（他們用特殊材料建造。）

＋Het speciale materiaal is erg duur.（那特殊材料真的很貴。）

＝Het speciale materiaal waarmee ze bouwen, is erg duur.

＝Het speciale materiaal waar ze mee bouwen, is erg duur.

（他們建造用的特殊材料真的很貴。）

5. 關係代名詞 wat 是在沒有先行詞的情形下最常見的關係代名詞。它可以代替一個概要的觀念，也可以放在不定代名詞之後。

例：ik kan niet krijgen wat ik nodig heb.（我得不到我所需要的東西。）

hij kan niet komen, wat ik jammer vind.（他不能來，我覺得很可惜。）

nu heb ik alles wat ik nodig heb.（現在我擁有一切所需的東西。）

dat was iets wat ik al wist.（那我早就知道了。）

(1)通常它的使用跟整個句子有關。

例：Marian kan niet lang op het feest blijven, wat Petra erg jammer vindt.

（Marian 不能在派對上久留，Petra 覺得很可惜。）

Jan rookt een sigaret, wat hier eigenlijk niet mag.

（Jan 抽了根菸，而這裡是禁菸的。）

(2)另外可以跟 wat 搭配出現的先行詞有 iets（某些事或物），niets（沒事或沒物），alles（每件事物；所有事物），veel（很多），weinig（很少）等等。

例：Politiek is iets wat mij niet interesseert.（政治是我不感興趣的事物。）

Er is niets wat hij zo lekker vindt als erwtensoep.（他認為沒有任何東西像豆子湯那樣美味。）

Ze wordt boos om alles wat hij zegt.（她對於他說的每件事都很生氣。）

In ons huis is veel wat we moeten schilderen.（在我們的房子裡還有許多我們必須油漆的東西。）

Er is maar weinig wat ik niet lust; ik lust bijna alles.

（很少東西是我不喜歡吃的，我幾乎什麼都喜歡。）

五、練習

1. 請將下列名詞分為 melkproducten（奶製品），groenten（蔬菜），vlees（肉類），vis（魚）及 kruiden en specerijen（香料）等五大類。

geitenkaas	selderij	paté	konijn	mosterd	garnalen
biefstuk	basilicum	boter	zalm	peterselie	forel
poelet	lam	rozemarijn	bonen	kapucijners	kerrie
kreeft	spinazie	peper	maïskorrels	room	tonijn
knoflook	varkenshaas	ui	aardappels		

2. 請辨別哪些字是句子中的先行詞與關係代名詞，並選擇其原因。

(1) ☐ We gaan dit jaar op vakantie met vrienden die we al meer dan tien jaar kennen.
(2) ☐ We gaan naar een plaatsje dat vlakbij Barcelona ligt.
(3) ☐ Daar is een camping die niet zo groot en erg gezellig is.
(4) ☐ In de buurt is een restaurant waarvan we de eigenaar goed kennen.
(5) ☐ Hij heeft een dochter met wie onze kinderen vaak naar het strand gaan.

  (a) het antecedent is een persoon [de-woord]（先行詞是人〔有性名詞〕）
  (b) het antecedent is een ding [de-woord]（先行詞是事物〔有性名詞〕）
  (c) het antecedent is een persoon [het-woord]（先行詞是人〔中性名詞〕）
  (d) het antecedent is een ding [het-woord]（先行詞是事物〔中性名詞〕）
  (e) het antecedent is een persoon en in de zin staat een prepositie（先行詞是人且句子裡有介系詞）
  (f) het antecedent is een ding en in de zin staat een prepositie（先行詞是事且句子裡有介系詞）

3. 請填入適當的關係代名詞。

(1) De auto _____ daar staat, is van meneer Boeijen.
(2) Het boek _____ op tafel ligt, is heel spannend.
(3) De shirts _____ daar liggen, zijn te klein voor mij.
(4) De dominee _____ ons vorig jaar trouwde, is gisteren gestorven.
(5) Dit is de broek _____ ik eergisteren heb gekocht.
(6) De man _____ ik heel veel houd, woont in Arnhem.
(7) De vrouw _____ Henk gaat fietsen, is zijn zus.
(8) De leerling _____ ze spreken, heeft het examen niet gehaald.
(9) Mijn broer Stefan _____ ik gisteren in de bioscoop was, is nu 46 jaar.
(10) Dit zijn de buren _____ we al vaak samen op vakantie zijn geweest.
(11) De kerk _____ ik je vertelde, is de oudste die ik ken.
(12) Daar staat het vliegtuig _____ we naar New York zijn gevlogen.
(13) Dat zijn de fietsen _____ we gisteren op pad waren.
(14) Mijn dochter heeft een klein blauw kistje _____ haar mooiste dingen zitten.
(15) Is dat niet de straat _____ we vanmorgen naar het strand zijn gelopen?

4. 請將劃線部分的字配合關係代名詞使用，將兩個句字合成一個句子。

(1) Jan en Piet stappen in het vliegtuig. <u>Het vliegtuig</u> staat op het vliegveld.
（Jan 和 Piet 走進那架飛機。那架飛機在機場上。）

(2) Meneer van den Bos stapt uit de bus. <u>Met deze bus</u> is hij naar Den Helder gereden.
（van den Bos 先生步出巴士。他跟那輛巴士一起到 Den Helder。）

(3) Ik heb een zoontje. <u>Mijn zoontje</u> heet Jan-Willem.
（我有個兒子。我兒名叫 Jan-Willem。）

(4) Maastricht is een belangrijke stad. <u>Deze stad</u> ligt in Limburg.
（Maastricht 是個重要城市。此城位於 Limburg。）

(5) De familie van Dijk logeert in een oud hotel. <u>Het hotel</u> ligt aan de Prinsengracht.
（van Dijk 家的人在一家舊旅館投宿。那旅館位於 Prinsengracht 運河旁。）

(6) Dit is mijn vriend Albert. <u>Met hem</u> heb ik gisteren de hele avond gedanst.
（這是我男友 Albert。我昨天整晚和他跳舞。）

(7) Meneer van Vliet zoekt de koffer. <u>In de koffer</u> zitten belangrijke papieren.
（van Vliet 先生在找那個行李。那個行李裡放有重要文件。）

5. 請依回答來造問句。

(1)問：_____
答：Rob en Kees praten over het weer.
(2)問：_____
答：Ik zeg dat omdat ik het heel belangrijk vind.
(3)問：_____
答：Ik heb zin in een kopje koffie.
(4)問：_____
答：Johan houdt heel erg van klassieke muziek.
(5)問：_____
答：Ja, we nemen de varkenshaas met aardappels en gemengde groenten.
(6)問：_____
答：Ja, we hebben een Bordeaux als huiswijn; die is prima.

6. 請依提示填入適當的字。

* die　* graag　* kaart　* met　* nagerecht　* waar　* waarover

(1) Voor mij _____ een koffie.
(2) Mogen we de _____ nog even hebben?
(3) Is dit niet de wijn _____jij altijd drinkt?
(4) Is dit het gerecht _____ je me zojuist vertelde?
(5) Wil je liever naar dat restaurant _____ we gisteren hebben gegeten?
(6) We zijn _____ z'n vieren.
(7) Kunt u ons een _____ aanbevelen?

Les 15

KAN IK U HELPEN?

（能為您效勞嗎？）

一、會話

Marijke: Frans, kijk eens, wat een leuk colbertje! Pas dat eens even aan.
（Frans，看一下，多好看的西裝外套呀！試穿一下吧。）

Frans: Bedoel je dat met die grote revers? Dat is niks voor mij, veel te netjes.
（你是指那件有大翻領的？那個不適合我，太素了。）

Marijke: Nee, dit natuurlijk. Ik ken jouw smaak toch. Lijkt me echt iets voor jou.
（不是，我說的當然是這件。我知道你的喜好。我看這裡有些衣服真適合你。）

Frans: Nee, die kleur vind ik niet mooi. Trouwens, heb je al op het prijskaartje gekeken?
（不，我覺得那顏色不好看。 另外，你有看到那標價嗎？）

Marijke: O ja, dat is wel duur. Maar voor het feest heb je wel iets goeds nodig. Dat hoeft niet het duurste te zijn, maar ook niet het goedkoopste!
（有啊，是挺貴的。但是為了那派對，你需要一些好行頭的。不必是最貴的，但也不可以是最便宜的呀！）

Frans: Eigenlijk heb ik alleen een nieuwe broek nodig. Mijn colbert van vorig jaar is nog prima. Kijk eens, hoe vind je deze broek? Die is afgeprijsd.
（我真正需要的只是條新褲子。我去年買的西裝外套還挺好的。看一下，你覺得這條褲子如何？這件現在特價。）

Marijke: Ja, gaat wel, maar die daar is veel mooier – en van een betere kwaliteit.
（是啦，不錯，但是那邊那件好看多了──而且品質也比較好。）

Frans: Weet je wat, het beste is nog steeds een spijkerbroek met een vlot hemd. Kom, laten we maar naar een jeanswinkel gaan. Elegant is eigenlijk niks voor mij!
（你知道嗎，最好的是牛仔褲配 V 領襯衫。來，我們去牛仔褲商店吧。高貴真的不適合我！）

Marijke: Weet je wat je moet doen? De volgende keer moet je maar lekker alleen gaan. Dan kan je kopen wat je wil!
（你知道你該做的嗎？下回你自己去吧。這樣就可以買任何你想要的！）

verkoopster: Kan ik u helpen?
（售貨小姐） （能為您效勞嗎？）

二、填填看

☐ OP STAP IN DE VIER LEUKSTE STEDEN VAN EUROPA
　（排名前四名最好的歐洲城市）

☐ Het mooiste, roerendste liefdesverhaal van dit jaar!
　（本年度最美、最動人心弦的愛情故事）

☐ DE GROOTSTE TUINBEURS VAN NEDERLAND!
　（荷蘭最大的園藝展）

☐ Gegarandeerd de laagste prijs!（保證最低價）

☐ Gratis de dikste（最大優惠）

☐ De ruimste en comfortabelste（空間最大、最舒適）

1. Op Schiphol tax-free gekocht en toch in Nederland goedkoper gezien? Wij betalen u het verschil terug.
　（Schiphol 機場的免稅價或是在荷蘭境內看到更便宜的價錢？我們付給您價差。）

2. Wij weten dat voor sommigen de grootste familiewagen niet groot genoeg is. Daarom maken wij al sinds jaren naast ons standaardtype deze 37 centimeter langere uitvoering. Dat is pas comfortabel rijden. En ondanks zijn lengte toch nog eenvoudig te parkeren!
　（我們知道有時最大的家用車仍是不夠用的。所以我們已經在數年前設計將我們的標準款加長三十七公分。那樣剛好能舒服地開車。儘管長度有加長，停車還是很容易的！）

3. In Wenen leeft de muziek, Rome biedt een kijkje in de oudheid, Parijs heeft de leukste en meeste winkels en Berlijn is gewoon te gek!
　（在維也納音樂是活的，羅馬提供思古幽情，巴黎有最好的商店，柏林呢，就是讚！）

4. Een ideale gelegenheid om nieuwe groen-ideeën op te doen. Geniet mee van sfeervolle tuindecoraties, planten, bomen en heesters. 27 februari t/m 2 maart in de Brabanthallen.
　（一個理想的實行綠化點子的場合。沉浸在充滿園藝、植物、盆栽、樹木與灌木叢的喜悅氛圍中。二月二十七日到三月二日在 Brabant 省的各行政處。）

5. Nu in de bioscoop: de veelbesproken, duurste productie ooit! Bekroond met vier Golden Globes voor beste film, regie, muziek en titelsong.
　（院線片中最多人談論、史上最貴的產品！贏得最佳影片、最佳劇情、最佳音樂與最佳電影主題曲等四項金球獎座。）

6. Vraag nu gratis de gloednieuwe Lente/Zomer-catalogus aan! Helemaal gratis voor u de dikste catalogus van Nederland met de leukste, betaalbare mode. Reageer vandaag nog.
　（現在就索取免費的全新春夏季目錄！全荷蘭最厚、最好、品項最齊全的流行時尚目錄完全免費贈送。今天就行動吧！）

三、補給站

1. 服飾用語

- het colbert（西裝型的外套）
- broek（褲子）
- jas（外套）
- stropdas [das]（領帶〔領帶〕）
- jurk（洋裝）
- schoenen（鞋子）
- het shirt [het overhemd]（襯衫〔襯衫〕）
- trui（毛衣）
- het kostuum [het pak]（正式全套西服〔正式全套西服〕）

2. 對話練習題材（在服飾店會用到的用語）

Wat draag je thuis [op het werk] [buiten]…?（你在家裡〔工作上〕〔戶外〕穿什麼？）
Wat draag je 's winters [in de zomer] [het hele jaar door]?（你冬天〔夏天〕〔整年〕穿什麼？）
Kan ik dit even aanpassen?（我可以試穿這件嗎？）
Wilt u pinnen of contant betalen?（您要刷卡還是用現金付款？）
Heeft u dit een maat groter [kleiner]?（您這款有大一點〔小一點〕尺碼的嗎？）
Kan ik u helpen?（我能為您效勞嗎？）
Ik zoek een...（我要找件…）
Deze broek past niet. Hij is me te groot.（這件褲子不行。我穿起來太大了。）
Deze paskamer is vrij.（這個試衣間可以用。）
Wat kost het bij elkaar?（總共是多少錢？）
Kan ik met een eurocheque betalen?（我可以用歐元支票付款嗎？）
Dat staat u goed.（那件穿在您身上很好看。）
Volgens mij is het te klein.（依我看這件是太小了。）
Welke maat hebt u?（您是穿哪個尺寸的？）
Nee, dank u, ik kijk alleen maar even.（不，謝謝您，我只是看看罷了。）
Ik neem dit.（我買這件。）

3. 人體各部位名稱

- het haar（頭髮）
- het oog（眼睛）
- neus（鼻子）
- tenen（腳趾）
- mond（嘴巴）
- het oor（耳朵）
- kin（下巴）
- voet（腳）
- hals（脖子）
- het hoofd（頭）
- borst（胸）
- het been（小腿）
- rug（背）
- arm（手臂）
- wang（臉頰）
- buik（腹）
- hand（手）
- vingers（手指）

Welke lichaamsdelen beweeg je als je tv-kijkt?（你看電視時會動到身體的哪一部份？）
Welke lichaamsdelen beweeg je als je een brief schrijft?（你寫信時會動到身體的哪一部份？）
Welke lichaamsdelen beweeg je als je iemand een zoen geeft?（你親吻人時會動到身體的哪一部份？）
Welke lichaamsdelen beweeg je als je Nederlands leert?（你學荷蘭語時會動到身體的哪一部份？）
Welke lichaamsdelen beweeg je als je fietst?（你騎單車時會動到身體的哪一部份？）

四、語法解說

形容詞最高級

以下短文可看出形容詞最高級的使用狀況。

Petra loopt de 60 meter in 15 seconden, Ellen in 14 seconden en Monique in 12 seconden. Monique is dus het snelst. Ze is de snelste van de drie.

（Petra 十五秒走六十公尺。Ellen 十四秒走完。Monique 十二秒走完。Monique 是走最快的。她是三個人裡面最快的。）

1. 最高級形容詞的表現形式：通常是在原級形容詞後面直接加上 st。
   例：

原級形容詞	比較級形容詞	最高級形容詞
mooi（漂亮的）	mooier（較美的）	mooist（最美的）
groot（高大的）	groter（較高的）	grootst（最高的）
duur（昂貴的）	duurder（較貴的）	duurst（最貴的）

2. 有些形容詞的比較級或最高級有不規則變化的表現形式。
   例：

原級形容詞	比較級形容詞	最高級形容詞
goed（好的）	beter（較好的）	best（最好的）
veel（很多的）	meer（較多的）	meest（最多的）
weinig（很少的）	minder（較少的）	minst（最少的）
graag（樂意的）	liever（較樂意的）	liefst（最樂意的）

3. 屬性形容詞與敘述形容詞的最高級——因為形容詞有加 e 或不加 e 的情況，其比較級與最高級也會跟著因應。有時 het＋最高級形容詞＋e 可當副詞用。
   例：in het voorjaar zijn de vogels het mooiste.（春天裡的鳥最漂亮。）
   　　zij zingt het beste （她唱得最好。）
   　　's winters is het weer het koudst （冬天是最冷的。）
   (1)屬性形容詞的最高級要放在其形容的名詞之前。此最高級形容詞通常帶有重要意涵或含有要強調的內容，所以字尾常加上 e。
   　　例：Amsterdam is de vrolijkste stad van Europa.
   　　　　（阿姆斯特丹是歐洲最令人振奮的城市。）
   　　　　Het bekendste museum van Amsterdam is het Rijksmuseum.
   　　　　（阿姆斯特丹最著名的博物館是 Rijksmuseum 國家博物館。）

值得注意的是當原級形容詞有三個（或以上）音節時，就依名詞有性或中性的類別來表示：

de meest＋「原級形容詞字尾＋e」 或 het meest＋「原級形容詞字尾＋e」

例：Parijs is de meest romantische stad die ik ken.（巴黎是我所知最浪漫的城市。）

　　Dat is het meest luxueuze jacht ter wereld.（那是世界上最豪華的遊艇。）

(2)敘述形容詞的最高級放在動詞的後面。通常此最高級形容詞的前面會有 het，而在口語中常常可以聽到人們在其字尾加 e。

例：Het Rijksmuseum is het bekendst.（Rijksmuseum 博物館是最有名的。）

　　Deze winkelstraat is het best.（這條商店街是最好的。）

4. 最高級形容詞常在不顯示出其形容的名詞的情況下被單獨使用，只要在字尾加上 e，便可視為獨立名詞。

例：Deze stad is de drukste [stad] van heel Europa.（此城是全歐洲最忙的〔城市〕。）

　　Van alle musea in Amsterdam is dit het bekendste [museum].

　　（這是所有阿姆斯特丹的博物館裡最著名的〔博物館〕。）

有時形容詞加上 s，再搭配 iets（某事物）或 niets〔或 niks〕（沒事物）之後，亦可當獨立名詞使用。

iets＋「原級形容詞字尾＋s」 或 niets＋「原級形容詞字尾＋s」

例：Voor het feest heb je iets goeds nodig.（為了那個派對，你需要些好東西。）

　　Ik wil niets [或 niks] elegants.（我不要高貴的東西。）

五、練習

1. 請依提示填入比較級或是最高級形容詞。

(1)<smal>　　　　Weet jij waar het ＿＿＿＿＿＿ huis van Amsterdam staat?

(2)<druk>　　　　In deze supermarkt is het op zaterdag altijd het ＿＿＿＿＿＿.

(3)<weinig>　　　Dit jaar zijn er ＿＿＿＿＿＿ werklozen dan vorig jaar.

(4)<dik>　　　　Ik ben wat ＿＿＿＿＿＿ dan jij, dus die broek past me vast niet.

(5)<origineel>　　Wat is de ＿＿＿＿＿＿ manier om naar een museum te gaan?

(6)<bekend>　　　Ken jij Marco Borsato niet? Dat is de ＿＿＿＿＿＿ zanger van Nederland!

(7)<leuk>　　　　Deze broek staat je ＿＿＿＿＿＿ dan die andere.

(8)<mooi>　　　　In mei is de natuur het ＿＿＿＿＿＿.

2. 請依提示填入適當的形容詞型態。

> * bekend * beroemd * goed * groot * hoog * lekker * gek

(1) Schiphol is een van de _____ luchthavens in Europa.

(2) "Spoorloos" was al goed maar "Karakter" was de _____ film van het festival.

(3) Ik geloof dat Rembrandt de _____ schilder van Nederland is.

(4) Een pannenkoek met ham en kaas vind ik het _____.

(5) De Mount Everest is de _____ berg op aarde.

(6) Veel mensen geloven dat Nederland de _____ voetbalsupporters heeft.

(7) Van de Nederlandse voetballers is Johan Cruyff nog steeds de _____.

3. 請填入適當的形容詞比較級或最高級。

(1) <duur>   Deze auto is _____ dan die.

(2) <klein>   Jan is klein, Bep is _____, maar Mike is _____.

(3) <romantisch> "Titanic" is een van de _____ films die ik ken.

(4) <leuk>   Dat was het _____ idee dat ik ooit heb gehoord.

(5) <heet>   Deze zomer was _____ dan de laatste.

(6) <oud>   Dit is mijn _____ dochter, Marijke.

(7) <veel>   Dat is _____ dan genoeg.

4. 這是一段在服飾店的對話，請將以下句子編號，並按會話順序排列。

> Tweeënveertig vindt u hier. Naar welke kleur zoekt u?
>
> Ja, ik ben op zoek naar een winterjas.
>
> Kan ik u helpen, mevrouw?
>
> Hij moet donker zijn. Donkerblauw of zwart, denk ik.
>
> Mag ik deze passen? Die lijkt me wel elegant.
>
> Tweeënveertig.
>
> Natuurlijk, mevrouw. Een spiegel vindt u in de hoek.
>
> Welke maat heeft u?
>
> Deze zijn allemaal donker.

5. 請造句。

(1) Amsterdam – zijn – één van – mooi – romantisch – steden – Europa

(2) Sommige mensen – wonen – woonboten – grachten

(3) Beroemd – schilderij – Rembrandt – zijn – "De Nachtwacht"

(4) Gisteren – hebben – ik – nieuwe jas – kopen

(5) Kunnen – ik – credit card – betalen?

(6) Amsterdam – kunnen – je – veel – oud – mooi – patriciërshuizen – vinden

(7) Volgens mij – zijn – het – te klein – maar – je – kunnen – het –even – passen

6. 以下數字分別代表不同的字母，請依提示將字母填入空格內。

(1) Vijf aan elke hand.

13	14	11	16	6	17	4

(2) Hierop staat hoeveel een kledingstuk kost.

10	17	19	4	7	12	12	17	2	5	6

(3) Eén van de bekendste winkelstraten in Amsterdam.

8	6	14	15	4	6	4	2	17	12	12	2

(4) Het tegenovergestelde van duur.

16	9	6	15	7	9	9	10

(5) Hierin kun je kleren passen.

10	12	4	7	12	18	6	17

(6) Eén van de oudste wijken in Amsterdam.

5	9	17	15	12	12	11

(7) Als je niet pint of chipt, dan betaal je misschien zó.

1	9	11	2	12	11	2

(8) Een ander woord voor uniek.

9	17	14	16	14	11	6	6	8

(9) Deel van het hoofd.

11	6	3	4

7. 請依提示填入適當的字。

* aanpassen * contant * kijken * liever * maat * niks * nodig hebben

(1) Voor het feest _____ ik iets moois _____.
(2) Betaalt u _____ of met een cheque?
(3) De volgende keer ga ik _____ allen winkelen!
(4) Kan ik deze jurk even _____?
(5) Zo'n colbert is echt _____ voor mij!
(6) Nee dank u, ik _____ alleen maar even.
(7) Hebt u deze broek een _____ kleiner?

8. 請看圖填出各器官的荷語名稱。

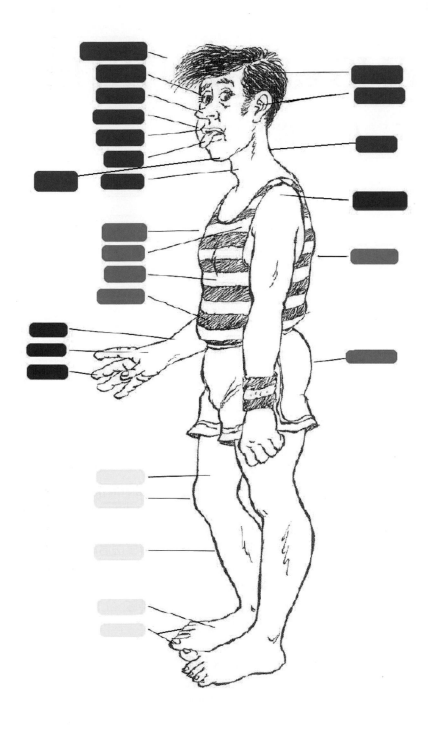

Les 16

WIE IS ER AAN DE BEURT?

（下一位是誰？）

一、會話

1. Op het postkantoor（在郵局）

klant 1:　　Mevrouw, u moet eerst een nummertje trekken. Anders moet u wel heel erg lang wachten!
（顧客1）　　（女士，您必須先抽個號碼牌。不然您可是要等上很久的喔！）

klant 2:　　O dank u, dat wist ik niet! Dat zal ik dan maar snel doen.
（顧客2）　　（喔，謝謝您，這我倒不知道呢！我要趕緊抽個號碼。）

klant 2:　　Oh, nummer zesentachtig; nou, dan ben ik aan de beurt. Goedemiddag.　Een briefkaart en drie postzegels, graag. En ik heb hier ook nog een pakje dat naar Amerika moet. Hoeveel moet erop?
（顧客2）　　（喔，八十六號；輪到我了。午安。我想要一張明信片以及三張郵票。另外我這裡還有個小包要寄到美國。上面要貼多少的郵資啊？）

medewerkster:　Sorry mevrouw, voor pakjes moet u aan het loket hiernaast zijn.
（工作人員）　　（抱歉，女士，寄包裹得在隔壁櫃檯的這排排隊。）

klant 2:　　Jeetje, moet ik dan nog een keer wachten?
（顧客2）　　（呦，那我得再重新等了？）

medewerkster:　Inderdaad. Boven het loket staat toch precies waar u moet zijn!
（工作人員）　　（的確是。櫃檯上頭明確寫著您必須在那兒辦理！）

klant 2:　　Nou, vooruit dan maar. En deze brief, komt die morgen al aan?
（顧客2）　　（這樣啊，好吧！這封信明天會送達嗎？）

medewerkster:　Ik denk het wel! Dat was het, mevrouw?
（工作人員）　　（我想是的！就這些嗎，女士？）

klant 2:　　Ja, dank u.
（顧客2）　　（是的，謝謝您。）

medewerkster: Dat is dan 1,45.
（工作人員）　（這樣是 1.45 歐元。）

2. In de kaaswinkel（在乳酪店）

verkoopster: Wie is er aan de beurt?
（女售貨員）　（下一位是誰？）

klant: Ik. Een stuk belegen Goudse, alstublieft. Die is toch in de aanbieding?
（顧客）　（我。請給我一塊高達熟乳酪。它還在特價期間吧？）

verkoopster: Nee hoor, dat is de oude boerenkaas. Wilt u even proeven?
（女售貨員）　（不是喔，是老農乳酪在特價。您要試吃一下嗎？）

klant: Nou, graag... Goh, die is lekker pittig. Wat kost die?
（顧客：　（嗯，好呀⋯喔，香濃的美味。這多少錢？）

verkoopster: 7 euro per kilo.
（女售貨員）　（一公斤 7 歐元。）

klant: Nou, prima, doe maar een pond.
（顧客）　（嗯，好。給我半公斤好了。）

verkoopster: Mag het iets meer zijn? Dit stuk weegt 550 gram.
（女售貨員）　（多一點可以嗎？這塊五百五十公克。）

klant: Ja, dat is goed.
（顧客）　（可以，那還好。）

verkoopster: Anders nog iets?
（女售貨員）　（還需要些什麼嗎？）

klant: Nee, dank u wel.
（顧客）　（不用了，謝謝你。）

3. In de groentewinkel（在蔬果店）

groenteman: Zegt u het maar mevrouw!
（男店員）　（女士，請告知您的需求！）

klant: Eens kijken, twee kilo appels graag, maar niet van die hele grote.
（顧客）　（看一下啊，請給我兩公斤的蘋果，可是不要那些大的。）

groenteman: Kijkt u eens, allemaal kleintjes. Anders nog iets? We hebben vandaag spruitjes en snijbonen in de aanbieding.
（男店員）　（請您看一下，全部都是小的。還需要些什麼嗎？我們今天球芽甘藍和切豆在特價喔。）

klant: Nou, doe dan maar een pond van die snijbonen.
（顧客）　（那，請給我一磅切豆好了。）

groenteman: Anders nog iets, mevrouw?
（男店員）　（還需要些什麼嗎？女士。）

klant: Zijn die perziken rijp?
（顧客）　（那些水蜜桃熟了嗎？）

groenteman: Ja, ze zijn heerlijk!
（男店員）　（是啊，很好吃的！）

klant: （顧客）	Goed, dan neem ik daar een pond van en dan nog een komkommer. （好，那我要一磅，然後還要一條黃瓜。）
groenteman: （男店員）	Dat was het? （全部就這些？）
klant: （顧客）	Ja hoor, dat was het. （是的，就這些。）
groenteman: （男店員）	Oké, dat is dan 6 euro bij elkaar! Oh jee, heeft u het niet kleiner? （好，那麼總共是 6 歐元！喔，您沒有面額小一點的鈔票嗎？）
klant: （顧客）	Nee, het spijt me. Ik heb helemaal geen kleingeld. （沒有欸，抱歉。我沒有小額鈔票。）
groenteman: （男店員）	Even kijken, dan wordt het zo tien, twintig, dertig, en twintig, maakt vijftig – en bedankt, hè. Dag! （看看啊，這是十，二十，三十，再二十，五十，謝謝喔，再見！）
klant: （顧客）	Tot volgende week! （下週見。）

4. Bij de bakker（在麵包店）

verkoopster: （女店員）	Wordt u al geholpen, mevrouw? （有人照料您的需求了嗎，女士？）
klant: （顧客）	Nee, maar ik geloof dat ik nu aan de beurt ben. （沒有，但我相信我是下一個了。）
verkoopster: （女店員）	Zegt u het maar, mevrouw. （請告知您的需求，女士！）
klant: （顧客）	Vier broodjes en een halfje wit, alstublieft. （請給我四條麵包與半條白土司。）
verkoopster: （女店員）	Gesneden, mevrouw? （要切嗎，女士？）
klant: （顧客）	Ja graag. （是的，請切。）
verkoopster: （女店員）	Anders nog iets? （還需要其他東西嗎？）
klant: （顧客）	Ja, geeft u maar twee van deze taartpunten en twee ons roomboterkoekjes. （是的，請給我切好的蛋糕點心兩份以及兩盎司的奶油餅乾。）
…	
verkoopster: （女店員）	Zo, alstublieft. Dat wordt dan 7 euro bij elkaar. （好，請點收。總共是 7 歐元。）
klant: （顧客）	Alstublieft. （請點收。）

二、填填看

引源 Taal vitaal

☐ het halfje wit（半條白麵包）　　☐ peren（西洋梨）　　　　☐ zeep（香皂）
☐ telefoonkaart（電話卡）　　　　☐ perziken（水蜜桃）　　　☐ spa（礦泉水）
☐ frisdrank（無酒精的冷飲）　　　☐ sla（沙拉菜）　　　　　　☐ bonen（豆子）
☐ tijdschriften（期刊雜誌）　　　 ☐ komkommer（大黃瓜）　　☐ taart（蛋糕）
☐ postzegels（郵票）　　　　　　 ☐ courgettes（花櫛瓜）　　☐ strippenkaart（公車聯票）
☐ wortels（胡蘿蔔）　　　　　　　☐ tandpasta（牙膏）　　　　☐ kippenpoot　（雞腿）
☐ vleeswaren（搭配麵包的冷肉片）

*以上物品除了可以在市集上或是超市買到，有些東西則在其他店也可買到，例如：bij de bakker（麵
包店），bij de slager（肉舖），bij de groenteman（菜販），in de boekwinkel（書店），op het
postkantoor（郵局），bij de drogist（藥妝店）…

三、補給站

1. 重量單位

1 ons = 100 gram	一盎司 = 100公克
1/2 pond = 250 gram	半磅 = 250公克
1 pond = 500 gram	一磅 = 500公克
1 kilo = 1000 gram	一公斤 = 1000公克

2. 對話練習題材

問：Waar koopt u brood? Waarom daar?（您在哪買麵包？為什麼在那買？）
答：Ik koop mijn brood meestal in de supermarkt omdat het daar goedkoper is.
　　（我多半在超市買，因為在那裡比較便宜。）

其他如：

Hoe vaak per week doet u boodschappen?（您多久做一次日常購物？）
Vindt u het leuk om boodschappen te doen?（您覺得購買日常生活用品有趣嗎？）
Waarom [niet]?（為什麼[不]？）

3. 每日飲食建議攝取量表

AANBEVOLEN HOEVEELHEDEN VOEDINGSMIDDELEN PER DAG				
	kinderden 4-12	tieners 12-20	volwassenen	hier moet ik voortaan	
				méér van gebruiken	minder van gebruiken
brood	3-5 sneetjes	5-8 sneetjes	5-7 sneetjes		
aardappelen	1-4 stuks (50-200 gram)	4-6 stuks (200-300 gram)	3-5 stuks (150-250 gram)		
groente	2-3 groentelepels (100-150 gram)	3-4 groentelepels (150-200 gram)	3-4 groentelepels (150-200 gram)		
fruit	1-2 vruchten (100-200 gram)	2 vruchten (200 gram)	2 vruchten (200 gram)		
melk en melkproducten	2-3 glazen (300-450 ml)	2-3 glazen (300-450 ml)	2-3 glazen (300-450 ml)		
kaas	1/2-1 plak (10-20 gram)	1-2 plakken (20-40 gram)	1-2 plakken (20-40 gram)		
vlees, vis, kip, ei, tahoe en tempé	65-100 gram rauw (50-75 gram gaar)	100 gram rauw (75 gram gaar)	100 gram rauw (75 gram gaar)		
vleeswaar	1/2-1 plakje (10-15 gram)	1-2 plakjes (15-30 gram)	1-2 plakjes (15-30 gram)		
halvarine op brood	5 gram per sneetje brood	5 gram per sneetje brood	5 gram per sneetje brood		
margarine voor de bereiding	15 gram	15 gram	15 gram		
vocht	1 1/2 liter	1 1/2 liter	1 1/2 liter		

引源 Voorlichtingsbureau voor de Voeding, Den Haag

每日飲食建議攝取量				
	兒童4-12 歲	青少年 12-20 歲	成年人	我得從現在起
				多攝取些 | 少攝取些
土司麵包	3-5 片	5-8片	5-7片		
馬鈴薯	1-4個 （50-200 公克）	4-6個 （200-300 公克）	3-5個 （150-250 公克）		
蔬菜	2-3 菜匙 （100-150公克）	3-4 菜匙 （150-200公克）	3-4 菜匙 （150-200公克）		
水果	1-2 種水果 （100-200公克）	2種水果 （200公克）	2種水果 （200公克）		
牛奶與奶製品	2-3 杯 （300-450 毫升）	2-3杯 （300-450毫升）	2-3杯 （300-450毫升）		
乳酪	1/2-1 片 （10-20公克）	1-2片 （20-40公克）	1-2片 （20-40公克）		
肉、魚、雞、 豆腐、發酵豆腐	生的65-100公克 （熟的50-75公克）	生的100公克 （熟的75公克）	生的100公克 （熟的75公克）		
燻肉片	1/2-1 片 （10-15公克）	1-2片 （15-30公克）	1-2片 （15-30公克）		
低脂奶油	每片土司麵包5公克	每片土司麵包5公克	每片土司麵包5公克		
人造奶油； 乳瑪琳	15公克	15公克	15公克		
液體	1 1/2公升	1 1/2公升	1 1/2公升		

四、語法解說

不定數量形容詞

這裡說「不固定的數字」，也就是「不定數量形容詞」。例如：veel（很多），weinig（很少），enkele（一些），enige（僅；只；唯一的），sommige（有些），這些都是在不確定數目的情況下使用。

1. veel（很多）和 weinig（很少）

   (1)這兩個字常在結合名詞的情形下使用。

   > 例：Veel dingen zijn in de supermarkt goedkoper. （很多東西在超市裡比較便宜。）

   > Ik heb vandaag weinig tijd om huiswerk te maken. （我今天很少有時間做家事。）

   (2)當它們出現在 de 或 het 之後時，就得在字尾加 e。

   > 例：De "bonuskaart" is één van *de vele* spaaracties in Nederland.

   > （「優惠卡」是荷蘭眾多的省錢活動之一。）

   > *Het weinige* geld dat hij heeft, geeft hij uit in het casino.

   > （他微薄的錢被他在賭場裡花光了。）

2. enkel[e]（一些）與 enig[e]（僅；只；唯一的）

   這兩個字只有在與有性名詞[即搭配冠詞 de 的字]結合使用時要在字尾加 e。

   > 例：搭配有性名詞時：

   > Hij drinkt alleen een enkele keer een wijntje.（他只會有時喝葡萄酒。）

   > Ik heb nog enige vragen over de tekst.（我對那內容還有個問題。）

   > 搭配中性名詞時：

   > Het is geen enkel probleem!（那不是問題！）

   > Heb je enig idee hoe laat het is?（你知道現在幾點嗎？）

3. sommige（有些）

   此字字尾加了 e，因為都是接在複數名詞之後。

   > 例：Op sommige producten krijg je extra korting. （有些產品你可以有特別折扣。）

   > Sommige mensen lusten geen koffie. （有些人不喜歡咖啡。）

直接受詞

直接受詞的造句方式很簡單，例句中的劃線部分即為直接受詞。

> 例：Ze schrijft een brief. （她寫了封信。）

> Tijdens de vakantie hebben we veel kaarten verstuurd. （渡假期間我們寄了許多卡片。）

> Waar is het boodschappenlijstje? Ik heb het. （購物名單在哪？在我這兒啦！）

間接受詞

間接受詞的造句方式中，直接受詞多半位在間接受詞的後面。例句中的劃線部分是直接受詞；斜粗字體則為間接受詞。

例：Ze schrijft *Jaap* <u>een brief</u>.（她寫了封信給 Jaap。）

Tijdens de vakantie sturen we al *onze vrienden* <u>een kaart</u>.（渡假期間我們寄了卡片給朋友們。）

Hij geeft *haar* <u>het boodschappenlijstje</u>.（他給了她那張購物名單。）

Hij geeft *haar* <u>dat</u>.（他給了她那個。）

另外，當直接受詞是以 hem, het 或 ze 等代名詞形式出現時，則可將此直接受詞擺在間接受詞的前面。

例：

直接受詞是一般名詞時	當直接受詞是以 hem, het 或 ze 等代名詞形式出現時
Ik stuur je de foto morgen. （明天我寄那照片給你。）	Ik stuur hem je morgen. （明天我寄那照片給你。）
Cees geeft Inge het boek als ze jarig is. （Cees 在 Inge 生日那天送她書。）	Cees geeft het Inge als ze jarig is. （Cees 在 Inge 生日那天送她書。）
Ze willen ons de sleutels niet geven. （他們不給我們鑰匙。）	Ze willen ze ons niet geven. （他們不給我們鑰匙。）

五、練習

1. 以下是購買日常用品的清單，去超市時可以用得到，請視您本身的所需打勾。無標準答案。重要的是認識這些常用的荷蘭日常用品名稱，並詳記活用。

Afwasmiddel （洗碗精）	Hondenbrokken （狗食）	Prei （粗蔥；韭蔥）	Toiletpapier （衛生紙）
Appels （蘋果）	Kaas （乳酪）	Rijst （米）	Vaatwastabletten （洗碗機用的洗碗錠）
Babyvoeding （嬰兒食品）	Kaassaus （乳酪醬）	Salade （生菜沙拉）	Vis（魚）
Bananen （香蕉）	Kiwi's （奇異果）	Schoonmaakmiddelen （清潔劑）	Vlees（肉）
Bier （啤酒）	Koffie （咖啡）	Snoep （糖果）	Vleeswaren （搭配麵包的冷肉片）
Brood （吐司麵包）	Koffiemelk （搭配咖啡的牛奶）	Spruitjes （球芽甘藍）	Vruchtensap （果汁）
Chips （薯片）	Luiers （尿布）	Stroopwafels （焦糖夾心煎餅）	Wasmiddel （洗衣劑）
Eieren （蛋）	Macaroni （小管狀義大利通心麵）	Suiker （糖）	Wijn （葡萄酒）
Frisdrank （汽水）	Melk （牛奶）	Thee （茶）	Yoghurt （酵母凝乳；優格）
Gebak （烘焙點心）	Peper （胡椒）	Toetje （餐後甜點）	Zoutjes （鹹點心）

2. 請選出與其他字特別格格不入者。

(1) broodjes	koekjes	taart	sla
(2) kip	peren	aardbeien	perziken,
(3) ham	gebak	kalkoen	kip
(4) telefoonkaart	postzegel	zeep	briefkaart
(5) tijdschriften	komkommer	boeken	kranten

3. 請依提示填入適當的答案。

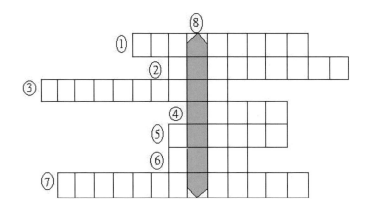

(1) een soort groente, groen, lang en krom　（一種蔬菜，綠色，長而且彎彎的）

(2) middel om je tanden te poetsen　（你用來刷牙齒的媒介物）

(3) die moet je op brieven plakkcn　（這個東西你貼在信上）

(4) iemand die in een winkel iets koopt　（某人在某商店買東西。）

(5) een soort groente, oranje en lang　（一種蔬菜，橘色而且長長的）

(6) daarmee kan je je wassen　（你可以用這個來洗澡。）

(7) met deze kaart kan je vanuit een telefooncel bellen　（用這張卡你可以打電話。）

(8) een soort vogel　（一種鳥）

4. 請造句。

(1) slager – kunnen – je – vlees – worst – kopen.

(2) veel – Nederlanders – eten – 's middags – boterham – kaas.

(3) ik – drinken – elke morgen – kopje koffie – en – eten – banaan.

(4) mevrouw Bergman – kopen – pond boerenkaas – twee liter melk.

(5) je – kunnen – bijna alles – supermarkt – vinden.

5. 請將下列句子重新組合排列。

(1) een uitnodiging voor het feest – We – sturen – iedereen – hebben.

(2) geven – De – cursisten – de – veel huiswerk – docent.

(3) het cadeau – Hebben – je – al – geven – haar?

(4) ik – Nee, – het – morgen – geven – haar.

(5) schrijven – me – Hij – een lange brief – hebben.

(6) jullie – zullen – Ik – uitleggen – het – nog een keer.

6. 請依提示填入適當的字。

*aanbieding *aankomen *beurt *halfje *kunnen *pond

(1) Kunt u me zeggen wanneer deze brief _____?

(2) Een _____ belegen boerenkaas, graag.

(3) Mag ik zes krentenbollen, een _____ wit en een aardbeientaartje?

(4) Ik denk dat ik nu aan de _____ ben.

(5) Wie _____ ik helpen?

(6) Vandaag zijn de bananen in de _____.

Les 17

IK ZOU GRAAG ...

（我〔想〕要…）

一、會話

Computer en Internet

Tom: Heb je een nieuwe computer gekocht?
（你新買了電腦喔？）

Martien: Ja, ik heb vorige week deze laptop gekocht.
（對啊，我上週買了這台筆記型電腦。）

Tom: Hij ziet er prachtig uit.
（它看起來很不錯。）

Martien: Dank u wel. Dit is het nieuwste model van ACER.
（謝謝。這是 ACER 的最新款。）

Tom: Hoe groot is de vaste schijf?
（硬碟容量是多少？）

Martien: 2 TB, en het werkgeheugen is 32 GB.
（2 TB，記憶體是 32 GB。）

Tom: Hoe groot is het beeldscherm?
（螢幕是幾吋呢？）

Martien: Het is 15 inches.
（十五吋。）

Martien: Ja, daarnaast hij heef drie USB-aansluitingen.
（旁邊有三個 USB 插座。）

Tom: Dat is heel handig. Je kunt dus veel randapparatuur makkelijk op je computer aansluiten.
（那很方便耶。你就可以將電腦連接上許多其他周邊設備了。）

Martien: Ja, ik heb een mobiele telefoon, een printer en een USB microfoon. Ze zijn allemaal voorzien van een USB-aansluiting.
（是啊，我有手機，印表機和麥克風，都是用USB接頭的。）

Tom:　　Heb je een eigen website of maak je een eigen vlog?
（你有自己的網站還是你有製作自己的vlog？）

Martien: Ja, ik heb onlangs een persoonlijke website gemaakt. Dit is het adres, alsjeblieft.
（是的，我最近設了自己的網站。這是網址，請看。）

Tom:　　Dank u wel. Heb je thuis een glasvezelaansluiting?
（謝謝。你家裡是用玻璃纖維網路傳輸的嗎？）

Martien: Ja. Jij niet?
（是啊。你不是嗎?）

Tom:　　Nee, ik gebruik nog steed wifi.
（沒有，我用一般無線網路系統。）

Martien: Dat is niet zo fijn. Soms heb je last van een storing.
（那不太好用，有時會被干擾斷訊。）

Tom:　　Ja, dat weet ik. Ik zal binnenkort ook glasvesel laten installeren.
（是啊，我知道。我想不久後要來裝玻璃纖維網路了。）

二、填填看

引源 Taal vitaal

□ het gasfornuis（瓦斯爐台）　　□ telefoongids（電話簿）　　□ koelkast（冰箱）
□ wasmachine（洗衣機）　　　　□ magnetron（微波爐）　　　□ het koffiezetapparaat（咖啡機）
□ het strijkijzer（熨斗）　　　　□ telefoon（電話）　　　　　□ handdoeken（手巾）
□ vaatwasmachine（洗碗機）　　□ klok（時鐘）　　　　　　　□ pannen（鍋子）
□ TV（電視）　　　　　　　　　□ radio（收音機）　　　　　　□ föhn（吹風機）

三、補給站

試著用以下字彙，自行練習回答後面的一些小問題。

- het appartement（公寓）
- het hotel（旅館）
- het pension（提供三餐的旅宿）
- het vakantiehuisje（渡假小屋）
- tent（帳蓬）
- het strand（沙灘）
- steden（城市）
- het platteland（鄉村）
- het bos（灌木叢）
- gezellig（很好的）
- bergen（山）
- zee（海）
- eenvoudig（簡單的）
- luxe（豪華的）
- met veel mensen（許多人）
- alles geregeld（都安排好的）
- onafhankelijk（獨立的）
- caravan（旅行時加掛在車子後方的住宿車廂）

Waar logeert u op vakantie: bij familie of vrienden /in een hotel of een vakantiehuisje/op een camping?
（您要去哪渡假：到親戚或友人家／住旅館或渡假小屋／或露營區？）
Waar gaat u het liefst naartoe?（您最想去哪裡？）
Waarom kiest u voor zo'n soort vakantie?（您為什麼選擇這樣的渡假方式？）

四、語法解說

條件子句

以下對話可看出是條件子句的使用概況。
A: Ik **zou** graag op vakantie **gaan** naar Tibet.（我想休假時去西藏。）
B: Een collega van mij is daar geweest. Je **zou** daar geweldige bergtochten **kunnen maken**.
　　（我一個同事去過那裡。你會有很棒的山中之旅。）
A: **Zou** het duur **zijn**?（那會很貴嗎？）
B: Geen idee. Je **zou** eens bij een reisbureau **moeten informeren**.（不知道。你可以問旅行社。）

1. 條件子句的形式：它結合了助動詞 zullen 的過去式和原型動詞的型態。
　　例：Rob <u>zou</u> misschien wel <u>kunnen</u>.（Rob也許可以來。）
　　　　Wij <u>zouden</u> het hartstikke leuk <u>vinden</u>.（我們會認為那樣非常好。）

　　這種「 助動詞過去式+原型動詞 」的條件子句句型可以用在尚未發生或描述還不完整的動作或情況。例如：
(1)猶豫或不確定時
　　例：Dit hotel ziet er mooi uit. Zou het duur zijn?
　　　　（那家旅館看來很漂亮。很貴嗎？）
　　　　Dat zouden heel luxe appartementen zijn.
　　　　（那些應該是很豪華的公寓。）
　　　　Hij heeft zich echt misdragen; op zijn leeftijd diende[或hoorde] hij toch beter te weten!
　　　　（他舉止失當；他到這年紀應該有所改善的。）

(2) 傳達訊息時

　　例：Vliegeren is heel leuk. Je zou het ook eens moeten proberen.

　　　　（放風箏很棒。你一定要嘗試看看。）

　　　　Ik begrijp de tekst niet. Ik zou wat meer woorden moeten leren.

　　　　（我不了解那內容。我應該多學些單字。）

　　　　Hij zakt steeds weer, hij kon beter ophouden met die rijlessen.

　　　　（他又不及格了，他可以停止駕駛課程了。）

　　　　Ze rookt veel te veel, ze mocht wel eens aan haar gezondheid denken.

　　　　（她抽菸抽太凶了，是該想想她的健康狀況了。）

(3) 禮貌地詢問或表示意願時

　　例：Ik **had** graag dat je vanavond eens thuis **bleef**.

　　　　= Ik **zou** graag **hebben** dat je vanavond eens thuis **bleef**.

　　　　（我很希望你今晚待在家裏。但是你沒有答應要不要待在家裏。）

　　　　Zou u mij informatie over de Waddeneilanden kunnen sturen?

　　　　（您可以寄有關 Waddeneilanden〔荷蘭西北部的離島區域〕的資訊給我嗎？）

　　　　Ik **zou** graag willen windsurfen. （我想要玩風帆。）

　　　　Ober, ik **wou** graag een pils en een jonge klare. （侍者，請給我一杯啤酒與荷蘭琴酒。）

　　　　Hoeveel **dacht** u te besteden? （您預備要花多少錢？）

　　　　Zou je de deur even dicht **willen doen**? （你可以幫忙關上門嗎？）

　　　　Had u het bezorgd willen hebben, mevrouw? （女士，您要收下這個包裹嗎？）

　　　　Ik **had** zo gedacht dat je daar wel tevreden mee zou zijn. （我當時以為你已經滿意了。）

　　　　Je **zag** graag dat dit allemaal opgeruimd wordt, begrijp ik uit je woorden.

　　　　（你希望看到這裡能完全清理好，我完全了解你的意思。）

2. 條件子句中常見的連接詞

　(1) als（如果）

　　　We moeten veel geld hebben als we een huis willen kopen. （我們得有很多錢才能買房子。）

　(2) tenzij （除非；只要不）

　　　Ik ga met jullie mee naar de film tenzij het regent.

　　　= Ik ga met jullie mee naar de film als het niet regent.

　　　（只要不下雨，我就跟你們去看電影。）

　(3) mits （只有…才）

　　　Ik ga morgen winkelen, mits het niet regent. （只要不下雨，我明天就去逛街。）

3. 需要用到條件子句時，通常是指不太可能實現的假設語句句中常會搭配 maar 使用。此時可以過去式來表達這類假設語氣的句子。

　　例：Als ik veel geld zou hebben, zou ik een vakantiehuis kopen.

　　　　= Als ik veel geld zou hebben, kocht ik een vakantiehuis.

　　　　= Als ik veel geld had, zou ik een vakantiehuis kopen.

　　　　= Als ik veel geld had, kocht ik een vakantiehuis.

　　　　（當我有很多錢時，我要買間渡假用的房子。）

　　　　Kwam hij maar! （希望他來了。）

　　　　Hield die voorzitter nu maar eens op met praten! （但願主席別再說了。）

Gingen ze maar vast aan het werk!（但願他們去工作。）

Was hij maar gekomen, [dan was het ongeluk niet gebeurd].

（但願他有來〔那意外就不會發生了〕。）

Was die voorzitter maar eens opgehouden met praten, [dan had de vergadering niet zo lang geduurd].

（但願主席別再說了〔那會議就不會如此耗時了〕。）

Waren ze maar vast aan het werk gegaan, [dan hadden we nu niet zo'n achterstand gehad].

（但願他們有持續工作〔那我們的進度就不會落後這麼多了〕。）

4. 請注意各組條件子句中的差異

Ik **wil** dat hij hier **komt**.（我想要他來──純粹表達出說話者的意願，而對方來的機會也很大。）

Ik **wou** dat hij hier **kwam**.（我希望他會來──說話的那個時刻對方沒有來。）

Als ik morgen tijd heb, kom ik hier.（明天我有空就來──來的機會很大。）

Als ik morgen tijd had, kwam ik hier.（明天我有空就來──來的機會很小。）

Ik **wil** graag dat je met me **meegaat**.（我想要你跟我一起去──純粹表達出說話者的意願。）

Ik **wou** graag dat je met me **meeging**.

=Ik **zou** graag **willen** dat je met me **meeging**.

（我真希望你會跟我一起去──但說話的那個時刻你沒有答應要不要一起去。）

Weet u niet hoe het moet? Ik **dacht** dat de gebruiksaanwijzing toch heel duidelijk was.

=Weet u niet hoe het moet? Ik **zou** toch **denken** dat de gebruiksaanwijzing heel duidelijk was.

（您不知道要如何做嗎？我以為操作手冊上面講地很清楚了。）

動詞組

有時一個句子會因為條件子句或是完成式敘述的關係，而出現兩個（或兩個以上）原型動詞的動詞組現象。

1. 動詞組的排列順序是先放助動詞，再將動詞放在句尾即可。

例：Hij heeft een vaatwasmachine.（他有一台洗碗機。）

Hij wil een vaatwasmachine hebben.（他想要有一台洗碗機。）

Zouden jullie even kunnen gaan staan?（你們要去站一下嗎？）

Zouden jullie bij ons willen komen eten?（你們要過來我們家吃飯嗎？）

2. 因條件子句而形成的動詞組現象。

例：Hij **zou** graag een vaatwasmachine **willen hebben**.（他很樂意擁有一台洗碗機。）

Tom en Mo **zeggen**, dat zij morgen in de winkel **moeten werken**.

（Tom 和 Mo 說他們明天得去店裡工作。）

Het meisje **vraagt**, of zij **mag telefoneren**.（那女孩問可不可以打電話。）

3. 因完成式敘述而形成的動詞組現象。

例：Ik **heb** Tom vandaag niet **kunnen spreken**.（我今天無法跟 Tom 講到話。）

五、練習

1. 連連看。

a.　ik weet het niet zeker　（我不確定）

b.　ik weet het "van horen zeggen"　（我是「聽說」才知道的）

c.　ik doe een suggestie　（我給個建議）

d.　ik vind het wenselijk　（我希望）

e.　ik doe een beleefd verzoek　（我做個禮貌的詢問）

f.　ik heb een wens　（我有個願望）

g.　ik stel een irreële voorwaarde　（我假設一個不實際的情況）

(1)　Dat zou het beste hotel in de stad zijn.　（那可算是城裡最好的旅館了。）

(2)　Ik zou u graag iets willen vragen.　（我想請教您一些事。）

(3)　Als ik jou was, zou ik niet te lang in de zon blijven liggen.（如果我是你，我就不會在陽光下躺太久。）

(4)　Ze zouden om een uur of vijf komen.　（他們應該五點會來。）

(5)　Zou u mij kunnen zeggen …?　（您可以告訴我嗎？）

(6)　Ik ben moe. Ik zou eens vroeg naar bed moeten gaan.　（我累了。我想要早點上床睡覺了。）

(7)　Ik zou graag naar Spanje gaan.　（我很樂意去西班牙。）

(8)　Wat is Petra toch laat! Zou ze de trein hebben gemist?　（Petra 真是晚哪！她是不是錯過火車了？）

(9)　Je wordt dik! Je zou eens wat meer moeten sporten.　（你變胖了！你要多運動些。）

2. 請配合提示內的過去式描述，將之改為含有條件子句的假設語句。

Als ik jou was,...（如果我是你…）

(1)　ging ik naar huis.

(2)　zei ik liever niets.

(3)　nam ik de trein.

(4)　keek ik niet zo vaak tv.

(5)　maakte ik me niet zo veel zorgen.

(6)　betaalde ik de kamer met een cheque.

(7)　wist ik wel wat ik deed.

(8)　belde ik haar meteen op.

3. 請選出與其他字特別格格不入者。

(1)	Texel	Terschelling	Langeoog	Ameland
(2)	zee	strand	zon	bos
(3)	klok	pan	gasfornuis	magnetron
(4)	paardrijden	wandelen	zonnen	vliegeren
(5)	appartement	toeslag	bungalow	hotel

4. 尋字遊戲。請依提示找出字來。

W	V	D	I	L	H	O	O	G	S	E	I	Z	O	E	N	P	F
O	E	O	G	M	A	G	N	E	T	R	O	N	L	C	K	E	I
E	E	R	A	T	N	F	U	B	G	I	E	M	T	IJ	O	N	E
T	R	P	S	E	D	E	I	O	R	S	M	T	N	F	O	S	T
S	B	S	F	L	D	D	K	V	L	T	N	N	O	O	K	I	S
H	O	G	O	E	O	C	U	L	F	E	B	F	E	H	P	O	E
P	O	E	R	F	E	Z	P	I	M	E	K	O	M	N	A	N	N
A	T	Z	N	O	K	IJ	S	E	N	C	D	O	E	A	N	D	V
A	L	I	U	O	C	H	T	G	W	N	D	N	L	K	N	E	E
R	N	C	I	N	T	R	D	E	A	A	N	K	I	A	E	E	R
D	K	H	S	M	A	U	P	R	D	O	A	L	L	S	N	N	H
R	A	T	U	P	R	O	T	E	Z	E	E	I	K	O	S	T	U
IJ	E	W	P	O	T	S	T	N	H	J	E	M	N	K	K	S	U
D	C	A	R	A	V	A	N	S	T	R	IJ	K	IJ	Z	E	R	R
E	K	O	F	F	I	E	Z	E	T	A	P	P	A	R	A	A	T
N	S	E	E	M	P	K	A	M	P	E	R	E	N	C	B	A	U

appartement（公寓）	vliegeren（放風箏）	föhn（吹風機）	kookpannen（平底煎鍋）
gasfornuis（瓦斯爐）	boeken（書）	magnetron（微波爐）	veerboot（渡輪）
caravan（旅行拖車廂）	handdoek（手巾）	pension（老年津貼）	wad（沼澤溼地）
dorpsgezicht（鄉村景觀）	paardrijden（騎馬）	zee（海）	hoogseizoen（旺季）
duin（沙丘）	klok（時鐘）	strand（沙灘）	zonnen（陽光）
eiland（島嶼）	kamperen（露營）	strijkijzer（熨斗）	
fietsenverhuur（單車出租）	telefoon（電話）	koffiezetapparaat（咖啡機）	

5. 請依提示將各音節組合成字彙。

音節：■ boot　■ chi　■ dui　■ e　■ foon　■ gids　■ ne　■ hoog　■ le
　　　■ lui　■ mag　■ ma　■ ne　■ nen　■ nen　■ ren　■ sei　■ te
　　　■ tron　■ veer　■ was　■ zoen　■ zon

(1) In deze tijd gaan de meeste mensen op vakantie.（這個時候大部分的人都渡假去了。）

(2) Met dit apparaat kan je het eten bereiden.（你可以用這個器具準備食物。）

(3) In dit boek vind je belangrijke nummers.（這本書裡有許多重要號碼。）

(4) Deze kleine zandbergen vind je aan de zee.（你可以在海邊看到這些由沙堆積而成的小山。）

(5) Lekker niks doen.（舒舒服服地什麼也不用做。）

(6) Boot die je van de ene naar de andere kant van een rivier brengt.（帶你往來河兩岸的船。）

(7) Apparaat waarmee je de was kan doen.（你可以用此設備來洗衣服。）

(8) In de zon liggen.（躺在陽光下）

6. 請將下列句子依正確順序寫出來。

(1) hebben – zou – een – Ik – mijn – vaatwasmachine – in – graag – willen – vakantiehuisje.

(2) jaar – naar – ik – graag – Volgend　– vakantie – zou – op – gaan – Vlieland.

(3) vakantiehuis – de – hoef – te – tv – hebben – Tijdens – geen – ik – in – mijn – vakantie.

(4) willen – Ik – appartement – huren – graag – nr.21 – zou.

(5) de – beschrijving – u – indeling – een – Kunt – geven – van?

7. 請依回答來造問句。

(1) 問：＿＿＿＿＿＿＿＿＿＿＿＿＿＿＿＿＿＿＿＿＿＿＿＿＿＿＿
　　　答：Ik zou mijn vakantie het liefst in Spanje doorbrengen. （我最想去西班牙渡假。）

(2) 問：＿＿＿＿＿＿＿＿＿＿＿＿＿＿＿＿＿＿＿＿＿＿＿＿＿＿＿
　　　答：In mijn vakantiehuis zou ik graag een magnetron en een vaatwasmachine willen hebben.
　　　　（我想要渡假屋裡有微波爐和洗碗機。）

(3) 問：＿＿＿＿＿＿＿＿＿＿＿＿＿＿＿＿＿＿＿＿＿＿＿＿＿＿＿
　　　答：De kinderen waren het er niet mee eens.　Die wilden liever naar Italië.
　　　　（孩子們不贊同。他們想去義大利。）

(4) 問：＿＿＿＿＿＿＿＿＿＿＿＿＿＿＿＿＿＿＿＿＿＿＿＿＿＿＿
　　　答：Die vond mijn idee prima. （他們覺得我的主意不錯。）

(5) 問：＿＿＿＿＿＿＿＿＿＿＿＿＿＿＿＿＿＿＿＿＿＿＿＿＿＿＿
　　　答：Daar kun je van alles doen: zeilen, surfen, vissen, zwemmen, paardrijden en noem maar op.
　　　　（在那裡要做什麼都行：划船、衝浪、釣魚、游泳、騎馬，只要說得出來的都有。）

(6) 問：＿＿＿＿＿＿＿＿＿＿＿＿＿＿＿＿＿＿＿＿＿＿＿＿＿＿＿
　　　答：Nee, daar is alles juist goedkoper dan bij ons. （不會，那邊比我們這便宜。）

8. 請依提示填入適當的字。

* bevestigen　* goud　* klein eindje　* persoon　* vaatwasmachine　* volwassene

(1) Hiermee ＿＿＿＿＿＿＿＿ ik uw reservering van 6 mei.

(2) Hartstikke bedankt, jullie hulp was ＿＿＿＿＿＿＿＿ waard!

(3) In de meeste vakantiehuisjes is geen ＿＿＿＿＿＿＿＿.

(4) Van Den Helder is het maar een ＿＿＿＿＿＿＿＿ naar Texel.

(5) Met hoeveel ＿＿＿＿＿＿＿＿ wilt u komen?

(6) We zijn met z'n drieën: twee ＿＿＿＿＿＿＿＿ en een kind van twee.

Les 18

ONDERWEG

（在路上）

一、填填看

引源 Taal vitaal

- [ ] zonnebril（太陽眼鏡）
- [ ] het paspoort（護照）
- [ ] het horloge（手錶）
- [ ] medicijnen（藥）
- [ ] het rijbewijs（駕照）
- [ ] zwembroek（游泳褲）
- [ ] het ticket（機票）
- [ ] reisgids（旅遊指南）

- [ ] laptop（筆記型電腦）
- [ ] het woordenboek（字典）
- [ ] plattegrond（地圖）
- [ ] zonnecrème（防曬乳）
- [ ] creditcard（信用卡）
- [ ] het buitenlandse geld（外國貨幣）
- [ ] het （trein）kaartje（[火]車票；電車票）
- [ ] mobiele telefoon/ zaktelefoon（行動電話）

- [ ] agenda（行事曆）
- [ ] krant（報紙）
- [ ] het tijdschrift（雜誌）
- [ ] het snoep（糖果）
- [ ] pinpas（金融卡）

二、補給站

1. 旅行用語

(1) voorbereidingen voor een zakenreis（準備出差做個商務旅行）
→ 商務旅行的三個程序：afspraak maken（安排好會議）
　　　　　　　　　　　　　kamer reserveren（預定房間）
　　　　　　　　　　　　　kaartje kopen（買車票）

請將下列句子分別歸類到上述三個程序中。

Enkele reis of retour?（要單程或是來回票呢？）
Ogenblikje alstublieft, ik verbind u door.（請稍待，我為您接通過去。）
Is dat inclusief ontbijt?（那包含早餐嗎？）
Moet ik overstappen?（我需要轉車嗎？）
Alleen maar voor één nacht.（只要一個晚上。）
Van welk spoor vertrekt die?（從哪個月台開出呢？）
U wordt afgehaald.（會有人來接您的。）
Tot maandag – en goede reis!（週一見了——並祝您旅途愉快！）
Kunt u de reservering schriftelijk bevestigen?（您能以書面確認該筆預約嗎？）
Moet ik reserveren?（我必須預約嗎？）
Hoe gaat het met u?（您好嗎？）
U bent om 12.31 uur in Brussel.（您會在十二點三十一分到達布魯塞爾。）
Kunt u me zeggen wat die kost?（您可以告訴我那要多少錢嗎？）
Is dat met toeslag?（那個要另外再付費嗎？）
Ik zou graag met meneer De Graaf willen spreken.（我想跟 De Graaf 先生談話。）
Ik bel om onze afspraak te bevestigen.（我打來確認我們的會議。）

2. 請試著回答下列問題。

Bent u wel eens...?（您曾經去過…嗎？）
Bent u wel eens op een NS station geweest?（您曾經去過荷蘭的火車站嗎？）
Bent u wel eens op Schiphol geweest?（您曾經去過史基浦機場嗎？）
Bent u wel eens bij een zakenrelatie in het buitenland geweest?（您曾經因工作出國過嗎？）
Hebt u wel eens in Nederland...?（您在荷蘭曾經…嗎？）
Hebt u wel eens in Nederland een treinkaartje gekocht?（您在荷蘭曾經買過火車票嗎？）
Hebt u wel eens in Nederland een hotelkamer gereserveerd?（您在荷蘭曾經預訂過旅館嗎？）
Hebt u wel eens in Nederland naar de tv gekeken?（您在荷蘭曾經看過電視嗎？）
Hebt u wel eens in Nederland in een telefoongids een nummer opgezocht?
（您在荷蘭曾經用電話簿找過電話嗎？）
Hebt u wel eens in Nederland in een hotel overnacht?（您在荷蘭曾經住過旅館嗎？）
Hebt u wel eens in Nederland een krant/tijdschrift gelezen?（您在荷蘭曾經看過報紙／雜誌嗎？）

* 參考答案 ：

Martin heeft nog nooit een Nederlands tijdschrift gelezen, maar hij heeft wel vaak naar de tv gekeken.
（Martin 從沒讀過荷蘭文雜誌，但是他常看電視。）

Bettina is een paar keer op een NS station geweest maar nog nooit op Schiphol.
（Bettina 去過兩次荷蘭的火車站，但是從來沒有去過史基浦機場。）

Laura leest af en toe een Nederlands tijdschrift. （Laura 偶爾會看荷蘭文雜誌。）

三、語法解說

被動式

以下為被動式的主要使用概況。

A: Erwin <u>wordt</u> morgen aan zijn hand <u>geopereerd</u>.
（Erwin 明天手部要動手術。）

B: Alweer? Hij <u>is</u> een paar maanden geleden toch ook al aan zijn hand <u>geopereerd</u>?
（又要手術？他的手兩個月前才動過手術吧？）

A: Dat klopt, maar toen <u>werd</u> hij <u>geopereerd</u> door dokter Verhulst.
（沒錯，但那時開刀的是 Verhulst 醫生。）

B: Ja, dat weet ik. En deze keer?
（是啊，我知道。那這次呢？）

A: Deze keer <u>zal</u> hij <u>worden</u> <u>geopereerd</u> door een team van specialisten.
（這次是一組專科醫師執刀。）

B: Nou, wens hem maar sterkte van mij!
（嗯，我希望他能夠堅強地撐過去。）

1. 被動式句子與主動式句子的比較：

被動式	主動式
Toen werd Erwin geopereerd door dokter Verhulst. （當時 Erwin 被 Verhulst 醫生動手術。）	Toen opereerde dokter Verhulst Erwin. （當時 Verhulst 醫生對 Erwin 動手術。）
Deze keer zal Erwin worden geopereerd door een team van specialisten. （這次 Erwin 被一組專科醫生動手術。）	Deze keer zal een team van specialisten Erwin opereren. （這次一組專科醫生對 Erwin 動手術。）

2. 使用被動式的情況有：(1) 強調句子裡的動作時 (2) 強調主動句的直接受詞時。之所以強調動作或直接受詞是因為不認識執行動作的人，或是覺得採取動作的人並不重要。

例：<u>Erwin</u> <u>wordt</u> morgen aan zijn hand <u>geopereerd</u>.（Erwin 明天要動手部手術。）
→ 此句中，因為不知執行動作的人是哪位醫生，所以強調直接受詞即可。

當知道動作執行者時，可以用介系詞 door（透過；藉；由）來提述出此人。
例：Hij wordt geopereerd door een team van specialisten.（他要讓一組專科醫生動手術。）

■ 現在式、過去式和未來式都可以強調「動作」。現在完成式則是強調「動作之後的結果」。

例：Hij wordt geopereerd.（他即將要動手術。）

Hij is geopereerd.（他已動過手術了。）

3.被動式的句型

(1) worden＋過去分詞〔＋door＋動作執行者〕

其中的 worden（變化；變成）就是助動詞，主要用於現在式及過去式裡。

例：Erwin wordt geopereerd [door een team van specialisten].

（Erwin [讓一組醫生對他]動手術。）

Erwin werd geopereerd [door een team van specialisten].

（Erwin 當時[讓一組醫生對他]動手術。）

(2) zijn＋過去分詞〔＋door＋動作執行者〕

其中的zijn就是助動詞，主要用於現在完成式中。

例：Erwin is geopereerd [door een team van specialisten].

（Erwin 已經[讓一組醫生對他]動手術。）

(3)未來式的被動式句子則是結合 zullen 當助動詞，並配合 worden 與過去分詞使用。

即 zullen＋worden過去分詞〔＋door＋動作執行者〕

例：Erwin zal worden geopereerd. （Erwin將要被開刀。）

(4)有時被動式句子是配合其他助動詞出現的。

例：Erwin kan pas volgende week worden geopereerd. （Erwin 要等到下週才能動手術。）

Erwin moet morgen worden geopereerd. （Erwin 明天必須動手術。）

4. 通常主動式句子中的受詞剛好就是被動式句子中的主詞 。

主動式	被動式
Een team van specialisten opereert Erwin. （一組專科醫生對 Erwin 開刀。）	Erwin wordt geopereerd [door een team van specialisten]. （Erwin〔讓一組專科醫生〕動手術。）
De bank verkocht het schilderij aan Sotheby's. （銀行當時把畫作賣給蘇富比拍賣會。）	Het schilderij werd aan Sotheby's verkocht [door de bank]. （那畫作當時〔被銀行〕賣到蘇富比拍賣會了。）
Restaurateurs zullen het kistje terugplaatsen. （餐館老闆們把櫃子擺回去。）	Het kistje zal worden teruggeplaatst [door restaurateurs]. （櫃子〔被餐館老闆們〕擺回去。）
Samaranch heeft de kroonprins tot IOC-lid benoemd. （Samaranch 提名太子為 IOC 成員。）	De kroonprins is benoemd tot IOC-lid [door Samaranch]. （太子被〔Samaranch〕提名為 IOC 成員。）

5. worden 這個動詞的過去分詞不會出現在被動式語態的完成式中。

例：de brief is door mij geschreven.（那信是我寫好的。）

het raam is pas gebroken.（窗戶剛被打破。）

jongens waren al geroepen.（那些男孩已被點名了。）

6. 被動式語態的完成式 與 zijn 加形容詞的敘述 之間的差異並不明顯。

例：het raam is pas gebroken. （窗戶剛被打破。）
het raam is gebroken. （窗戶已被打破；窗戶是破的。）
het raam is open. （窗戶是開的。）

7. 被動式語態的時間點通常並不明確。
例：de deur is gesloten. 此句可以是 (1) 門已被關上了 (2) 門是關著的 意思。

8. er 也可帶出被動式語態的句子，但它的意思就很難翻譯出來了。此時這樣的句子也適用在沒有主詞的狀況中。譬如：er werden veel ramen gebroken 和 veel ramen werden gebroken，其實幾乎是同樣的意思：許多窗戶破了。

例：er wordt gezongen. （有人唱歌了。）
er werd veel gepraat. （當時談了很多。）
er wordt aan de deur geklopt. （有人在敲門。）

9. zijn＋過去分詞＋不定詞 te＋原型動詞 的情形也常出現，此時的過去分詞當形容詞用。

例：grote auto's zijn vaak niet te krijgen. （大車常常不容易買到。）
dat bier was niet te drinken. （那啤酒不是要喝的。）

10.請注意 事物作主詞＋zijn 動詞＋te＋原型動詞 的用法，此時有一點被動的意味。

例：Ik kan die opdracht niet maken. （我無法執行這個任務。）
→ Die opdracht is niet te maken. （這個任務沒法被執行。）
Ik kan die muziek niet horen. （我聽不到那音樂。）
→ Die muziek is niet te horen. （那音樂無法被聽到。）
Hij kan die berg niet beklimmen. （他無法爬那座山。）
→ Die berg is niet te beklimmen. （那座山是無法被爬的。）
Hij kan dat boek niet vinden. （他找不到那本書。）
→ Dat boek is niet te vinden. （那本書找不到。）
Wij kunnen de maan vanavond goed zien. （我們今晚可以很清楚地看到月亮。）
→ De maan is vanavond goed te zien. （今晚月亮被看地很清楚。）
Ik kan die kopietjes niet goed lezen. （這些影印頁我看不清楚。）
→ Die kopietjes zijn niet goed te lezen. （那些影印頁無法被看清楚。）

■ 含 men 或 je 的主動式語態
例：dat doet men hier niet. （這裡的人不那麼做。）
men zegt dat het waar is. （人們說那是真的。）
je weet nooit wat het beste is. （你永遠不會知道什麼是最好的。）
sigaretten kun je daar niet krijgen. （你在那裡買不到香菸的。）

荷蘭文字中的閱讀符號

荷語中的閱讀符號有三個：trema（字母上方的兩點）、streepje（字中間的一小橫）、apostrof（即's）

1. streepje 和 trema

主要用來隔開發音，當某字在母音之後，又緊接著另一個母音開始的音節，此時就用 streepje 或 trema 點在另一母音開始的字母上方，以避免連在一起發音。

(1) 何時使用 streepje：

① 形成複合字時。

例：auto-ongeluk（車＋意外 → 車禍）

radio-omroep（收音機＋呼喚 → 傳播；呼籲）

na-apen（後面＋猴子 → 模仿）

② 切字。

如果在打字或排版印刷時，行末放不進一個完整的字，就用 streepje 來將一個字切斷，排至第二行。

③ 如先前所述，暫切斷音／隔開音節之用。

例：zee-eend（海雁），zo-even（＝zoëven 剛剛；剛才），gedachte-experiment（思想試驗）

④ 連接之用。

a. 已婚婦女冠上夫姓時。

例：mevrouw Jansen-Van Kempen（Jansen 太太）

→ Jansen 是其夫姓，她的本姓是 Van Kempen.

b. 名詞之後。

例：ex-（前任），niet-（非），semi-（半），vice-（副），loco-（前頭）

c. 地理位置的描述。

例：Noord-Hollands（北荷蘭），Amerikaans（美國），Noordoost-Duitsland（德國東北部），Zuid-Brabant（南布拉邦省）

d. 純粹符號作用，無其他寓意。

例：65-jarige（65 歲的），tv-toestel（電視按鈕），€-teken（歐元符號）

e. 用於頭銜之上。

例：loco-burgemeester（首位女市長），minister-president（總統；總理）

(2) 何時使用 trema：

① 非複合字時，就用 trema 來將一個字中的兩個母音隔開來唸。

例：zeeën（海洋複數），coördinatie（調和，平等），skiën（滑雪），geëigend（適當的），knieën（膝蓋複數）Israël（以色列），reünie（重逢，聚首）

② 在數目的敘述上也會用到 trema。

例：tweeënvijftig（52），zeshonderddrieëntachtig（683）

③ 值得注意的是，來自拉丁文或法語的荷語外來字，若字尾是 -en, -eus, -eum, -en, 或 -ien 者，都不加 trema。

例：museum（博物館），opticien（驗光師），petroleum（石油）

2. apostrof（即 's）

(1) 何時使用 apostrof

① 要將字母簡略掉時。

例：'s nachts（每晚），'s fokschaap（羊群）

②母音結尾的名詞複數。

　　例：auto′s（汽車複數），piano′s（鋼琴複數），alinea′s（段落複數）

③指某一特定群人。

　　例：havo′er（中學生），KPN′er（KPN 荷蘭電信的員工），AOW′er（領老年津貼的老年人）

④所有格的使用：前面那個字如果是 s 或 sch 的音結尾者，要帶出「…的」之意時，前面那個字只要加上「′」（不要有「s」）。

　　例：Floris′ schrift（Floris 的手稿），Beatrix′ verjaardag（Beatrix 的生日），Mulisch′ boek（Mulisch 的書）

四、練習

1. 請將被動式部分標示出來。

(1) Film Festival（電影節）

Het Nederlands Film Festival wordt op 23 september in Utrecht geopend met de première van Het 14de Kippertje, een speelfilm van regisseur Hany Abu Assad. Het scenario voor de ironische tragikomedie is geschreven door Arnon Grunberg.

(2) Fries in Duitsland （在德國的福利斯語）

De positie van het Fries in Duitsland, "Frasch" genaamd zal worden versterkt. De Duitse regering heeft daartoe op 16 september het Europees Handvest voor Regionale en Minderheidstalen geratificeerd. Het Frasch – Fries dat is beïnvloed door het Deens en het Duits – wordt gesproken door ongeveer 10,000 Duitsers in Sleeswijk-Holstein en Nedersaksen. Met de ondertekening van het Handvest verplicht de Bondsrepubliek zich tot extra steun voor en bescherming van de minderheidstaal.

(3) Kandinsky in Den Haag （Kandinsky 在海牙）

Het Haagse Gemeentemuseum opent op 29 oktober na anderhalf jaar opnieuw de deuren voor het publiek. De heropening van het verbouwde museum wordt gevierd met een tentoonstelling van het werk van de Russische schilder Wassily Kandinsky. Op de tentoonstelling worden schilderijen van deze pionier van de moderne kunst getoond samen met die van zijn tijdgenoot Piet Mondriaan, van wie het museum een grote verzameling bezit. De tentoonstelling is samengesteld in samenwerking met de Hermitage in Sint Petersburg en de Tretyakov Galerie in Moskou.

2. 請將句子改為被動式。並以現在式、過去式、未來式及現在完成式等四種型態呈現。

(1) De bank verkoopt het schilderij voor 15.000. （銀行以15000元賣掉那幅畫。）

(2) Dit heeft het Centraal Bureau voor de Statistiek bekendgemaakt. （這是數據總局宣佈的。）

(3) De politie heeft de actie tegen het drugstoerisme verlengd. （警方延長對抗毒品走私的行動。）

(4) De oppositie kritiseerde de regering als "visieloos". （對方批評政府為「無遠見」的領導。）

(5) De rechtbank in Utrecht heeft twee personen wegens illegale handel in Chinese medicijnen veroordeeld. （Utrecht法院對兩個非法使用中藥的人判刑。）

3. 以下是報紙的標題，請使用現在完成式的被動態來完整表達全句。

(1) Kleine jongen door hond gered
(2) Schilderij van Rembrandt in kelder gevonden
(3) 1 miljoen van ABN-AMRO Bank gestolen
(4) Europees Parlement: Verbod op tabaksreclame
(5) Grafveld van 3500 v. Chr. blootgelegd
(6) Rijkaard tot bondscoach benoemd

4. 請以 "Kunt u zich voorstellen dat...?（您能想像…時？）" 為句首，並使用被動式來造問句。

(1) in 1993 €3.630 voor een tweedehandsauto bieden
(2) voor een fles Franse wijn €11.344 betalen
(3) in 1988 een kaart voor €1.588 verkopen
(4) in 1991 een taart van 30.000 kilo in 24 uur maken
(5) in IJsselmeer een 64 jaar oude auto vinden
(6) in 1984 een schilderij van Jan Vermeer voor €7 miljoen verkopen

5. 請以被動式句子的形式來回答問題。

Enkele studenten van een universiteit hebben een filmpje gemaakt. Dat filmpje was vorige week op tv te zien. Nu interviewt een reporter de docent en zijn studenten.
（一些大學生拍攝了一部影片。上週電視播出了這部影片。現在一個記者正在訪問那老師與這些學生。）

Interviewer:　　　Dat was een fantastische film. Wie heeft de film gemaakt?
（訪問者）　　　　（那是部非常好的影片。是誰製作出來的？）
Meneer van Steen:　Nou, de film _____ _____ _____ alle studenten.
（van Steen 先生）（這個嘛，這影片是所有學生創造出來的。）
Interviewer:　　　Waar werd de film opgenomen?
（訪問者）　　　　（這部影片是在哪拍攝的？）
Martin:　　　　　De meeste scènes _____ in het instituut _____.
（Martin）　　　　（這部影片大部分是在學院裡拍攝的。）
Interviewer:　　　Ik heb erg van het verhaal genoten. Wie heeft het geschreven?
（訪問者）　　　　（我非常喜歡它的故事劇情。是誰寫的呢？）
Ineke:　　　　　Het _____ _____ _____ Carmen Lesman, één van de studenten.
（Ineke）　　　　（是由一個名叫Carmen Lesman的學生寫的。）
Interviewer:　　　Wie heeft dan de muziek uitgezocht?
（訪問者）　　　　（是誰挑選音樂搭配的呢？）
Meneer van Steen:　Die _____ _____ _____ Tom Heuvels, een derdejaars student.
（van Steen 先生）（是由一個名叫 Tom Heuvels 的三年級學生設計的。）

Interviewer: Hebben de studenten hun kleren zelf ontworpen?
（訪問者）   （是學生們自己設計衣服的嗎？）
Meneer van Steen: Jazeker. Die _____ _____ _____ Alice en Sandra, samen met
                       een modeontwerper.
（van Steen 先生）（對啊。是 Alice 和 Sandra 及一位服飾設計師一起設計的。）
Interviewer: Bedankt voor het gesprek. Ik wens jullie nog veel succes met eventuele volgende films.
（訪問者）   （謝謝你們接受訪談。祝你們未來的影片都很成功。）

6. 請依提示填入適當的答案。

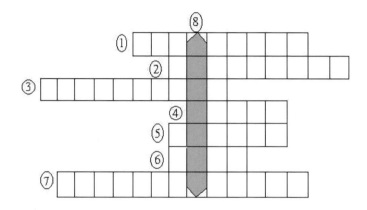

(1) Iemand ontmoeten (b.v. op het station) om hem mee te nemen.（與某人碰面，例如在車站，要帶他走。）
(2) Als de zon schijnt heb je die soms nodig.（有時陽光很閃亮時你會需要用到。）
(3) Zonder dit mag je niet autorijden.（沒有這個你不能開車。）
(4) Een bedrag dat je extra moet betalen.（你付出的多餘數目）
(5) Lekkere zoete dingen.（好吃的，甜甜的東西）
(6) Dit boekje kan je in een vreemd land goed gebruiken.（這本書你可以在陌生的國家使用。）
(7) Als je onderweg bent voor je werk, bet je op....（當你為工作上路時，你是在…）
(8) Dat draag je om te weten hoe laat het is.（那個東西你戴著可以知道幾點鐘。）

7. 請寫成完整正確的句子。

(1) De secretaresse – hebben – kamer – meneer Duffels – reserveren
(2) Zij – zorgen – ervoor – dat – hij – worden – afhalen
(3) Bovendien – sturen – zij – nog – fax – met – alle informatie
(4) Meneer Duffels – worden – station – afhalen – chauffeur
(5) Maar eerst – kopen – hij – reisgids en plattegrond – Amsterdam
(6) Amsterdam – bekend zijn – om – nachtleven
(7) Over twee dagen – worden – hij – weer – station – brengen
(8) Hij – zullen – dan – twee leuke dagen – Amsterdam – hebben – doorbrengen

8. 請依提示填入適當的字。

| * aankomen   * ogenblikje   * overstappen   * reserveren   * spoor   * zullen * |

(1) Ik _____ graag meneer de Wilde even spreken.

(2) Een _____ alstublieft, ik verbind u door.

(3) Van welk _____ vertrekt de trein naar Antwerpen?

(4) U moet in Utrecht _____ Daar neemt u de trein in de richting Maastricht.

(5) Mijn secretaresse zal een kamer voor u _____.

(6) Kunt u me zeggen hoe laat we in Parijs _____?

Les 19

IK BEN ERG VERKOUDEN
（我得了重感冒）

一、會話

bij de dokter（在醫生那裡）

patiënte:	Kan ik voor vanmiddag een afspraak maken?
（病人）	（我今天下午可以看醫生嗎？）
assistente:	Bent u patiënte bij ons?
（助理）	（您是我們的病人嗎？）
patiënte:	Nee, maar ik heb koorts en ben erg verkouden. Daarom wilde ik de dokter even spreken.
（病人）	（不是，但是我發燒又嚴重感冒受涼，所以想看醫生。）
assistente:	Is het dringend? We hebben namelijk vanmiddag geen spreekuur.
（助理）	（緊急嗎？我們今天下午沒有看診。）
…	
dokter:	Wat kan ik voor u doen?
（醫生）	（我能為您做什麼呢？）
patiënte:	Ik ben sinds twee dagen erg verkouden en ik heb ook hoofdpijn.
（病人）	（我已經兩天重感冒又頭痛。）
dokter:	Hebt u ook spierpijn?
（醫生）	（您也肌肉酸痛嗎？）
patiënte:	Ja, als ik hoest doet alles zeer!
（病人）	（是啊，當我咳嗽時全部都痛！）
dokter:	Ik zal eerst uw temperatuur meten. U hebt geen koorts. Bent u allergisch voor bepaalde medicijnen?
（醫生）	（我先量您的體溫。您沒有發燒。您會對某些藥物過敏嗎？）
…	

patiënte:	Moet ik de rekening meteen betalen?
（病人）	（我必須立即付款嗎？）
dokter:	Nee, u krijgt een rekening thuisgestuurd. U maakt dan het bedrag over en daarna kunt u de rekening indienen bij het ziekenfonds.
（醫生）	（不用，帳單會寄到您家裡。您再匯款過來，然後您可以持該帳單向保險公司請款。）
patiënte:	En verder hoef ik niets te doen?
（病人）	（我不用作任何事嗎？）
dokter:	Nee hoor! Tot ziens mevrouw en beterschap!
（醫生）	（不用的！再見，女士，祝您早日康復！）

二、連連看（請參照上列會話內容）

A	Waarom maakt de patiënte een afspraak bij de dokter？ （為什麼那病人要跟醫生約診？）	甲	Omdat de dokter geen spreekuur heeft. （因為醫生沒有看診。）
B	Waarom kan ze niet meteen komen？ （為什麼她不能馬上來？）	乙	Omdat ze moet betalen. （因為她必須付款。）
C	Waarom heeft ze hoofd- en spierpijn？ （為什麼她頭痛又肌肉酸痛？）	丙	Omdat ze zich niet lekker voelt. （因為她覺得不舒服。）
D	Waarom stelt de dokter zich voor？ （為什麼醫生要自我介紹？）	丁	Omdat ze elkaar niet kennen. （因為他們彼此不認識。）
E	Waarom krijgt ze een rekening？ （為什麼她會拿到帳單？）	戊	Omdat ze griep heeft. （因為她有發燒。）

三、填填看

引源 Taal vitaal

- ☐ maagpijn（胃痛）
- ☐ hoofdpijn（頭疼）
- ☐ gebroken arm（手臂骨折）
- ☐ oorpijn（耳朵痛）
- ☐ wond（受傷）
- ☐ koorts（發燒）
- ☐ hoestbui（咳嗽）
- ☐ keelpijn（喉嚨痛）
- ☐ spierpijn（肌肉酸痛）
- ☐ verkoudheid（受涼；傷風感冒）

四、補給站

1. 請將下列動作依時間順序排列

- recept krijgen
- de dokter spreken
- Beterschap!
- afspraak maken
- onderzocht worden
- de dokter bellen
- medicijnen halen bij de apotheek
- ziek zijn
- vragen stellen aan de dokter

（*這裡所附的參考答案係依荷蘭本地的醫療系統列出的順序）

(1) ziek zijn（生病了）→ (2) de dokter bellen（打電話給醫生）→ (3) afspraak maken（約診）→ (4) de dokter spreken（跟醫生談）→ (5) vragen stellen aan de dokter（詢問醫生）→ (6) onderzocht worden（檢查）→ (7) recept krijgen（拿處方箋）→ (8) medicijnen halen bij de apotheek（到藥局拿藥）→ (9) Beterschap!（康復！）

2. 造句練習

Probleem (問題)	Advies (忠告)
buikpijn（肚子痛）	geen alcohol（不喝酒）
hoofdpijn（頭痛）	tanden goed poetsen（仔細刷牙）
oorpijn（耳朵痛）	aspirine slikken（吞阿斯匹靈）
kiespijn（牙痛）	geen vet eten（不吃油膩食物）
diarree（拉肚子）	veel slapen（多睡覺）
insectenbeten（蚊蟲咬）	in bed blijven（躺在床上）
reisziekte（暈車）	warm houden（保暖）
slapeloosheid（失眠）	naar de tandarts gaan（去看牙醫）
	druppeltjes innemen（吊點滴）
	niet snoepen（不吃甜食）
	meer eten（多吃一些）
	minder eten（少吃一些）
	thee drinken（喝茶）

例： Als je buikpijn hebt moet/mag je [niet/geen]...（當你肚子痛時，那就必須／應該〔不〕…）
　　 Als je diarree hebt moet je geen vet eten.（當你拉肚子時，那就不要吃油膩的東西。）

3. 醫療相關用語

- dikke darm（大腸）
- dunne darm（小腸）
- aorta（大動脈）
- ader（靜脈）
- chirurg（外科醫生）
- menopauze（更年期）
- vernauwingen（狹窄；收縮）
- plaque（血小板）
- bloedvat（血管）
- anorexia（食慾不振；厭食）
- ontsteking（發炎）
- prik（注射）
- griep（輕微發燒）
- koorts（高燒）

4. Klachten geven（症狀描述）

- Ik heb al drie dagen hoofdpijn.（我已經頭疼三天了。）
- Ik heb al een week buikpijn.（我已經肚子痛一個禮拜了。）
- Ik heb al drie weken pijn in mijn rug.（我的背已經痛三週了。）
- Ik heb al een paar dagen pijn aan mijn knie.（我膝蓋已經疼兩天了。）
- Ik heb al een maand pijn aan mijn borst.（我胸腔已經痛一個月了。）
- Ik heb pijn aan mijn schouders, al een week.（我肩膀痛，已經一個禮拜了。）
- Ik heb maagpijn, al een week.（我胃痛，已經一週了。）
- Je kunt al drie dagen moeilijk ademen.（你已經三天呼吸困難了。）
- Je slaapt al een week bijna niet.（你已經幾乎一週無法入眠了。）
- Ik ben al een paar dagen duizelig.（我已經頭暈兩天了。）
- Ik heb al twee dagen koorts.（我已經發高燒兩天了。）
- Ik ben al maanden overspannen.（我已經數個月壓力很大了。）
- Ik heb al een week uitslag op mijn armen.（我手臂已經起疹子起了一個禮拜了。）
- Ik zie niet goed meer: al een maand.（我看不清楚，已經一個月了。）
- Ik ben altijd zo moe.（我老是感到很疲憊。）

五、練習

1. 請將句子裡的 want 改為 omdat 重新造句。

(1) Ik ga naar bed want ik ben moe.
(2) Ze kan vandaag helaas niet komen want ze heeft griep.
(3) Ik heb betaald voor Henk want hij had geen geld bij zich.
(4) Dokter Blok heeft deze week geen spreekuur want hij is in het buitenland.
(5) Ik kan niet slapen want ik heb hoofdpijn.
(6) Ik ben erg moe want ik heb de hele nacht niet geslapen.
(7) Ik ben gisteren bij de dokter geweest want ik voelde me niet goed.

2. 請用 want 來完成句子。

(1) Ik kan niet zo lang zitten _____. (rugpijn hebben)
(2) Kees gaat vroeg naar bed _____. (morgen een afspraak hebben)
(3) Tom is een beetje nerveus _____. (morgen naar het ziekenhuis moeten)
(4) We maken elke avond een wandeling _____. (wat meer moeten bewegen)
(5) Ik blijf vandaag in bed _____. (zich niet lekker voelen)
(6) Babs gaat naar de dokter _____. ('s nachts niet kunnen slapen)
(7) Petra drinkt geen alcohol _____. (medicijnen gebruiken)

3. 請利用2.的題目，以 omdat 來完成句子。

4. 請依提示寫出完整的句子。

(1) ik – gaan – straks – dokter – omdat – ik – verkouden – zijn

(2) dokter – voorschrijven – wat tabletjes – tegen – maagpijn

(3) daarna – moeten – ik – de medicijnen – apotheek – halen

(4) omdat – ik – buikpijn – hebben – moeten – ik – veel – thee – drinken

(5) als – je – kiespijn – hebben – mogen – je – niet – snoepen

(6) ik – hebben – hoofdpijn – want – ik – hebben – niet genoeg – slapen

(7) Ik – voelen – mij – niet – lekker – hoewel – ik – geen – koorts – hebben

(8) Ik – moeten – ochtendgymnastiek doen – want – ik – hebben – pijn in mij rug

5. 請依提示填入適當的字詞。

* beteken	* gaven....aan	* inspringen	* kwamen
* toenam	* waren	* werd...gemeten	* zijn gepubliceerd

Surfen op internet maakt depressief

Gebruik van het internet maakt mensen depressiever en eenzamer. Tot deze conclusie _____[1] onderzoekers van een Amerikaanse universiteit. Deze uitkomst, na een studie van twee jaar, kwam onverwachts voor de ontwerpers en de financierende instanties. De resultaten _____[2] in het wetenschappelijke tijdschrift The American Psychologist. Aan het begin en het eind van de studie _____[3] het psychologisch welbevinden van de proefpersonen _____[3] via een gebruikelijke vragenlijst. Ook _____[4] de deelnemers _____[4] hoeveel minuten per dag ze met hun gezinsleden doorbrachten. Daarnaast werd vastgelegd hoeveel tijd ze on line _____[5]. Het resultaat was dat een uur per week doorbrengen op het internet thuis, ertoe leidde dat de depressiescore met 0,03 _____[6] op een schaal van 0-3, en de eenzaamheidsscore met 0,02 op een schaal van 1-5. Hoewel de gemeten effecten niet bijzonder groot zijn, en er per proefpersoon grote variaties optreden, zijn de uitkomsten volgens de leider van de studie, Robert Kraut, wel statistisch significant. Het Amerikaanse onderzoek _____[7] een onaangename verrassing voor degenen die het interactieve internet sociaal superieur achten aan passieve media als televisie en video. Een kop koffie met een vriend of _____[8] als babysit voor een collega, aldus Kraut, zijn zaken waarin het virtuele internet nu eenmaal niet voorziet.

6. 請參考提示填入適當的字詞：

* afspraak maken	* buikpijn hebben	* griep hebben	* naar de tandarts gaan
* spreekuur hebben	* tandpijn hebben	* verkouden zijn	

(1) Wanneer _____ dokter van der Ploeg _____?

(2) Ik wil graag voor vanmiddag een _____ _____.

(3) Hij _____ elke winter wel een paar keer _____.

(4) Ik heb hoofdpijn, spierpijn en koorts. Ik denk dat ik _____ _____.

(5) Wij _____ twee keer per jaar _____ _____ _____ voor controle.

(6) Je moet niet zo veel koffie drinken! Straks _____ je weer _____.

(7) _____ je _____? Dan moet je naar de tandarts gaan!

7. 請讀短文，並找出其中所提到的病痛名稱。

Rembrandt was ziek

Een zelfportret van Rembrandt uit 1659 dat hangt in de National Gallery of Art in Washington toont een man met ernstige gezondheidsproblemen. Dat stelt een Colombiaanse hoogleraar Carlos Espinel, een arts gespecialiseerd in het stellen van diagnoses uit kunstwerken. Uit de analyse van de ogen blijkt volgens hem dat de Nederlandse meester een te hoog cholesterolgehalte had, wat tot aderverkalking kan leiden. Gezien de negen rode vlekjes op Rembrandts gezicht, kampte de schilder verder met de huidziekte rosacea. Dat is een acne-aandoening die veel voorkomt bij ouder wordende blanke mannen. Een opgezwollen bloedvat op Rembrandts voorhoofd duidt op artritis, wat gepaard gaat met ernstige hoofdpijnen, vermoeidheid en spierpijn. Espinel, verbonden aan de universiteit van Georgetown, publiceerde dit in het medisch tijdschrift The Lancet. De hoogleraar ontdekte eerder polio bij een bedelaar van Masaccio en reuma bij een cupido van Caravaggio.

注釋／引源：林布蘭自畫像

Elfstedentocht

Circa 2.000 schaatsers raakten op 4 januari 1997 gewond bij de Elfstedentocht. Ruim 800 schaatsers hadden last van bevriezingen, van de ogen (660) tot de penis (3). Daarnaast waren er rijders met botbreuken (55), hoofdwonden (39), ontwrichte ledematen (19), hartproblemen (4) en een dwarslaesie. Eén man overleed aan een hartinfarct. Artsen van het Medisch Centrum Leeuwarden meldden dit in het Nederlands Tijdschrift voor Geneeskunde.

注釋／引源：ELFSTEDEN TOCHT 1997

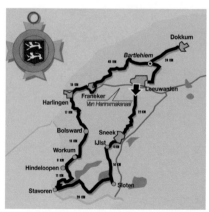

注釋／引源：ELFSTEDEN TOCHT 1997

Les 20

BIJ DE CHINEES

（在中國菜餐館）

一、連連看

（口語與一般的敘述句）

	Spreektaal（口語）
A	Dat loopt aardig op!（那要花很多錢！）
B	Ik plof!（我吃太多了。）
C	Ben je betoeterd?（你瘋了嗎？）
D	Ik snak naar....（我渴望…）
E	Ik zal een royaal gebaar maken.（我會很慷慨的。）
F	Ik rammel van de honger!（我餓得咕嚕咕嚕叫。）

	normale taal （一般）
甲	Ik heb genoeg gehad.（我吃飽了。）
乙	Ik doe iets goeds voor jullie.（我為你們做點好吃的。）
丙	Dat kost veel geld.（那個要花很多錢。）
丁	Ik heb trek in een....（我想要吃…）
戊	Ik heb heel veel honger.（我肚子很餓。）
己	Ben je gek?（你瘋了嗎？）

二、短文

Als u een doorsnee Nederlander naar een traditioneel Nederlands gerecht vraagt, krijgt u waarschijnlijk – na een korte aarzeling – als antwoord: bruine bonen, stamppot of erwtensoep. Maar dat is echt niet alles, want een belangrijk gedeelte van de Nederlandse keuken vindt u bij de Chinees. Dat is de liefdevolle beschrijving van een Chinees of Indonesisch-Chinees restaurant. Wat voor een Amerikaan de hotdog is, dat is voor een Nederlander een loempia of een portie nasi goreng met kroepoek. Dat kun je in het restaurant eten of afhalen en thuis eten.

（當您問一般的荷蘭人典型的荷蘭食物——在短暫的猶豫之後——您得到的答案很可能會是：棕色豆子、馬鈴薯泥或是豆子湯。但並不全然如此，因為您在中國菜餐館裡會發現荷蘭飲食很重要的一部分，那就是中國菜或中國印尼菜餐館裡令人喜愛的描述。美國人吃熱狗，就像是荷蘭人吃炸春捲或是一份主菜配炒飯與蝦餅一樣。你可以在餐館吃或是買回去在家裡吃。）

三、補給站

1. De volgende verschillen geven een aardig idee over het eigen karakter van de Chinese en Indonesische keuken.（以下提供中國菜和印尼菜個別不同特色的觀點）

Indonesisch （印尼菜）	Chinees （中國菜）
-meestal geen voorgerecht（多無前菜）	-wel een voorgerecht（有前菜）
-veel kruiden（用很多香料）	-weinig kruiden（少用香料）
-weinig varkensvlees（很少豬肉）	-veel varkensvlees （很多豬肉）
-gerechten zijn vaak scherp（菜式口味辛辣）	-gerechten zijn vaak zoet（菜式口味甜）
-eten met vork en lepel（用叉子與湯匙吃）	-eten met stokjes（用筷子吃）

2. 對話練習題材

（歡迎使用周遭親友的個人飲食習慣來做練習。）

Zoek iemand die...（找一個…的人）
舉例如下：
    -vaak Chinees eet.（經常吃中國菜）
    -af en toe eten haalt.（偶爾買外帶）
    -weleens Indonesisch heeft gegeten.（吃過印尼菜）
    -zelf graag buitenlands eten kookt.（喜歡自己做異國料理來吃）
    -behalve Nederlands nog andere vreemde talen spreekt.（除了荷語之外還會講其他外語）
    -in het buitenland heeft gewoond.（住過國外）
    -buitenlandse collega's/vrienden heeft.（有外籍同事或朋友）

Eet u[je] vaak Chinees?（您〔你〕常吃中國菜嗎？）
    Ja, vrij vaak.（是啊，很常呢。）
    Nee, ik lust het wel maar ik eet het niet zo vaak.（不，我是很喜歡，但不常吃。）
    Nee, dat lust ik niet.（不，我不很喜歡。）

Is dat Italiaanse wijn?（那是義大利葡萄酒嗎？）
    Ja, dat is Italiaanse wijn.（是，那是義大利葡萄酒。）
    Nee, je zit er helemaal naast.（不是，你完全錯了。）

Spreekt u [Spreek je] behalve Nederlands nog andere vreemde talen?
（除了荷蘭語您〔你〕還會其他外語嗎？）

　　Ja, ik spreek nog... （是啊，我還會…）

　　Nee, alleen maar Nederlands. （不，我只會講荷蘭語。）

Hebt u [Heb je] weleens in het buitenland gewoond? （您〔你〕曾住過國外嗎？）

3. 北非及泛歐地區的各國名稱（依字母順序排列）

België（比利時）	Nederland（荷蘭）
Bulgarije（保加利亞）	Noorwegen（挪威）
Denemarken（丹麥）	Oostenrijk（奧地利）
Duitsland（德國）	Polen（波蘭）
Engeland（英格蘭）	Portugal（葡萄牙）
Finland（芬蘭）	Roemenië（羅馬尼亞）
Frankrijk（法國）	Schotland（蘇格蘭）
Griekenland（希臘）	Slovenië（斯洛維尼亞）
Hongarije（匈牙利）	Slowakije（斯洛伐克）
Ierland（愛爾蘭）	Spanje（西班牙）
Italië（義大利）	Tsjechië（捷克）
Klein-Joegoslavië（南斯拉夫）	Turkije（土耳其）
Kroatië（克羅埃西亞）	Wales（威爾斯）
Luxemburg（盧森堡）	Zweden（瑞典）
Macedonië（馬其頓）	Zwitserland（瑞士）
Marokko（摩洛哥）	

四、練習

1. 請在空白部分填入正確的字詞。一般來說，女性國民只要在其國籍形容詞格式後加 e 即可，但法國與俄羅斯這兩個國家例外。

	名詞（該國名）	形容詞	名詞（該國男性）	名詞（該國女性）
(1)	Nederland		Nederlander	
(2)	Duitsland	Duits		
(3)	België		Belg	
(4)	Griekenland	Grieks		
(5)	Engeland			
(6)	Denemarken			
(7)	Zwitserland		Zwitser	
(8)	Italië			Italiaanse
(9)	Spanje			
(10)	Turkije	Turks		
(11)	Rusland			
(12)	Frankrijk		Fransman	
(13)	Portugal	Portugees		
(14)	Amerika			Amerikaanse
(15)	Zuid-Afrika			Zuid-Afrikaanse
(16)	Marokko	Marokkaans		
(17)	Oostenrijk	Oostenrijks		
(18)	China			Chinese
(19)	Indonesië			Indonesische

2. 請依提示填入適當的答案。

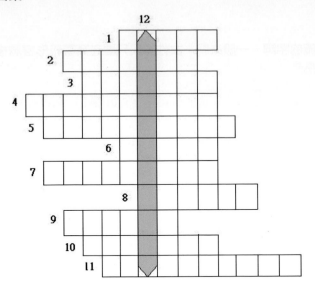

(1) opvang van vluchtelingen（接收難民）
(2) iets wat je vertelt（你說的事）
(3) een lekker hapje uit China（出自中國的美味）
(4) raar（奇怪的）, stom（笨的）
(5) een typisch Nederlands gerecht（一種典型的荷蘭菜）
(6) het is ~ noch vis（那是～不是魚）
(7) iets lekkers aanbieden, voor iemand betalen（為某人的吃喝付賬）
(8) anders, niet van hier（不同的；不是出自這裡的）
(9) bestuur（管理；規定）
(10)een man uit een bepaald land in Azië（一個來自亞洲某個國家的人）
(11)goed te verstaan（可透徹瞭解的）
(12)maatschappij（同居；社會）, gemeenschap（交流；連結）

3. 請填入相互對應的字詞。

interessant ...., zoet..................................., gezond................................... ,

veel...................................,   vraag ...., nat .... ,

warm ...., snel..................................., hoger................................... ,

binnen..................................., met ...., meer .... ,

kort..................................., actief ...., eind ....

4. 請將下列字依正確順序寫出來。

(1) en – Kuiper – zijn – willen – eten – Meneer – vrouw – gaan – uit

(2) bestelt – twee – Als – mevrouw – loempia's – voorgerecht – Kuiper

(3) behalve – Duits – Postma – Nederlands – Mevrouw – ook – en – Engels – spreek

(4) Chinees – heel – Nederlanders – De – bij – meeste – de – graag – eten

(5) zijn – jaar – gewoond – heeft – Meneer – vijf – in – in – Suriname – Brouwers – jeugd

(6) er – ingaan – lekkere – zal – nog – loempia – Een – wel

(7) met – liefst – ik – nasi – portie – Het – kroepoek – goreng – een – eet

5. 請依提示填入適當的字。

*afkomstig zijn uit	*behalve	*ploffen	*rammelen
*stokjes	*typisch	*worden	

(1) Ik heb echt genoeg gegeten, ik _____ bijna!

(2) Onze buurman _____ _____ _____ Turkije.

(3) In een Chinees restaurant kan je met _____ eten.

(4) Ik _____ van de honger! Zullen we even wat eten?

(5) Kaas en bloemen zijn _____ Nederlandse producten.

(6) In België _____ Frans, Nederlands en Duits gesproken.

(7) Spreek jij _____ Engels nog een andere vreemde taal?

解答篇

Les 1

二、連連看

A配丁；B配戊；C配辛；D配甲；E配庚；F配丙；G配己；H配乙

三、填填看

(Part I)

1 Goedenavond!

2 Goedemorgen!

3 Goedemiddag!

4 Dag!

(Part II)

2 Woont u in Lelystad?

4 Tot ziens!

3 Waar kom je vandaan?

1 Cuyper. Prettig met u kennis te maken.

五、練習

1. (1) komt　(2) bent　(3) woont　(4) ga　(5) klinkt　(6) vertel　(7) gaat　(8) heet

2. (1) woon　(2) Kom　(3) kan　(4) is　(5) Woont　(6) heet　(7) ga　(8) Kan 或 Kun　(9) ben　(10) Ga

3. (1) hallo（早上，晚間，哈囉，下午）
   (2) bij（是，是，在，是）
   (3) hoe（出自，跟，在…之上，如何）
   (4) Nederland（比利時，荷蘭，德國，法國）
   (5) een（您，一，我，他）

4. (1) op　(2) uit 或 in　(3) aan　(4) met　(5) bij

5. (1) Waar woont u? 或 Waar woon je?（您或你住在哪？）
   (2) Woon je in 或 Woont u in Utrecht?（你或您住在 Utrecht 嗎？）
   (3) Zit hier al iemand?（這裡有人坐嗎？）
   (4) Ben je Jan Swinkels? 或 Bent u Jan Swinkels?（你或您是 Jan Swinkels 嗎？）
   (5) Komt u uit 或 Kom je uit Nederland?（您或你來自荷蘭嗎？）
   (6) Hoe heet je?（你叫什麼名字？）
   (7) Kunt u 或 Kunt je dat spellen?（您可否拼一下呢？）

6. (1) Waar kom je vandaan?（你來自哪裡？）
   (2) Waar woont u?（您住在哪？）
   (3) Woont u ook in Nederland?（您也住在荷蘭嗎？）
   (4) Ik ben geboren in Ierland. 或 Ik ben in Ierland geboren. （我在愛爾蘭出生。）
   (5) Kun je dat spellen?（您可否拼一下呢？）
   (6) Prettig met u kennis te maken.（很高興認識您。）
   (7) Bent u de nieuwe collega?（您是那位新同事嗎？）

7. (1) Dag, hoe（你好，請問你叫什麼名字？）
   (2) Ik, En（我是 Marlies。你呢？）
   (3) naam, is（我是 Ank van Zanten。）
   (4) waar, vandaan（你來自哪裡？）
   (5) uit, woon（我來自 Zaandam，但現在住在 Almere。）

Les 2

二、連連看

(Part I)
A配丙；B配丁；C配甲；D配戊；E配乙

(Part II)
A配丁；B配戊；C配乙；D配丙；E配己；F配A

三、填填看

1 Prettig met u kennis te maken.
3 Hoe is het met Janny en Toon?
4 Hoi, hoe gaat het ermee?
2 Goed. En met u?

六、練習

1. (1) werkt　(2) gaat　(3) maakt　(4) boffen　(5) leer　(6) hebben　(7) maakt　(8) Heb　(9) woont　(10) zijn　(11) werk　(12) kom　(13) gaat　(4) maakt　(15) Mag　(16) kunt 或 kun　(17) Moet　(18) Kunt　(19) Mogen　(20) kan　(21) moet 或 moeten

2. (1) u　(2) ons　(3) hem　(4) je 或 jou　(5) haar, hen　(6) haar

3. (1) op 或 met　(2) in　(3) op　(4) met　(5) naar　(6) uit　(7) voor 或 bij

4. (1) geluk　(2) vrouw　(3) u　(4) maken　(5) adres

5. (1) Hoe gaat het met u/je?（您／你好嗎？）
   (2) Waar woont u? Waar woon je?（您住哪？／你住哪？）

(3) Heb je/Hebt u een fax?（你／您有傳真機嗎？）

(4) Ben je hier op vakantie?（你在這兒渡假嗎？）

(5) Kun je/Kunt u dat even spellen?（你／您可以拼一下嗎？）

(6) Heb je/Hebt u ook telefoon?（你／您也有電話嗎？）

6. (1) Nee, niet　(2) niet, Nee, niet, geen　(3) niet, geen

7. Mijn,　Mijn,　Onze,　Zijn,　Hun,　Haar

8. cursisten,　boffen,　weer,　buurt,　stapje,　mogen

9. (1) Hoe gaat het vandaag?（你今天好嗎？）

(2) Leer jij ook Nederlands?（你也學荷語嗎？）

(3) Mag ik mijn vriend voorstellen?（我可以介紹我的朋友嗎？）

(4) Dit is mijn vriendin Anne.（這是我女朋友 Anne。）

(5) Prettig met u kennis te maken.（很高興認識您。）

(6) Woon jij hier in de buurt?（你住在這附近嗎？）

Les 3

三、填填看

(Part I)

6　slordig

4　druk

5　sportief

3　romantisch

2　pessimistisch

1　grappig

(Part II)

1. groot

4. dik

8. blond

11. kort

12. knap

13. mooi

五、練習

1. (1) Bedoel　(2) heet　(3) Draagt　(4) kijken　(5) is　(6) houd　(7) staat　(8) Zegt　(9) staat

2. (1) het　(2) de　(3) het　(4) het　(5) de　(6) het　(7) het　(8) de　(9) het　(10) het　(11) de　(12) het

3. (1) bruine　(2) sportieve　(3) groen　(4) romantisch　(5) klein　(6) witte　(7) knap　(8) aardige　(9) drukke

4. (1) knap　(2) lief　(3) helemaal　(4) collega

5. zoon,　ogen,　donker,　sportief,　avond,　ver

6. (1) Ik bedoel dat blonde meisje.（我是說那個金髮女生。）
   (2) Paul is haar zwager.（Paul 是她的小叔。）
   (3) Dit is mijn nieuwe collega.（這是我的新同事。）
   (4) Mijn broer is heel aardig.（我的兄／弟人很好。）
   (5) Komen ze allebei uit Frankrijk?（他們倆都來自法國嗎？）
   (6) Gertie heeft bruine ogen en lang haar.（Gertie 有棕色的眼睛和長頭髮。）
   (7) Die bril staat hem heel goed.（他戴那副眼鏡非常好看。）
   (8) Ze ziet er sportief uit.（她看來似乎很喜歡運動的樣子。）

7. (1) Wat is hij voor een type?（他是哪類型的人？）
   (2) Waar kom jij/komt hij/zij/u vandaan?（你／他／她／您來自哪裡？）
   (3) Hoe ziet zij eruit?（她看起來如何？）
   (4) Hoe heten uw vrouw en kinderen?（您太太和小孩的大名是？）
   (5) Doet hij aan sport?（他運動嗎？）
   (6) Wat is haar achternaam?（她的姓是什麼？）

8. (1) dat,dat　(2) deze/die,dit/dat,dat/dit　(3) Dit,dit　(4) Dat,dat　(5) Deze/Die,deze/die

Les 4

四、練習

1. (1) Neemt　(2) woont　(3) Ga　(4) Is, kan　(5) vertrekt　(6) geloven　(7) duurt　(8) heeft

2. (1) Het is kwart over drie.
   (2) Het is vijf over half zes.
   (3) Het is vijf voor acht.
   (4) Het is kwart voor elf.
   (5) Het is zeven over acht.
   (6) Het is vier voor half twee.
   (7) Het is half acht.
   (8) Het is vijf voor twaalf.
   (9) Het is tien over zeven.

3. (1) Een minuut heeft zestig seconden.（一分鐘有六十秒。）
   (2) April heeft dertig dagen.（四月有三十天。）
   (3) Een dag heeft 1440 minuten.（一天有一千一百四十分鐘。）
   (4) Een jaar heeft twaalf maanden.（一年有十二個月。）
   (5) Een millennium heeft tien eeuwen.（一個千禧年有十個世紀。）

4. (1) de minuten　　　(2) de plaatsen　　　(3) de dochters　　　(4) de meisjes
　　(5) de radio's　　　(6) de boeken　　　(7) de jaren　　　(8) de zoons或de zonen
　　(9) de winkels　　　(10) de zussen　　　(11) de appels　　　(12) de neven
　　(13) de provincies　　　(14) de brillen　　　(15) de steden　　　(16) de ogen
　　(17) de woorden　　　(18) de types或de typen　　　(19) de telefoons　　　(20) de ooms

5. (1) Er is een bioscoop in de Parkstraat.（Parkstraat 街上有家電影院。）
　　(2) Er is een slagerij in de Parkstraat.（Parkstraat 街上有家肉舖。）
　　(3) Er zijn enkele kledingswinkels in de Nieuwstraat.（Nieuwstraat 街上有幾家服飾店。）
　　(4) Er is een supermarkt in de Kerkstraat.（Kerkstraat 街上有家超市。）
　　(5) Er zijn twee parkjes in de Beethovenstraat.（Beethovenstraat 街上有兩個公園。）
　　(6) Er is een bakkerij in de F. Hendrikstraat.（F. Hendrikstraat 街上有家麵包店。）
　　(7) Er is een theater in de Beukstraat.（Beukstraat 街上有家戲劇院。）
　　(8) Er zijn veel parkeerplaatsen in de Vlietstraat.（Vlietstraat 街上有許多停車位。）
　　(9) Er is een fontein in de Schoolstraat.（Schoolstraat 街上有個人造噴泉。）

6. (1) Ik heb er....（我有…）
　　(2) Ik heb er...（我有…）
　　(3) Ik ken er....（我認得…）
　　(4) Dit boek heeft er....（這書有…）
　　(5) Ik heb er....（我有…）
　　(6) Ik heb er....（我有…）

7. (1) auto　(2) 依性別分：dochter 或依家庭關係分：neef　(3) gisteren　(4) weekend　(5) vanmorgen

8. (1) conducteur（查票員）　　　(2) plaatsbewijs（座位證）　(3) Oostenrijk（奧地利）
　　(4) grachtenrondvaart（搭遊船瀏覽運河）　(5) zondag（週日）　　　(6) stamboom（家族譜）
　　也就是說1 = t；2 = p；3 = r；4 = d；5 = s；6 = u；7 = l；8 = c；9 = g；10 = a；11 = o；12 = w；
　　　　　13 = k；14 = e；15 = b；16 = v；17 = z；18 = m；19 = h；20 = n；21 = ij

9. (1) Neemt u me niet kwalijk, maar dat is mijn plaats.（請您別介意，這是我的位子。）
　　(2) Hoeveel broers en zussen hebt u?（您有幾個兄弟姊妹？）
　　(3) De kleine man op de foto heeft een snor.（照片上那小個子男人有小鬍鬚。）
　　(4) De film begint om vijf voor half negen.（電影八點二十五分開演。）
　　(5) Meneer, weet u hoe laat het is?（先生，您知道現在幾點嗎？）
　　(6) Hoe laat vertrekt de volgende trein naar Den Bosch?（下一班開往 Den Bosch 的火車幾點發車？）
　　(7) Er zijn in Amsterdam veel musea.（阿姆斯特丹有許多博物館。）

10.(1) Er wordt een rekening gestuurd.（寄了一張帳單。）
　　(2) Er wordt veel reclame voor wasmiddelen gemaakt.（有許多洗衣劑的廣告。）
　　(3) Er wordt vaak illegaal een CD gekopieerd.（很多時候CD都被非法拷貝。）
　　(4) Er worden vaak dure geschenken gegeven.（人們常送昂貴禮物。）
　　(5) Er wordt naar de vermiste jongen gezocht.（人們尋找那失蹤男孩。）
　　(6) Er wordt meestal veel te hard gereden.（人們常常開車太快。）

(7) Er wordt streng gecontroleerd. （查驗是嚴格的。）

(8) Er wordt veel gelachen. （人們常常笑。）

(9) Er wordt vaak naar voetbalwedstrijden gekeken. （人們常看足球比賽。）

Les 5

二、填填看

6	ontbijten
2	beginnen met je werk
1	zich aankleden
3	naar bed gaan / gaan slapen
5	douchen
4	pstaan

六、練習

1. (1) sta, op   (2) slaap, uit   (3) kleed,me,aan   (4) wast zich   (5) lees,drink   (6) overleggen   (7) wil,willen

2. (1) tv kijken（依起床後會有的一連串動作來看）

   (2) cursus（其他都是建築物）

   (3) koffie（其他都是固體）

   (4) werken

   (5) boterhammen

3. (1) c   (2) g   (3) a   (4) d   (5) h   (6) b   (7) e   (8) f

4.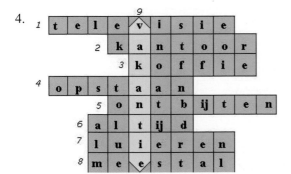

5. (1) Meneer Roelofsen staat om zeven uur op. （Roelofsen 先生七點起床。）

   (2) Wij gaan vanavond met vrienden op stap. （我們今晚和朋友出去。）

   (3) In de vakantie slaap ik lang en lees de krant. （休假期間我睡得較長並會看報紙。）

   (4) De kinderen komen om 16.00 uur van school naar huis. （孩子們下午四點從學校返家。）

   (5) Bij het ontbijt eet ik broodjes met ham en kaas. （早餐我吃吐司夾火腿和乳酪。）

   (6) Zijn vrouw gaat 's morgens winkelen. （他太太每天逛街。）

   (7) Ruud wil een kopje koffie drinken. （Ruud 想喝杯咖啡。）

6. (1) Ik drink af en toe koffie bij het ontbijt.

   (2) Mijn partner maakt altijd het ontbijt klaar.

   (3) Nee, ik nooit met de trein naar mijn werk.

   (4) Ja, mijn collega's eten meestal om 12.00 uur een boterham.

   (5) Ja, soms kijk ik 's avond tv.

   (6) Ja, ik spreekt vaak Nederlands met mijn vrienden.

7. (1) staat, op（Laura 每天七點起床。）

   (2) naar（她八點十五分去上班。）

   (3) Soms（有時她會和一位同事喝茶。）

   (4) werkt（她多半在辦公室工作到五點一刻。）

   (5) Daarna（然後回家。）

   (6) kijkt, tv（用過餐後，有時她和孩子一起看看電視。）

   (7) slapen（她大都在十點四十五分左右睡覺。）

   (8) ziet, eruit（這就是 Laura 的每日生活寫照。）

8. ons, zich, me, me, ons, ons, me, je

9. (1) Victoria praat erover met haar vrienden.（Victoria 與她的朋友們談有關地的事。）

   (2) Ik heb geen tijd om ernaar te kijken.（我沒時間看新聞。）

   (3) Zul je eraan denken?（你要不要去採買呢？）

   (4) Jan en Marieke wonen ernaast.（Jan 和 Marieke 住在教堂隔壁。）

   (5) Wat wil jij erop, pindakaas of hagelslag?（你的三明治要夾什麼，花生醬或巧克力絲？）

   (6) De rommel zit erin.（雜亂物放垃圾袋裡面。）

   (7) Joost zet zijn schoenen ernaast.（Joost 把鞋放在門旁邊。）

   (8) Hij luistert er graag naar.（他很愛聽那節目。）

   (9) Karin legt er het bestek naast.（Karin 把餐具擺在盤子旁邊。）

   (10) Ik geef er niet veel om.（我不喜歡肥皂劇節目。）

10.(1) Er staat chocolademelk in de koelkast.（巧克力牛奶在冰箱裡。）

   (2) Er zijn tien lessen in elke aflevering.（每一章裡面有十課。）

   (3) Er zijn veel mensen op bezoek geweest.（許多人來過了。）

   (4) Er staat een auto voor de deur.（門前有輛車。）

   (5) Er is geen werk bij dit bedrijf.（這家公司沒工作啦。）

   (6) Er hoort een dekseltje op dat potje.（聽到茶壺蓋子在鳴叫了。）

   (7) Er is niemand in de klas.（課堂上沒人。）

   (8) Er is iets gebeurd op dat kruispunt.（十字路口有些事發生了。）

Les 6

一、連連看

   A配丙；B配丁；C配甲；D配乙

四、練習

1. (1)Ik <u>ben</u> vandaag op tijd <u>opgestaan</u>.（我今天準時起床。）

　　原型動詞：opstaan

　(2)Gisteren <u>zijn</u> we bij mijn oma op de koffie <u>geweest</u>.（昨天我們去阿嬤家喝咖啡。）

　　原型動詞：zijn

　(3)Ik <u>heb</u> tot 1985 in Portugal <u>gewoond</u>.（我在葡萄牙住到一九八五年。）

　　原型動詞：wonen

　(4)Hij <u>heeft</u> zijn vrouw in 1972 in Nairobi <u>ontmoet</u>.（他在一九七二年 Nairobi 遇見他太太。）

　　原型動詞：ontmoeten

　(5)Anne Marie <u>heeft</u> de verjaardag van Pieter <u>vergeten</u>.（Anne Marie 忘記了 Peter 的生日。）

　　原型動詞：vergeten

　(6)<u>Zijn</u> jullie met het vliegtuig naar Madrid <u>gegaan</u>?（你們是搭飛機到馬德里的嗎？）

　　原型動詞：gaan

　(7)<u>Heb</u> je al wat <u>gegeten</u>?（你已經吃了一些東西了嗎？）

　　原型動詞：eten

　(8)Peter en Margot <u>zijn</u> twee jaar geleden <u>getrouwd</u>.（Peter 和 Margot 已結婚兩年。）

　　原型動詞：trouwen

　(9)Wanneer <u>bent</u> u precies naar Nederland <u>verhuisd</u>?（您確切是何時搬到荷蘭的？）

　　原型動詞：verhuizen

　(10)Ik <u>heb</u> vanochtend alle formulieren <u>ingevuld</u>.（我今早已將所有表格都填寫完畢。）

　　　原型動詞：invullen

2. (1) gemaakt（Cees 練習三沒有做。）

　(2) gespeld（我們前一課有拼寫名字。）

　(3) gevraagd（我有問過 Isabel 了。）

　(4) gezegd（他整天都沒有說什麼話。）

　(5) gekend（Ineke 從未認識她奶奶。）

　(6) gewerkt（你昨天有工作嗎？）

　(7) geluncht（你們已經吃午飯了嗎？）

　(8) gepraat（我說了整天的荷蘭語！）

3. (1) Heb, geluisterd（你今天早上有聽收音機嗎？）

　(2) Hebben, gehoord（你們有聽到那重大新聞嗎？）

　(3) heeft, gewoond（Sandra 在阿姆斯特丹住過五年。）

　(4) heb, geprobeerd, is, gelukt（我已經嘗試過，但並未成功。）

　(5) zijn, getrouwd（Gerard 和 Ank 昨天結婚。）

　(6) zijn, gefietst（上週末我們騎單車到 Den Helder。）

　(7) heb, geleerd（誰教你那個的？）

4. (1) Bart en Michiel hebben met hun vrienden gevoetbald.

　　（Bart 曾和 Michiel 及他們的朋友踢足球。）

　(2) Astrid heeft haar fiets gerepareerd.（Astrid 的單車修好了。）

　(3) Roel heeft in Londen gestudeerd.（Roel 曾在倫敦唸書。）

　(4) We hebben een fietstocht op de Veluwe gemaakt.

　　（我們曾在 Veluwe 這個地方騎單車旅行。）

(5) Ze hebben in Domburg gekampeerd.（她們曾在 Domburg 露營。）

(6) Zaterdag heb ik mijn verjaardag gevierd.（我已在週六慶生了。）

(7) Heb jij koffie gezet?（你已準備好咖啡了嗎？）

(8) De fietser is om de hoek van de straat verdwenen.（那個騎單車的人已消失在街角。）

(9) De les is om negen uur begonnen.（課程已於九點開始。）

(10) De pijn in mijn rug is verdwenen.（背痛已消失了。）

(11) Hij is niet lang op die bijeenkomst gebleven.（他沒有在集會上停留很久。）

(12) Ik hoop dat hij voor zijn examen is geslaagd.（我希望他已考試成功。）

(13) De oude man is rustig in zijn slaap gestorven.（那個老人已在睡眠中安詳地去世。）

(14) Die mooie spiegel is gebarsten.（那面漂亮的鏡子已經裂了。）

(15) Die leuke reis is ons goed bevallen.（那趟旅程我們很愉悅。）

(16) Met die wasmiddel zijn de plekken als sneeuw voor de zoon verdwenen.

  （用了這個洗衣劑洗衣服髒污都不見，就像雪在陽光下融化一樣。）

(17) De kinderen zijn van de harde knal geschrokken.（孩子們對這個衝擊感到很震驚。）

(18) De prijs van benzine is met twee eurocent gestegen.（汽油價錢已上漲兩分錢了。）

(19) Jij bent niet op school geweest.（你沒去上學。）

5. (1) gezet (2) gevraagd (3) gekend (4) gefietst

6. (1) Jullie hebben je huis laten opknappen.（你們已經整修好房子了。）

(2) Zij heeft haar haren laten verven.（她已經染髮了。）

(3) De kinderen hebben hun speelgoed laten liggen.（孩子們已經把玩具擱著了。）

(4) Ik heb mijn foto's laten afdrukken.（我已經沖洗照片了。）

(5) Hij heeft de deur open laten staan.（他已經讓門開著了。）

(6) Joost heeft zijn eten koud laten worden.（Joost 已經把吃食擱到變涼了。）

(7) Ik heb mijn boeken op school laten liggen.（我已經把書放在學校了。）

(8) Jij hebt je nieuwe CD laten horen.（你已經放新 CD 聽了。）

7. (1) Hij heeft zijn tas thuis gelaten.（他已經把袋子放在家裡了。）

(2) Hij heeft haar met rust gelaten.（他已經沒有打擾她了。）

(3) Wij hebben de deur open gelaten.（我們已經讓門開了。）

(4) Ik heb de ramen dicht gelaten.（我已關上窗戶了。）

(5) Wij hebben onze vrienden achter gelaten.（我們已經讓朋友們在後面了。）

(6) De controleur heeft de bezoekers door gelaten.（查驗員已經讓訪客通過了。）

(7) Joost heeft de hond uit gelaten.（Joost 已經讓狗出去了。）

8. (1) Fietsend verkennen ze de omgeving.（他們騎著單車認識環境。）

(2) De meisjes lopen kletsend door het winkelcentrum.

  （那些女孩邊走邊聊地逛市中心。）

(3) Hoestend en proestend komt hij boven water.（他咳嗽咳到把水吐出來。）

(4) Jankend loopt de hond weg.（一喊叫那隻狗就跑了。）

(5) Briesend en snuivend galoppeert het paard over de vlakte.

  （那匹馬鼻頭一噴一吸地在平地上全速奔跑。）

(6) Zittend aan zijn bureau, telefoneert hij met zijn vriendin.
（他坐在書桌上跟他女朋友講電話。）

(7) De kinderen naar bed gebracht hebbende, ging ze televisie kijken.
（當時帶孩子們上床去睡覺以後，她去看電視。）

(8) Nauwelijks gearriveerd zijnde, moest hij al weer weg.
（他那時才剛剛到，又得離開了。）

(9) Chips etend en cola drinkend, kijken de kinderen naar de film.
（孩子們邊吃洋芋片、喝可樂邊看電影。）

(10) Bloedend ligt de gewonde op straat.（那個受傷的人流著血躺在街道上。）

Les 7

二、連連看

(Part I)

1. doet het huishouden: A

2. doet boodschappen: A

3. geeft raad:E

4. geeft bekeuringen:C

5. kookt: A

6. helpt met huiswerk: A

7. rijdt: B

8. maakt schoon: A

9. stofzuigt: A

10. staat in de file: B

11. snijdt brood: A

12. telefoneert: D

13. verkoopt kaartjes: B

14. zet koffie: A

15. leest en schrijft/beantwoordt brieven:D

(Part II)
A配庚；B配丁；C配戊；D配己；E配丙；F配甲；G配乙

三、填填看

3　　de dokter

10　de lerares

4　　de opticien

7　　de politieagent

12　de groenteboer

11　de dominee

9　　de tuinman

6　de secretaresse

|1| de orgelman
|8| de kapper
|2| de verkoopster
|5| de fietsmonteur

六、練習

1. (1) kapper（Jan，我堂兄，是個理髮師。）
   (2) verkopers 或 verkoopsters（那個行業的每個推銷員都有租來的車。）
   (3) lerares（她在一間中學當老師。）
   (4) verpleegster（Erica 唸完專科學校。她現在在一間大醫院當護士。）
   (5) docenten（在 Den Haag 的 Talencentrum 有十七位老師。）
   (6) vrouwelijke artsen（醫生大多是男性，但現在總算看到較多的女醫生了。）
   (7) journaliste（她在一鄉間報紙擔任記者的工作。）
   (8) actrices（你是否認識許多荷蘭男演員和女演員？）

2.

3. (1) 接 f（女警是在警局工作的女性。）
   (2) 接 d（售貨員是賣東西的人。）
   (3) 接 a（女老師是教課的女性。）
   (4) 接 e（醫生是幫助病人的人。）
   (5) 接 h（菜販是賣菜的人。）
   (6) 接 c（驗光師是賣眼鏡的人。）
   (7) 接 b（司機是巴士的人。）
   (8) 接 g（行政工作人員是公司資料的更替者。）

4. (1) Ik <u>heb</u> al overal <u>gezocht</u>, maar ik kan mijn pen niet vinden.（我已經全找遍了，但就是找不到我的筆。）
   動詞原型：vinden
   (2) <u>Zijn</u> Thomas en Leonie nog lang <u>gebleven</u>?（Thomas 和 Leonie 還要待很久嗎？）
   動詞原型：blijven
   (3) Goedemorgen, <u>heb</u> je lekker <u>geslapen</u>?（早安，睡得好嗎？）
   動詞原型：slapen
   (4) We <u>hebben</u> gisteren gezellig bij de pizzeria <u>gegeten</u>.（我們昨天在披薩店吃得很愉快。）
   動詞原型：eten

(5) Onze buren <u>hebben</u> een ander huis <u>gekocht</u>.（我們的鄰居買了另外一間房子。）
　　動詞原型：kopen

5. (1) gereden（我們十個小時後將抵達法國南部。）
　　(2) gedronken（Niels 和 Anouk 喝了杯咖啡。）
　　(3) gegaan（他們十點半離開回家去了。）
　　(4) gelopen（你們走完全程嗎？）
　　(5) gesproken（我累了；說了整天的荷語。）
　　(6) gehad（我們今天沒課。）
　　(7) gedaan（你上週末做了些什麼？）

6. (1) b　(2) d　(3) a　(4) c

7. (1) Mijn zus heeft gisteren een auto gekocht.（我姊昨天買了一輛車子。）
　　(2) Vorige week heb ik de trein genomen.（我上週有搭火車。）
　　(3) Eergisteren hebben wij de fiets gerepareerd.（我們前天修理那腳踏車。）
　　(4) Ik ben het afgelopen weekend in bed gebleven.（我上週末躺在床上。）
　　(5) Twee weken geleden hebben jullie de nieuwe woorden geleerd.（你們兩週前學了那些新單字。）
　　(6) Toen hebt u koffie gezet.（當時你已經準備好咖啡。）
　　(7) Gisteren is mijn zus naar school gegaan.（昨天我妹妹去學校。）
　　(8) Mieke heeft de fiets in 1992 gekocht.（Mieke 是在一九九二年買那部單車的。）

8. (1) Mijn zus heeft me met mijn huiswerk geholpen.（我姊已協助我做功課。）
　　(2) Matthijs heeft vandaag de boodschappen gedaan.（Matthijs 今天已購物了。）
　　(3) De meeste brieven heeft mijn secretaresse geschreven.（我的秘書已寫了大部分的信。）
　　(4) Na de les heeft de docent met enkele cursisten gesproken.（老師已在課後和一些學生談話。）
　　(5) Ik heb mijn fiets verkocht.（我賣掉了我的單車。）
　　(6) Heb je de krant vandaag niet gelezen?（你今天還沒看報紙嗎？）
　　(7) Hoe laat hebben jullie vandaag koffiepauze gehad?（你們今天幾點休息喝咖啡？）
　　(8) Hij heeft mij vaak goede raad gegeven.（他常給我好的建議。）

9. (1) secretaresse（她曾做過辦公室秘書的工作。）
　　(2) voor het eerst（我們的西班牙籍友人是第一次來荷蘭。）
　　(3) al（我在這兒工作五年了。）
　　(4) handen vol（警務人員很忙。）
　　(5) verpleegster（Mariska 是護士。她在一家教學醫院工作。）
　　(6) huisvrouw（當家庭主婦也會讓你整天忙碌。）

Les 8

二、連連看
　　A配戊；B配己；C配庚；D配丁；E配乙；F配甲；G配丙

五、練習

1.

	名詞的縮小號		名詞的縮小號
(1)	het straatje （小街道兒）	(10)	een lief kindje（可愛的小孩兒）
(2)	het glaasje（小玻璃杯兒）	(11)	een lekker soepje（美味的湯品兒）
(3)	het huisje（小房子兒）	(12)	het nieuwe gerechtje（新菜色兒）
(4)	het stadje（小城市兒）	(13)	een druk plaatsje（忙碌的小地方兒）
(5)	het briefje（短箋；信兒）	(14)	het groene flesje（綠色的小瓶兒）
(6)	het flesje（小瓶兒）	(15)	een leuk afspraakje（很好的會談）
(7)	het soepje（小湯點兒）	(16)	het gezellige restaurantje（舒適的小餐館兒）
(8)	het woordje（小字彙兒）		
(9)	het gedichtje（短詩文兒）		

2. (1) <u>Heb</u> je alle formulieren al <u>ingevuld</u>?（你每張表格都填好了嗎？）
   　　原型動詞：invullen
   (2) Bart <u>heeft</u> mijn brieven nog niet <u>beantwoord</u>.（Bart 還沒有回覆我的信。）
   　　原型動詞：beantwoorden
   (3) Waarom <u>heb</u> je dat niet eerder <u>verteld</u>?（你為什麼不早點告知呢？）
   　　原型動詞：vertellen
   (4) Ik <u>heb</u> Mirjam vanochtend <u>opgebeld</u>.（我今早已打電話給 Mirjam 了。）
   　　原型動詞：opbellen
   (5) We <u>zijn</u> wat later <u>begonnen</u>.（我們是比較晚開始啦。）
   　　原型動詞：beginnen
   (6) Hoe laat <u>zijn</u> jullie <u>opgestaan</u>?（那時你們是幾點起床的？）
   　　原型動詞：opstaan

3. (1) uitgelegd（老師又再次解釋習作。）
   (2) begrepen（他們不是很了解。）
   (3) gebeurd（到底是發生了什麼事呢？）
   (4) afgesproken（我七點半與 Margot 約了見面。）
   (5) uitgenodigd（我們邀請了每個人來慶祝會。）
   (6) besteld（你們點了些什麼？）
   (7) meegenomen（我帶了些好吃的給你。）
   (8) betaald（他已經以信用卡付完帳了。）

4. (1) Ik heb mijn vriendin op het station ontmoet.（我已和女朋友在車站碰面。）
   (2) Ik ben met de auto naar Maastricht gegaan.（我曾開車去過 Maastricht。）
   (3) Heb je Mieke alle boeken gegeven?（你已經把每本書都給 Mieke 了嗎？）
   (4) Simon en Alice zijn in Amsterdam geweest.（Simon 和 Alice 曾去過阿姆斯特丹。）
   (5) We hebben vaak met onze kinderen gefietst.（我們以前常和孩子們一塊騎單車。）
   (6) Ze hebben zich gehaast.（他們那時很勿促。）
   (7) Barbara heeft koffie en appelgebak besteld.（Barbara 已經點了咖啡和蘋果派。）
   (8) We hebben het huis opgeruimd.（我們已經清理好房子。）

5. (1) zoeken　(2) ontmoeten　(3) vragen　(4) geslapen

6. (1) patat（薯條）　(2) uitsmijter（培根蛋三明治）　(3) tosti（烤的三明治）
   (4) spa（著名的礦泉水品牌）　(5) bitterbal（煎烤的肉丸子）　(6) gebak（烘焙的甜點）
   (7) borrel（酒精性飲料）　(8) frikadel（碎肉做的香腸狀點心）

7. (1) zullen（我們要喝點什麼，啤酒還是茶？）
   (2) Zal（要我幫你帶點什麼嗎？）
   (3) Zullen（我們要去電影院嗎？）
   (4) zullen（明天我們去哪呀？）
   (5) Zal（我該拿瓶啤酒嗎？）
   (6) Zal（我該不該打電話給醫生？）

8. (1) Zij zal vast de bus gemist hebben.（她肯定是錯過巴士了。）
   (2) U zult wel moe zijn.（您應該累了。）
   (3) Jullie zullen het wel koud hebben.（你們可能感冒了。）
   (4) Hij zal wel komen.（他應該會來的。）

9. (1) Zou ik je fiets even mogen lenen?（我可以借一下你的自行車嗎？）
   (2) Zou jij het raam dicht willen doen?（你可以關上窗戶嗎？）
   (3) Zouden wij er even langs mogen?（我們可以借過一下嗎？）
   (4) Jij zou eens naar de dokter moeten gaan.（你必須去看醫生。）
   (5) Jullie zouden beter met de fiets kunnen gaan.（你們騎單車會去比較好。）
   (6) Jij zou met die kou handschoenen moeten dragen.（天冷你應該戴手套。）
   (7) Jullie zouden beter volgende week op bezoek kunnen komen.（你們最好下週來拜訪。）
   (8) Ik zou graag een nieuwe fiets willen.（我希望有一部新單車。）
   (9) Joost zou graag politieman willen worden.（Joost 想當警察。）
   (10) Wij zouden graag in een andere stad willen wonen.（我們真想住其他城市。）
   (11) Zij zouden graag een prijs willen winnen in de loterij.（他們想要中樂透。）

10. (1) portie（我想吃一份大薯。）
    (2) iets（是的，我們想喝，但是不想吃東西。）
    (3) ergens（我們找個地方坐坐好嗎？）
    (4) appelgebak（我要蘋果派和一杯茶。）
    (5) café（你是首次到這家簡餐館嗎？）
    (6) op de hoek（看哪，角落那裡是間餐廳。）
    (7) afrekenen（服務生，請給我帳單好嗎？）

11. (1) heeft, gezocht（Erik 今天早上找鑰匙找了很久。）
    (2) Hebben, gegeten（到現在你們吃夠了嗎？）
    (3) hebben, gehad（我們曾在維也納玩得很愉快。）
    (4) is, opgegroeid（Pedro 是在西班牙長大的。）
    (5) zijn, gekomen（為什麼你們這麼慢才來？）

(6) Is, geweest（他還沒去過阿姆斯特丹嗎？）

(7) is, gereisd（Ria 已於昨日啟程到維也納。）

(8) heb, gekocht（我已經買了我們的火車票。）

12.(1) Dit zijn mijn twee katjes.（這是我的兩隻貓咪。）

(2) Jongens, jullie hebben een mooi huisje, zeg!（孩子們啊，我說啊，你們家啊，真是漂亮。）

(3) Dit kerkje is 100 jaar oud.（這座小教堂有一百年了。）

(4) Gisteren hebben we een feestje gevierd.（昨天我們辦了個小派對。）

(5) We varen met het bootje door de grachten.（我們搭小船航行運河。）

(6) Wij wonen in dit kleine stadje.（我們住在這個小城兒。）

(7) Opa leest uit het oude boekje voor.（爺爺誦讀那本舊書兒。）

Les 9

二、連連看

A配丁；B配辛；C配戊；D配乙；E配己；F配甲；G配丙；H配庚

三、填填看

3	op het plein
1	in de telefooncel
5	onder de brug
9	tegenover de kerk
6	achter het standbeeld
8	bij de bushalte
4	naast het stadhuis
10	tussen de auto's
2	aan de gracht
7	voor de VVV

六、練習

1. (1) Kom op tijd!（要準時來！）

　　或 Komt u op tijd, alstublieft!（請您準時來！）

(2) Vergeet het geld niet!（別忘了那錢！）

　　或 Vergeet u het geld niet!（請您不要忘了那錢！）

(3) Kom eens kijken!（來看呀！）

　　或 Komt u eens kijken!（您來看一下嘛！）

(4) Kom binnen!（進來！）

　　或 Komt u binnen!（您進來嘛！）

(5) Ga zitten!（坐吧！）

　　或 Gaat u even zitten!（您坐嘛！）

(6) Loop maar even mee!（跟我走！）

　　或 Loopt u maar even mee!（您跟我走吧！）

2. (1) Het postkantoor is daar.（郵局在那兒。）
   (2) Het postkantoor is aan de overkant.（郵局在另一頭。）
   (3) Het postkantoor is tegenover de supermarkt.（郵局在超市對面。）
   (4) Het postkantoor is achter de bank.（郵局在銀行後面。）
   (5) Het postkantoor is naast de bakkerij.（郵局在麵包店隔壁。）
   (6) Het postkantoor is vlakbij de bakkerij.（郵局離麵包店很近。）
   (7) Het postkantoor is op de hoek.（郵局在角落。）
   (8) Het postkantoor is in de Beatrixlaan.（郵局在 Beatrixlaan 巷子裡。）

3. (1) over（車子開上橋。）
   (2) tussen（Lieneke 站在我爸爸和我的中間。）
   (3) voor 或 achter（我們的狗 Balu 總是躺在門前或門後。）
   (4) bij（我恰好有張地圖。）
   (5) tegenover／naast／achter（市政廳就在舊教堂的對面／旁邊／後方。）
   (6) in（好好地在海牙玩吧。）
   (7) naar（Henk 和 Harrie 十分鐘後回家。）
   (8) aan（Haarlem 這個地方離北海很近。）
   (9) in, uit（到 Vlissingen 的觀光客大半來自德國。）
   (10) door 或 over（到那後，您走人行道。）

4. 參考答案
   (1) Waar staat dat standbeeld?（那雕像在哪？）
   (2) Waar heb je dit boek gekocht?（你這書在哪買的？）
   (3) Van wie is deze auto?（這車子是誰的？）
   (4) Meneer, waar hebt u die fiets gevonden?（先生，您在哪找到腳踏車的？）
   (5) Hoe duur is dit appelgebak?（蘋果派多少錢？）
   (6) Hoe oud is deze kerk?（這座教堂幾年了？）
   (7) Bedoel je dit postkantoor?（你是指這間郵局嗎？）

5. (1) witte（Henk 喝了一杯白葡萄酒。）
   (2) bruine, blauwe（你現在是在說這個棕色櫃子還是那個藍色的？）
   (3) rode（然後您沿著一個紅色信箱走去。）
   (4) gele（有部黃色車子在廣場上。）
   (5) groene（我們街上有個綠色電話亭。）
   (6) zwarte（當心：黑貓！）
   (7) paarse（你真要穿這件紫色褲子嗎？）

6. (1) op, de Oude Markt, de Oude Kerk
       （你直走，然後到第一條街口右轉再走到下一條街口左轉，然後再直走，就到舊市集區了。在第一條小街口再右轉後直走再左轉。到下一條街口再右轉，大概再走一百公尺就看到右邊的舊教堂了。）
   (2) op, de Oude Markt, de VVV
       （你直走，到第一條街口右轉。再直走然後你就到舊市集區了。在第一條街口再右轉，然後下一條街口再左轉。這條街道一直往前走。就會看到角落的旅客服務中心。）

(3) op, de Oude Markt, het stadhuis
（你一直往前，然後第一條街口左轉。再一直往前，就到舊市集區了。就會看到左邊的市政廳。）

7. (1) bekend（抱歉，先生，請問您對這兒熟悉嗎？）
(2) waar（您可以告訴我車站在哪嗎？）
(3) vlakbij（可以，那很近。）
(4) rechtdoor（您直走，然後到第一條街口右轉。）
(5) tegenover（舊教堂在郵局對面。）
(6) bezienswaardigheden（在 Delft 有許多名勝景點。）

Les 10

四、練習

1. (1) Ik ben vanmorgen pas om 10.00 uur opgestaan omdat ik vakantie heb.
（因為休假了，我今早睡到十點才起床。）
(2) Hein wil vanavond meegaan hoewel hij geen tijd heeft.
（Hein 雖然沒有時間，但他今晚還是會一道去。）
(3) Ria reist liever met de trein omdat ze bang is om te vliegen.
（Ria 比較喜歡搭火車旅行，因為她怕搭飛機。）
(4) Erik vliegt liever als hij op vakantie gaat hoewel het duur is.
（雖然機票昂貴，可是 Erik 較愛搭飛機去渡假。）
(5) Rob wil niet zo graag zwemmen omdat het water te koud is.
（Rob 不是很想游泳，因為水很冷。）
(6) Janny eet het liefst bij de Italiaan omdat ze erg van pizza houdt.
（因為非常喜愛披薩，Janny 喜歡在義大利餐廳吃披薩。）
(7) In Nederland is watersport heel populair omdat er zo veel water is.
（因為國內有很多水，水上運動在荷蘭很受歡迎。）
(8) Ik vind het hier gezellig hoewel er niets te eten is.
（雖然沒有東西吃，我仍覺得這裡很不錯。）

2. (1) eerste（Henk，這是你第一次到維也納嗎？）
(2) derde（不，這已經是第三次了。）
(3) achtste（一年中的第八個月是八月。）
(4) vierde（我兒子在大學就讀。他是大四學生。）
(5) tweede（我不說第二次。）
(6) dertiende（我們住在第十三層樓。）
(7) zesde（Meijer 家住在右邊第六間房子。）
(8) honderdste（這首歌我聽第一百次了。）

3. (1) De schaatsers staan al op het ijs.（溜冰的人都已經站在冰上了。）
(2) Hoe laat vertrekken de treinen naar Utrecht?（往 Utrecht 的火車幾點開？）
(3) Er zijn geen parkeerplaatsen meer vrij.（沒有停車位了。）
(4) De bioscopen zijn gesloten.（電影院都關了。）

(5) Op het plein staan auto's geparkeerd.（廣場上停著一些車。）

(6) Er zijn telefooncellen voor het stadhuis.（市政廳前面有幾個電話亭。）

4. (1) in（你還沒有去過 Scheveningen 嗎？）

    (2) met（我明天搭火車去 Roosendaal。）

    (3) over（為什麼你要這麼難搞呢？）

    (4) voor（那不是我母親的風格。）

    (5) naar（你可以在家聽音樂。）

    (6) aan（荷蘭人很喜歡運動。）

    (7) over或door（我們在阿姆斯特丹有可航行的運河。）

    (8) op（Jan Timmermans 是一九一二年五月二十三日出生的。）

    (9) om（我每天七點起床。）

    (10) bij（你早餐吃些什麼？）

5. (1) gaan（Thijs 和 Irene 要去維也納。）

    (2) naar（他們想去一個在維也納舉行的演唱會。）

    (3) met, omdat（Irene 想坐飛機去，因為那樣比較快。）

    (4) neemt（Thijs 則想搭火車去。）

    (5) kan或kun（你可以在火車上閱讀、睡覺或聽音樂。）

    (6) vindt（Irene 覺得那是浪費時間。）

    (7) in（她不要坐整天的火車。）

6. (1) omdat（Bart 很喜歡看足球賽，因為他覺得那很刺激。）

    (2) Doordat（因為發生了爆炸，許多住所都毀了。）

    (3) omdat（Inga 當時不在家，因為她必須去 Den Haag。）

    (4) omdat（我會打電話給你，因為我想要約個會談。）

    (5) Doordat（因為風雨很大，樹枝也跟著吹動。）

    (6) omdat（她無法付那帳單，因為她沒錢。）

    (7) Doordat（因為雨下得太少，收成很差。）

    (8) doordat（道路很滑，因為下了雪。）

Les 11

四、練習

1. (1) Morgen gaat Wim naar Den Haag verhuizen.（明天 Wim 要搬去 Den Haag。）

    (2) Vanavond gaan we Chinees eten.（今晚我們將吃中國菜。）

    (3) Volgende maand gaat Hans een nieuwe auto kopen.（Hans 下個月要買部新車。）

    (4) Overmorgen gaat Ruud zijn broer helpen.（後天 Ruud 要幫他哥哥忙。）

    (5) Vanaf volgende week gaat hij in Venlo wonen.（下週起他就住在 Venlo。）

    (6) Dit weekend ga ik mijn fiets repareren.（這個週末我要修理腳踏車。）

    (7) Over een uurtje ga ik thee zetten.（再過一個小時我就要泡茶了。）

    (8) Morgen gaat Jan tot 19.30 uur werken.（明天 Jan 工作到晚上七點半。）

    (9) Volgend jaar gaat Anneke aan de marathon deelnemen.（Anneke 明年要參加馬拉松賽跑。）

2. (1) Ze zijn in de tuin aan het spelen.（他們正在花園裡玩耍。）

(2) Ze is aan het tennissen.（她正在打網球。）

(3) We zijn aan het verbouwen.（我們正在忙著建造呢。）

(4) Ik ben aan het schilderen.（我正在油漆。）

(5) Hij is de keuken aan het opruimen.（他正在廚房清理。）

3. (1) Bart Hendrix is aan het douchen.（Bart Hendrix正在洗澡。）

(2) Meneer De Meyer is een brief aan het schrijven.（De Meyer 先生正在寫信。）

(3) Anne en Leo Boes zijn aan het spelen.（Anne 和 Leo Boes 正在玩耍。）

(4) Mevrouw Tryens is de krant aan het lezen.（Tryens 太太正在看報紙。）

(5) Wim van den Berg is boodschappen aan het doen.（Wim van den Berg 正在購物。）

(6) Wilma Eeftink is aan het koken.（Wilma Eeftink 正在煮菜。）

4. (1) Mijn hond is even lief als mijn kat.（我的狗和我的貓一樣可愛。）

= Mijn hond is net zo lief als mijn kat.

(2) Van Gogh is even populair als Rembrandt.（梵谷和林布蘭同樣受歡迎。）

= Van Gogh is net zo populair als Rembrandt.

(3) Hier in Nederland is het even warm als in België.（荷蘭和比利時一樣暖和。）

= Hier in Nederland is net zo warm als in België.

(4) Claude is even dun als Karel.（Claude 和 Karel 同樣地瘦。）

= Claude is net zo dun als Karel.

(5) Ik ben net even romantisch als mijn vrouw.（我和我太太同樣浪漫。）

= Ik ben net zo romantisch als mijn vrouw.

5. (1) hoger（你們住哪？我們住的地方比 Lonneke 與 Wouter 高一層樓。）

(2) lekkerder（你覺得什麼比較好吃，蘋果蛋糕加鮮奶油或是不加鮮奶油？）

(3) harder（你在這裡時速不能超過五十公里。）

(4) jonger（Elleke 比 Raymond 小五歲。）

(5) liever（我比較想去希臘渡假。）

(6) sneller（你搭飛機很快就會到維也納。）

(7) beter（Hans 認為滾石合唱團比披頭四還棒。）

(8) mooier（我們的新房子有比較好的景觀。）

(9) meer（依我看，我哥哥擁有的 cd 比商店裡的還多！）

(10) groter（Bas 和 Joost 同樣年齡，只是 Joost 比較高。）

6. (1) Duitsland heeft meer inwoners dan Nederland maar Nederland heeft meer inwoners per km2 [dan Duitsland].

（德國有較荷蘭多的居民，但是荷蘭每平方公里的居民數目比 [德國] 多。）

(2) Duitsland investeert even veel in Nederland als Nederland in Duitsland.

（德國投資荷蘭的數目和荷蘭投資德國的一樣多。）

(3) In Duitsland is de bierconsumptie veel hoger dan in Nederland.

（德國的啤酒銷售量比荷蘭的高出許多。）

(4) Twee keer zo veel Nederlanders gaan met vakantie naar Duitsland als Duitsers naar Nederland.

（荷蘭人去德國渡假的人口是德國人到荷蘭渡假的人口的兩倍之多。）

(5) Er zijn veel meer auto's per inwoner in Duitsland dan in Nederland.

(6) Het aantal werklozen is in Duitsland veel hoger dan in Nederland.

（德國的失業率比荷蘭高出許多。）

(7) Nederland exporteert meer naar Duitsland dan omgekeerd/andersom.

（荷蘭對德國出口比德國對荷蘭出口多。）

7. (1) twee weken geleden（今晚，兩週前，明天，下週）

(2) langer（棕色深一點，黑色深一點，長久一點，白色深一點）

(3) logeerkamer（公寓，獨棟房子，三房住所，客房）

(4) sporthal（運動館，客廳，浴室，廚房）

(5) zitten（走路，坐下，去，散步）

8. (1) slaapkamers（一樓有四間臥室、一間浴室、一間廁所。）

(2) Hou op（搬家？別說了，光想我就已經很累了。）

(3) ben van plan（我計畫要幫朋友油漆。）

(4) ga（你明天要做什麼？）

(5) gaan op bezoek（我要去拜訪在巴黎的朋友們。）

(6) vanavond（Paul 今晚去他母親那裡吃飯。）

(7) veel plezier（下週見了，祝你在 Antwerpen 玩得愉快。）

Les 12

一、連連看

A配庚；B配戊；C配乙；D配丁；E配甲；F配己；G配丙

五、練習

1. (1) dronken（我們那時喝咖啡。）

(2) maakten（從前我們每個星期天騎單車逛。）

(3) schreef（當她來電時我正在寫信給我的女性友人。）

(4) wandelden（我們以前常在公園裡散步。）

(5) regende（因為那時雨下得很大，我們就搭巴士。）

(6) bakte（以前我祖母自己做麵包。）

(7) verhuisde（一九九三年他搬到倫敦去。）

(8) zette（那時她泡好茶就去看報了。）

2. (1) Jullie kwamen altijd te laat.（以前你們總是遲到。）

(2) Ik zag haar niet.（我當時沒看到她。）

(3) De kinderen wachtten elke morgen op de bus.（從前孩子們每天早上等巴士。）

(4) We reden vaak naar Groningen.（我們以前常開車去 Groningen。）

(5) Ik had geen zin om naar school te gaan.（那時我沒心情去上學。）

(6) Kon je echt niet komen?（你當時真的不能來嗎？）

(7) Hij wilde graag dansen maar hij mocht niet.（他那時很想去跳舞，但是他不可以跳。）

(8) We dronken een kopje koffie.（當時我們喝咖啡。）

(9) De cursisten moesten veel huiswerk maken.（從前那些選修生必須做很多功課。）

(10) In deze kamer sliep ik altijd.（以前我總是睡在這間房間。）

(11) Ze waren een spelletje mens-erger-je-niet aan het doen.（當時他們正在玩 mens-erger-je-niet 的遊戲。）

3. (1) Wij logeerden vaak bij mijn grootouders in Hilversum.
（我們從前常在 Hilversum 的祖父母家過夜。）

(2) Vroeger speelde ik vaak met mijn broer.（以前我常和弟弟一起玩耍。）

(3) Opa zat 's avonds altijd in zijn leunstoel.（從前祖父晚上總是坐在他那附有手把的椅子上。）

(4) Wilde je niet mee naar de bioscoop?（你那時不想一起去看電影嗎？）

(5) Gisteren moest hij op de kinderen passen.（昨天他必須看顧小孩。）

(6) Wij schreven een brief aan onze grootouders.（我們那時寫了封信給祖父母。）

(7) 's Avonds gingen jullie nooit op tijd naar bed.（以前晚上你們從來不準時上床。）

4. (1) Toen（當時她看到我以後，就往外頭去了。）

(2) Toen（那時老師不來，我們就回家去了。）

(3) Als（當我喝茶時，總要配幾塊餅乾。）

(4) Toen（當時我那麼做之後，他變得非常生氣。）

(5) Als（下雨時，我們就待在家裡。）

(6) Als（你出錢的話，我就很樂意跟去。）

(7) Toen（那時我們住在 Roermond，那是有三間房間的居所。）

(8) Als（當小孩上床以後，我們常常會再聊一會兒。）

5. (1) maakte（聽，下雨，玩耍，做）

(2) kende（知道，閱讀，去，站）

(3) zouden（等待，將，學，回答）

(4) lamp（椅，沙發，床，燈）

(5) januari（六月，一月，八月，七月）

6. (1) woonde（以前我住在 Rotterdam 的市中心。）

(2) was（三週前我還在我父母家。）

(3) Vroeger（以前火車還有停靠 Emmen。）

(4) Toen（以前我小的時候，我常在祖母那兒睡覺。）

(5) regende（去年我們在奧地利時，總是在下雨。）

(6) vertrok（今早巴士八點十五分發車。）

(7) had（我爸休假時，他每天都看報紙。）

Les13

二、連連看

A配乙；B配丙；C配甲；D配庚；E配己；F配辛；G配丁；H配戊

五、練習

1. (1) kon（可惜那時 Tom 不能一起來。）
   (2) deed（Bergers 先生，當時您聽到後，您做了什麼呢？）
   (3) waren, logeerden（當我們兩年前在柏林渡假時，我們在我哥家留宿。）
   (4) was, schreef（當我小的時候，我每年寫信給聖尼可拉斯。）
   (5) mocht（以前我父母不讓我瞎混到太晚上床。）
   (6) las（以前 Bart 總是在吃早餐時看報紙。）
   (7) stonden（我們那時被困在塞車中長達四十五分鐘。）
   (8) had（我以前沒有時間作功課。）

2. (1) boodschappen → doen（買菜；購買日常用品）
   (2) tijd → hebben（有時間；有空）
   (3) een afspraak → hebben（有會談；有會議）
   (4) benieuwd → zijn（好奇的；想知道的）
   (5) vrij → hebben 或 zijn 或 komen（不用工作的；失業的；出獄的）
   (6) zin in iets → hebben（有做⋯的心情）
   (7) een voorstel → doen 或 hebben（做企劃案；有企劃案）
   (8) trek in iets → hebben（有想吃⋯的慾望）
   (9) langs → komen（拜訪）
   (10) plezier → hebben（享受樂趣）
   (11) in de keuken → staan 或 zijn 或 komen（煮菜；在廚房；進廚房）
   (12) naar huis → komen（回家）
   (13) leuke dingen → doen 或 hebben（做好的事物；擁有好的事物）
   (14) in de file → staan（卡在車陣中）
   (15) uitgenodigd → hebben 或 zijn（邀請；被邀請的）
   (16) te weten → komen（得知；獲知）
   (17) een dutje → doen（小憩；小睡；打個盹）
   (18) op straat → staan 或 komen 或 zijn（站在街頭；來到街頭；在街頭）
   (19) honger → hebben（肚子餓）
   (20) jarig → zijn（過生日的；作壽的）
   (21) last → hebben（忍受；承受）

3. (1) Meneer Van Vliet kan helaas niet komen omdat hij moet overwerken.
      （可惜 Van Vliet 先生不能來，因為他得加班。）
   (2) Meneer Van Vliet kan helaas niet komen omdat hij op zakenreis is.
      （可惜 Van Vliet 先生不能來，因為他出差。）
   (3) Meneer Van Vliet kan helaas niet komen omdat hij bij vrienden op bezoek is.
      （可惜 Van Vliet 先生不能來，因為他去拜訪朋友。）
   (4) Meneer Van Vliet kan helaas niet komen omdat hij op reis/vakantie is.
      （可惜 Van Vliet 先生不能來，因為他去旅行了／在休假中。）
   (5) Meneer Van Vliet kan helaas niet komen omdat hij een cursus volgt.
      （可惜 Van Vliet 先生不能來，因為他要上課。）
   (6) Meneer Van Vliet kan helaas niet komen omdat hij op een feest is.
      （可惜 Van Vliet 先生不能來，因為他去參加派對。）

4. 參考答案

    (1) 問：Ga je mee naar....?（你要一起去…嗎？）

        答：（抱歉，可是我必須加班。）

    (2) 問：Wanneer bent u/ ben je geboren?（您／你是何時出生的？）

        答：（我是一九六六年六月十一日出生的。）

    (3) 問：Wanneer komt Sinterklaas?（聖尼可拉斯何時會來？）

        答：（每年的十二月五日。）

    (4) 問：Sinds wanneer speelt u/ speel je piano?（您／你從什麼時候開始彈鋼琴的？）

        答：（我三歲開始彈鋼琴。）

    (5) 問：Hoe is het weer?（天氣如何？）

        答：（陽光照得很舒適溫暖。）

    (6) 問：Wat doet u/ doe je in uw [或je] vrije tijd?（您／你空閒時喜歡做什麼？）

        答：（我空閒時喜歡聽音樂及散步。）

    (7) 問：Wat hebt u/ heb je gisteren gedaan? （您／你昨天做了些什麼事？）

        答：（我昨天工作了一整天。）

    (8) 問：Waarom bent u/ ben je niet naar het feest gekomen?（為什麼您／你沒有來派對呢？）

        答：（因為我當時出差。）

    (9) 問：Gaat u/ Ga je morgen mee naar....?（您／你明天要一起去…嗎？）

        答：（很抱歉，但是我明天得…）

5. (1) Ze staan te praten.（他們站著談話。）

    (2) Hij staat de auto te repareren.（他站著修車。）

    (3) Zij ligt te slapen.（她躺著睡覺。）

    (4) Hij zit te studeren.／Hij zit huiswerk te maken.（他坐著讀書」／他坐著作功課。）

    (5) Zij loopt het gras te maaien.（她邊走動邊割草。）

    (6) Hij zit de krant te lezen.（他坐著看報紙。）

    (7) Hij staat te wachten.（他站著等待。）

    (8) Zij staat te telefoneren.（她站著講電話。）

6. (1) de verhuizing（我坐著想誰可以幫忙我們搬家。）

    (2) hoeven（你們不需要等我。）

    (3) benieuwd（我想知道他是否要幫我們忙。）

    (4) ligt（他整個下午都在睡覺。）

    (5) zit（她坐在桌邊看書。）

    (6) helemaal（我們完全不需要問 Rob！）

    (7) staan（我們已經等你半個小時了！）

Les 14

二、連連看

    A配乙；B配丙；C配甲；D配庚；E配己；F配辛；G配丁；H配戊

    4 Ik denk dat ik naar de bioscoop ga.

    5 Ik pak een pilsje.

3　Ik ga lekker een eitje bakken.

6　Ik ga zo meteen zwemmen.

2　Ik ga even een trui aantrekken.

1　Ik ga lekker slapen.

五、練習

1. (1) melkproducten（奶製品）：

geitenkaas（山羊乳酪），boter（奶油），room（奶霜；鮮奶油）

(2) groenten（蔬菜）：

bonen（紅豆），spinazie（菠菜），peterselie（義大利香菜），maïskorrels（玉米粒），knoflook（蒜頭），selderij（西洋芹），kapucijners（一種淺綠色大豆子），ui（洋蔥）

(3) vlees（肉類）：

paté（抹麵包用的肝醬），konijn（兔肉），biefstuk（牛排），varkenshaas（豬里肌肉），lam（羊肉），poelet（雞肉），

(4) vis（魚類）：

garnalen（小蝦），zalm（鮭魚），forel（鱒魚），kreeft（龍蝦），tonijn（鮪魚）

(5) kruiden en specerijen（香料調味品）：

mosterd（芥茉醬），basilicum（九層塔），peterselie（義大利香菜），peper（胡椒），kerrie（咖哩），knoflook（蒜頭），rozemarijn（迷迭香）

2. 框框部分為先行詞，劃線部分為關係代名詞。

(1) 選 (a)

We gaan dit jaar op vakantie met vrienden die we al meer dan tien jaar kennen.

（我們今年要跟認識十年以上的朋友去渡假。）

(2) 選 (d)

We gaan naar een plaatsje dat vlakbij Barcelona ligt.

（我們要去一個靠近巴塞隆納的地方。）

(3) 選 (b)

Daar is een camping die niet zo groot en erg gezellig is.

（那是個不大但很好的露營區。）

(4) 選 (f)

In de buurt is een restaurant waarvan we de eigenaar goed kennen.

（附近有一家我們跟老闆熟識的餐廳。）

(5) 選 (e)

Hij heeft een dochter met wie onze kinderen vaak naar het strand gaan.

（他有個我們家小孩常陪著一起去海灘的女兒。）

3. (1) die（那邊那部車子是 Boeijen 先生的。）

(2) dat（桌上的那本書很驚險有趣。）

(3) die（那邊的襯衫對我而言太小了。）

(4) die（去年為我們主婚的牧師昨天過世了。）

(5) die（這是我前天買的褲子。）

(6) van wie（那個我很愛的男人住在 Arnhem。）

(7) met wie（那個昨天和 Henk 一起騎單車的是他妹妹。）

(8) over wie（他們談到的那些學生沒有通過考試。）

(9) met wie（昨天和我去看電影的哥哥 Stefan 現年四十六歲。）

(10) met wie（這些是我們常一塊去渡假的鄰居。）

(11) waarover（我告訴你的那座教堂，是我所知道最老的教堂。）

(12) waarmee（那是載我們去紐約的飛機。）

(13) waarmee 或 waarop（這些是我們昨天騎的單車。）

(14) waarin（我女兒有個小的藍色盒子，裡面放著她最漂亮的東西。）

(15) waardoor（這不是我們今早走去沙灘時所經過的街道嗎？）

4. (1) Jan en Piet stappen in het vliegtuig dat op het vliegveld staat.

（Jan 和 Piet 走進機場上的那架飛機裡。）

(2) Meneer van den Bos stapt uit de bus waarmee hij naar Den Helder gereden is.

（van den Bos 先生走出那輛載他到 Den Helder 的巴士。）

(3) Ik heb een zoontje dat Jan-Willem heet.

（我有個兒子名叫 Jan-Willem。）

(4) Maastricht is een belangrijke stad die in Limburg ligt.

（Maastricht 是位於 Limburg 省的一個重要城市。）

(5) De familie van Dijk logeert in een oude hotel dat aan de Prinsengracht ligt.

（van Dijk 家的人在 Prinsengracht 運河旁的一家舊旅館投宿。）

(6) Dit is mijn vriend Albert met wie ik gisteren de hele avond gedanst heb.

（這是昨天跟我跳了一整晚舞的男友 Albert。）

(7) Meneer van Vliet zoekt zijn koffer waarin belangrijke papieren zitten.

（van Vliet 先生在找他那個裝滿重要文件的行李。）

5. (1) 答：Rob 和 Kees 在談論天氣。

問：Waarover praten Rob en Kees?（Rob 和 Kees 在說什麼？）

(2) 答：我會說那個，是因為我覺得它很重要。

問：Waarom zegt u/ 或zeg je dat?（為什麼您／你會說到那個呢？）

(3) 答：我想喝杯咖啡。

問：Waar heb je zin in?（你想要幹嘛？）

(4) 答：Johan非常喜愛古典音樂。

問：Waarvan houdt Johan heel erg?（Johan 很喜愛什麼？）

(5) 答：是的，我們點豬里肌肉配馬鈴薯與綜合蔬菜。

問：Hebt u een keuze gemaakt?（您決定好了嗎？）

(6) 答：好的，我們的特有酒是薄酒萊；這個不錯。

問：Kunt u ons een wijn aanbevelen?（您可以推薦我們葡萄酒嗎？）

6. (1) graag（我想要一杯咖啡。）

(2) kaart（可以給我們一下那張菜單卡片嗎？）

(3) die（這不是你常喝的葡萄酒嗎？）

(4) waarover（這是你剛才告訴我的那道菜嗎？）

(5) waar（你想去我們昨天去吃的那家餐廳嗎？）

(6) met（我們一共是四個人。）

(7) nagerecht（您可以推薦我們餐後的點心嗎？）

Les 15

二、填填看

3　OP STAP IN DE VIER LEUKSTE STEDEN VAN EUROPA

5　Het mooiste, roerendste liefdesverhaal van dit jaar!

4　DE GROOTSTE TUINBEURS VAN NEDERLAND!

1　Gegarandeerd de laagste prijs!

6　Gratis de dikste

2　De ruimste en comfortabelste

五、練習

1. (1) smalste（你知道阿姆斯特丹最小的房子在哪嗎？）

　 (2) drukst（這家超市禮拜六最忙碌。）

　 (3) minder（今年失業的人比去年少。）

　 (4) dikker（我比你稍胖，這褲子當然不合身。）

　 (5) origineelste 或 meest originele（最初去博物館的方式為何？）

　 (6) bekendste（你不知道 Marco Borsato 嗎？那是荷蘭最著名的歌手。）

　 (7) leuker（這條褲子你穿起來比另外那條好看。）

　 (8) mooist（大自然最美的時候是在五月。）

2. (1) grootste（Schiphol 機場是歐洲最大的機場之一。）

　 (2) beste（當時 Spoorloos 是好，但 Karakter 是整個電影節上最好的。）

　 (3) beroemdste（我相信林布蘭是荷蘭最著名的畫家。）

　 (4) lekkerst（我發現煎餅加火腿和乳酪是最好吃的。）

　 (5) hoogste（艾佛勒斯峰是地球上最高的山。）

　 (6) gekste（許多人相信荷蘭有瘋狂的足球迷。）

　 (7) bekendste（Johan Cruyff 一直是荷蘭隊最著名的足球球員。）

3. (1) duurder（這部車比那部貴。）

　 (2) kleiner, het kleinst（Jan 瘦小，Bep 更瘦小，但 Mike 是最瘦小的。）

　 (3) de meest romantische（鐵答尼號是我所知道的最浪漫的電影之一。）

　 (4) leukste（那是我聽過最好的主意。）

　 (5) heter（今年夏天比去年夏天熱。）

　 (6) oudste（這是我的大女兒 Marijke。）

　 (7) meer（那是綽綽有餘了。）

4. 5（四十二號的，您可以在這邊找到。您要找哪一色的？）

　 2（對呀，我在找冬季夾克。）

　 1（可以幫您什麼忙嗎，女士？）

　 6（它必須是深色的。深藍或黑色，我想。）

　 8（我可以試穿這件嗎？它看起來挺高雅的。）

　 4（四十二號。）

　 9（當然。那邊角落裡有鏡子可以看。）

3（您穿幾號的呢？）

7（這些都是深色的。）

5. (1) Amsterdam is één van de mooiste en meest romantische steden in[或van]Europa.

（阿姆斯特丹是歐洲最漂亮且最浪漫的城市之一。）

(2) Sommige mensen wonen op woonboten op[或in] de grachten.

（有些人住在運河上的船屋裡。）

(3) Het beroemdste schilderij van Rembrandt is "De Nachtwacht".

（林布蘭最著名的畫作是「夜巡」。）

(4) Gisteren heb ik een nieuwe jas gekocht.

（我昨天買了件新夾克。）

(5) Kan ik met creditcard betalen?

（我能以信用卡付款嗎？）

(6) In Amsterdam kun je veel oude en mooie patriciërshuizen vinden.

（在阿姆斯特丹你可以看到老式富貴人家的房子。）

(7) Volgens mij is het te klein maar je kunt het even passen.

（依我看是太小，但你可以試穿看看。）

6. (1) （每隻手上都有五根。）

vingers（手指）

(2) （那上面有標示衣服多少錢。）

prijskaartje（價格標籤）

(3) （阿姆斯特丹最著名的商店街之一）

Leidsestraat（Leidsestraat 街）

(4) （與昂貴的相對應）

goedkoop（便宜的）

(5) （你可以在這裡面試穿衣服。）

paskamer（試衣間）

(6) （阿姆斯特丹最古老的區域之一）

Jordaan（Jordaan 區）

(7) （當你不使用現金卡或金融卡時，那麼有可能你是這麼付款的。）

contant（現金）

(8) （代表特殊的另一個字）

origineel（最初的；原始的）

(9) （臉的一部份）

neus（鼻子）

7. (1) heb, nodig（為了那個舞會，我需要點漂亮的東西。）

(2) contant（您要用現金或是支票付款呢？）

(3) liever（下次我想要獨自逛街。）

(4) passen（我可以試穿這件洋裝嗎？）

(5) niks（這件夾克一點都不適合我！）

(6) kijk（不了，謝謝你，我只是看看罷了。）

(7) maat（這條褲子你有尺碼小一點的嗎？）

8.

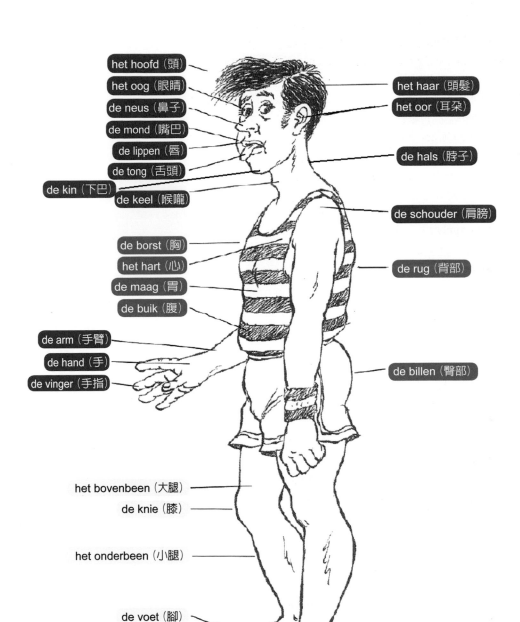

het hoofd（頭）
het oog（眼睛）
de neus（鼻子）
de mond（嘴巴）
de lippen（唇）
de tong（舌頭）
de kin（下巴）
de keel（喉嚨）

de borst（胸）
het hart（心）
de maag（胃）
de buik（腹）

de arm（手臂）
de hand（手）
de vinger（手指）

het haar（頭髮）
het oor（耳朵）

de hals（脖子）

de schouder（肩膀）

de rug（背部）

de billen（臀部）

het bovenbeen（大腿）
de knie（膝）

het onderbeen（小腿）

de voet（腳）
de tenen（腳指）

Les 16

二、填填看

19　het halfje wit
17　peren
2　zeep
16　telefoonkaart
6　perziken
14　spa
1　frisdrank
11　sla
3　bonen
5　tijdschriften
18　komkommer
4　taart
12　postzegels
15　courgettes
7　strippenkaart
8　wortels
13　tandpasta
10　kippenpoot
9　vleeswaren

五、練習

2. (1) sla（吐司麵包，餅乾，蛋糕，生菜）
　 (2) kip（雞肉，西洋梨，草莓，水蜜桃）
　 (3) gebak（火腿，烘焙點心，火雞肉，雞肉）
　 (4) zeep（電話卡，郵票，香皂，名信片）
　 (5) komkommer（雜誌期刊，小黃瓜，書，報紙）

3.

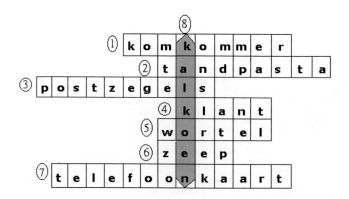

4. (1) Bij de slager kan/ kun je vlees en worst kopen.（你可以在肉舖買肉和香腸。）

   (2) Veel Nederlanders eten 's middags een boterham met kaas.

   （許多荷蘭人中午吃乳酪三明治。）

   (3) Ik drink elke morgen een kopje koffie en eet een banaan.（我每天早上喝咖啡、吃香蕉。）

   (4) Mevrouw Bergman koopt een pond boerenkaas en twee liter melk.

   （Bergman 太太買了一磅農夫乳酪和兩公升牛奶。）

   (5) Je kunt [或 kan] bijna alles in de supermarkt vinden.（你幾乎可以在超市買到所有物品。）

5. (1) We hebben iedereen een uitnodiging voor het feest gestuurd.

   （我們已經寄出了派對邀請函給每個人。）

   (2) De docent geeft de cursisten veel huiswerk.（那老師給學生許多功課。）

   (3) Heb je haar het cadeau al gegeven?（你給她禮物了嗎？）

   (4) Nee, ik geef het haar morgen.（沒有，我明天才要給她。）

   (5) Hij heeft me een lange brief geschreven.（他寫了封長信給我。）

   (6) Ik zal het jullie nog een keer uitleggen.（我再跟你們解釋一次。）

6. (1) aankomt（您可以告訴我這封信何時會到嗎？）

   (2) pond（我要一磅中熟的農家自產乳酪。）

   (3) halfje（我可以買六個小葡萄麵包、半條白吐司麵包及一個草莓蛋糕嗎？）

   (4) beurt（我想下一個就是我了。）

   (5) kan（誰可以幫我忙？）

   (6) aanbieding（今天香蕉特價。）

Les 17

二、填填看

　　10　het gasfornuis

　　2　telefoongids

　　5　koelkast

　　3　wasmachine

　　12　magnetron

　　14　het koffiezetapparaat

　　6　het strijkijzer

　　4　telefoon

　　11　handdoeken

　　15　vaatwasmachine

　　9　klok

　　8　pannen

　　1　TV

　　13　radio

　　7　föhn

五、練習

1. (1) b　(2) f　(3) g　(4) b　(5) e　(6) d　(7) f　(8) a　(9) c

2. (1) Als ik jou was, zou ik naar huis gaan.（若我是你，我就回家去。）
　(2) Als ik jou was, zou ik liever niets zeggen.（若我是你，我就什麼都不講。）
　(3) Als ik jou was, zou ik de trein nemen.（若我是你，我就搭火車。）
　(4) Als ik jou was, zou ik niet zo vaak tv kijken.（若我是你，我就不會常看電視。）
　(5) Als ik jou was, zou ik me niet zo veel zorgen maken.（若我是你，我就不會擔心那麼多。）
　(6) Als ik jou was, zou ik de kamer met een cheque betalen.（若我是你，我就用支票支付那間房間的費用。）
　(7) Als ik jou was, zou ik wel weten wat ik zou doen.（若我是你，我就知道要做什麼了。）
　(8) Als ik jou was, zou ik haar meteen opbellen.（若我是你，我就立刻打電話給她。）

3. (1) Langeoog（這四個字都是離島的名字。但 Langeoog 有時是在水面下的。）
　(2) bos（海，沙灘，太陽，灌木林）
　(3) klok（時鐘，平底鍋，瓦斯爐，微波爐）
　(4) zonnen（騎馬，散步，太陽光，放風箏）
　(5) toeslag（公寓，多出來的支出，獨棟屋，旅館）

4.

W	V	D	I	L	H	O	O	G	S	E	I	Z	O	E	N	P	F
O	E	O	G	M	A	G	N	E	T	R	O	N	L	C	K	E	I
E	E	R	A	T	N	F	U	B	G	I	E	M	T	IJ	O	N	E
T	R	P	S	E	D	E	I	O	R	S	M	T	N	F	O	S	T
S	B	S	F	L	D	D	K	V	L	T	N	N	O	O	K	I	S
H	O	G	O	E	O	C	U	L	F	E	B	F	E	H	P	O	F
P	O	E	R	F	E	Z	P	I	M	E	K	M	N	A	N	N	
A	T	Z	N	O	K	IJ	S	E	N	C	D	O	A	N	D	V	
A	L	I	U	O	C	H	T	G	W	N	D	N	L	N	E	E	
R	N	C	I	N	T	R	D	E	A	A	N	K	I	A	E	E	R
D	K	H	S	M	A	U	P	R	D	O	A	L	L	S	N	H	
R	A	T	U	P	R	O	T	E	Z	E	E	I	K	O	S	T	U
IJ	E	W	P	O	T	S	T	N	H	J	E	M	N	K	K	S	U
D	C	A	R	A	V	A	N	S	T	R	IJ	K	IJ	Z	E	R	R
E	K	O	F	F	I	E	Z	E	T	A	P	P	A	R	A	A	T
N	S	E	E	M	P	K	A	M	P	E	R	E	N	C	B	A	U

(1) appartement（公寓）　　　　　(2) boeken（書）　　　　　　　(3) caravan（旅行拖車廂）
(4) dorpsgezicht（鄉村景觀）　　　(5) duin（沙丘）　　　　　　　(6) eiland（島嶼）
(7) fietsenverhuur（單車出租）　　(8) föhn（吹風機）　　　　　　(9) gasfornuis（瓦斯爐）
(10) handdoek（手巾；抹布）　　　(11) hoogseizoen（旺季）　　　(12) klok（時鐘）
(13) kamperen（露營）　　　　　　(14) koffiezetapparaat（咖啡機）　(15) kookpannen（平底煎鍋）
(16) magnetron（微波爐）　　　　(17) pension（養老津貼）　　　(18) paardrijden（騎馬）
(19) strand（沙灘）　　　　　　　(20) strijkijzer（熨斗）　　　　(21) telefoon（電話）
(22) vliegeren（飛）　　　　　　　(23) veerboot（渡輪）　　　　　(24) wad（沼澤溼地）
(25) zee（海）　　　　　　　　　　(26) zonnen（曬太陽）

5. (1) hoogseizoen（旺季） (2) magnetron（微波爐） (3) telefoongids（電話簿） (4) duinen（沙丘）
  (5) luieren（休閒；休息）(6) veerboot（渡輪） (7) wasmachine（洗衣機）(8) zonnen（曬太陽）

6. (1) Ik zou graag een vaatwasmachine in mijn vakantiehuisje willen hebben.
  （我想要渡假小屋裡有個洗碗機。）
  (2) Volgend jaar zou ik graag naar Vlieland op vakantie gaan.（明年我想去 Vlieland 渡假。）
  (3) Tijdens de vakantie hoef ik in mijn vakantiehuis geen tv te hebben.
  （渡假時我的渡假小屋裡不需要有電視。）
  (4) Ik zou graag appartement nr.21 willen huren.（我想租二十一號公寓。）
  (5) Kunt u een beschrijving van de indeling geven?（您可以大概描述一下嗎？）

7. 參考答案
  (1) 問：Waar zou je je vakantie willen doorbrengen?（你想去哪渡假？）
  (2) 問：Wat zou je graag in je vakantiehuis willen hebben?（你想要渡假屋裡有什麼呢？）
  (3) 問：Wat vonden de kinderen ervan?（孩子們覺得怎麼樣？）
  (4) 問：En wat vond Stephan ervan?（Stephan 覺得如何？）
  (5) 問：Wat kan je allemaal doen op Texel?（你在 Texel 島上能做些什麼？）
  (6) 問：Daar is alles zeker veel duurder?（那裡真的每樣物品都貴很多嗎？）

8. (1) bevestig（這是您五月六日的預約確認。）
  (2) goud（非常感謝你們，你們的幫助真的很重要！）
  (3) vaatwasmachine（大部分的渡假屋沒有洗碗機。）
  (4) klein eindje（從 Den Helder 去 Texel 只要一小段距離。）
  (5) personen（您有多少人來呢？）
  (6) volwassenen（我們有三個人：兩個大人與一個兩歲小孩。）

Les 18

一、填填看
  3 zonnebril
  16 laptop
  17 agenda
  7 het paspoort
  6 het woordenboek
  14 krant
  2 het horloge
  19 plattegrond
  10 het tijdschrift
  8 medicijnen
  1 zonnecrème
  12 het snoep
  13 het rijbewijs
  11 creditcard

11	pinpas
4	zwembroek
18	het buitenlandse geld
15	het ticket
15	het (trein)kaartje
9	reisgids
5	mobiele telefoon/zaktelefoon

四、練習

1. (1) wordt geopend（現在式），is geschreven（現在完成式）

（荷蘭電影節於九月二十三日在 Utrecht 以 Hany Abu Assad 執導的電影 Het 14de Kippertje 首映來開幕。該劇是 Arnon Grunberg 所寫的諷刺型悲喜劇。）

(2) zal worden versterkt（未來式），is beïnvloed（現在完成式），wordt gesproken（未來式）

（在德國的福利斯語 Frasch 將越來越壯大。德國政府已於九月十六日歐洲區少數民族語言協議許可會上准許。福利斯語——在受到丹麥語及德語的影響之下——大約有一萬名位於 Sleeswijk-Holstein 與 Nedersaksen 地區的德國人使用。該協議指出公眾聯盟有義務支持與保護少數民族的語言。）

(3) wordt gevierd（現在式），worden getoond（現在式），is samengesteld（現在完成式）

（一年半之後，Haagse 都會博物館於十月二十九日再度對大眾敞開大門，對外重新開幕。整修後再度開幕的博物館，館方以展示俄籍畫家 Wassily Kandinsky 的方式來做慶祝，並搭配展示館內龐大收藏中與他同一時期的 Piet Mondriaan 的作品。這回的展覽是藉由位於 Sint Petersburg 的 Hermitage 博物館和位在 Moskou 的 Tretyakov 美術館配合而成的。）

2. (1) <現在式>Het schilderij wordt voor 15.000 verkocht door de bank.

    <過去式> Het schilderij werd voor 15.000 verkocht door de bank.

    <未來式>Het schilderij zal worden voor 15.000 verkocht door de bank.

    <現在完成式>Het schilderij is voor 15.000 verkocht door de bank.

(2) <現在式> Dit wordt bekendgemaakt door het CBS.

    <過去式> Dit werd bekendgemaakt door het CBS.

    <未來式> Dit zal bekendgemaakt worden door het CBS.

    <現在完成式> Dit is bekendgemaakt door het CBS.

(3) <現在式> De actie tegen het drugstoerisme wordt verlengd door de politie.

    <過去式> De actie tegen het drugstoerisme werd verlengd door de politie.

    <未來式> De actie tegen het drugstoerisme zal worden verlengd door de politie.

    <現在完成式> De actie tegen het drugstoerisme is verlengd door de politie.

(4) <現在式> De regering wordt gekritiseerd als "visieloos" door de oppositie.

    <過去式> De regering werd gekritiseerd als "visieloos" door de oppositie.

    <未來式> De regering zal worden gekritiseerd als "visieloos" door de oppositie.

    <現在完成式> De regering is gekritiseerd als "visieloos" door de oppositie.

(5) <現在式> Twee personen worden wegens illegale handel in Chinese medicijnen veroordeeld door de rechtbank in Utrecht.

    <過去式> Twee personen werden wegens illegale handel in Chinese medicijnen veroordeeld door de rechtbank in Utrecht.

    <未來式> Twee personen zullen worden wegens illegale handel in Chinese medicijnen veroordeeld

door de rechtbank in Utrecht.

<現在完成式> Twee personen zijn wegens illegale handel in Chinese medicijnen veroordeeld door de rechtbank in Utrecht.

3. (1) Een kleine jongen is gisteren door zijn hond gered. （一個小男孩昨天被他的狗救了一命。）

(2) Een schilderij van Rembrandt is in een kelder gevonden.

（林布蘭的一幅畫作已在地下室被發現。）

(3) Eén miljoen Euro is van de ABN-AMRO Bank gestolen.

（ABN-ARMO 銀行的 100 萬歐元被偷了。）

(4) Door het Europees Parlement is besloten voor een verbod op tabaksreclame.

（歐洲議會已決定禁止煙草廣告。）

(5) Er is een grafveld van 3500 v. Chr. blootgelegd. （一個紀元前三千五百年的墓園區被發現了。）

(6) Rijkaard is tot bondscoach benoemd. （Rijkaard 被提名為國家代表隊教練。）

4. (1) Kunt u zich voorstellen dat in1993 €3.630 voor een tweedehandsauto is[或 werd] geboden?

（您能想像在一九九三年有人出價 3630 歐元標購一部二手車嗎？）

(2) Kunt u zich voorstellen dat voor een fles Franse wijn €11.344 wordt[或 werd 或 zal worden 或 is] betaald?

（您能想像一瓶法國葡萄酒要價 11344 歐元嗎？）

(3) Kunt u zich voorstellen dat in 1988 een kaart voor €1.588 werd [或 is] verkocht?

（您能想像一九八八年的一張卡片要變成 1588 歐元嗎？）

(4) Kunt u zich voorstellen dat in 1991 een taart van 30.000 kilo in 24 uur werd [或 is] gemaakt?

（您能想像一九九一時一個三萬公斤的蛋糕在二十四小時內作好嗎？）

(5) Kunt u zich voorstellen dat in IJsselmeer een 64 jaar oude auto wordt [或 werd 或 zal worden 或 is] gevonden?

（您能想像在 IJsselmeer 地區發現了一部車齡六十四歲的車子嗎？）

(6) Kunt u zich voorstellen dat in 1984 een schilderij van Jan Vermeer voor €7 miljoen werd [或 is]verkocht?

（您能想像一九八四年時 Jan Vermeer 的一幅畫作出售金額高達 700 萬歐元嗎？）

5. is, gemaakt, door,

werden, opgenomen,

is, geschreven, door,

is, uitgezocht, door,

zijn, ontworpen, door

6.

	8					
1	a	f	h	a	l	e	n
2	z	o	n	n	e	b	r	i	l
3	r	ij	b	e	w	ij	s
4	t	o	e	s	l	a	g
5	s	n	o	e	p
6	r	e	i	s	g	i	d	s
7	z	a	k	e	n	r	e	i	s

7. (1) De secretaresse heeft een kamer voor meneer Duffels gereserveerd.
　　　（秘書已經為Duffels先生訂了一個房間。）

　　(2) Zij zorgt ervoor dat hij wordt afgehaald.
　　　（她會安排人來接他。）

　　(3) Bovendien stuurt zij nog een fax met alle informatie.
　　　（除此之外，她還送上一份有著各項資訊的傳真。）

　　(4) Meneer Duffels wordt door een chauffeur van het station afgehaald.
　　　（Duffels 先生由一位司機來車站接。）

　　(5) Maar eerst koopt hij een reisgids en een plattegrond van Amsterdam.
　　　（但他要先購買阿姆斯特丹的旅遊手冊與地圖。）

　　(6) Amsterdam is bekend om zijn nachtleven.
　　　（阿姆斯特丹的夜生活很著名。）

　　(7) Over twee dagen wordt hij weer naar het station gebracht.
　　　（兩天後他又會被帶去車站。）

　　(8) Hij zal dan twee leuke dagen in Amsterdam hebben doorgebracht.
　　　（所以他應該已經有在阿姆斯特丹好好遊歷了一番。）

8. (1) zou（我想找 de Wilde 先生談話。）

　　(2) ogenblikje（請稍待，我為您轉接過去。）

　　(3) spoor（哪個月台的火車開往 Antwerpen？）

　　(4) overstappen（您必須在 Utrecht 轉車。在那裡轉搭往 Maastricht 的火車。）

　　(5) reserveren（我的秘書會為您預訂一個房間。）

　　(6) aankomen（您可以告訴我我們幾點會抵達巴黎嗎？）

Les 19

二、連連看
　　A配丙；B配甲；C配戊；D配丁；E配乙

三、填填看
　　1　maagpijn
　　2　hoofdpijn
　　3　gebroken arm
　　5　oorpijn
　　7　wond
　　8　koorts
　　9　hoestbui
　　6　keelpijn
　　10　spierpijn
　　4　verkoudheid

五、練習
1. (1) Ik ga naar bed omdat ik moe ben.（我去睡覺，因為我累了。）

(2) Ze kan vandaag helaas niet komen omdat ze griep heeft.（她今天不能來，唉，因為她得了流行性感冒。）

(3) Ik heb betaald voor Henk omdat hij geen geld bij zich had.（我為 Henk 付賬，因為他沒帶錢。）

(4) Dokter Blok heeft deze week geen spreekuur omdat hij in het buitenland is.
（Blok 醫生本週沒有看診，因為他在國外。）

(5) Ik kan niet slapen omdat ik hoofdpijn heb.（我無法入睡，因為頭痛。）

(6) Ik ben erg moe omdat ik de hele nacht niet heb geslapen.（我非常地累，因為我整晚沒有睡覺。）

(7) Ik ben vorige week naar de dokter geweest omdat ik me niet goed voelde.
（我上個禮拜去看醫生，因為我覺得不舒服。）

2. (1) Ik kan niet zo lang zitten want ik heb rugpijn.（我無法久坐，因為背痛。）

(2) Kees gaat vroeg naar bed want hij heeft morgen een afspraak.
（Kees早早上床睡覺，因為他明天有會議。）

(3) Tom is een beetje nerveus want hij moet morgen naar het ziekenhuis.
（Tom有點緊張，因為他明天得去醫院。）

(4) We maken elke avond een wandeling want we moeten wat meer bewegen.
（我們每晚散步，因為我們必須多運動些。）

(5) Ik blijf vandaag in bed want ik voel me niet lekker.（我今天待在床上，因為我覺得人不舒服。）

(6) Babs gaat naar de dokter want ze kan 's nachts niet slapen.
（Babs去看醫生，因為她晚上無法入睡。）

(7) Petra drinkt geen alcohol want ze gebruikt medicijnen.（Petra 不喝酒精類飲料，因為她服藥。）

3. (1) Ik kan niet zo lang zitten omdat ik rugpijn heb.（我無法久坐，因為背痛。）

(2) Kees gaat vroeg naar bed omdat hij morgen een afspraak heeft.
（Kees 早早上床睡覺，因為他明天有會議。）

(3) Tom is een beetje nerveus omdat hij morgen naar het ziekenhuis moet.
（Tom 有點緊張，因為他明天得去醫院。）

(4) We maken elke avond een wandeling omdat we wat meer moeten bewegen.
（我們每晚散步，因為我們必須多運動些。）

(5) Ik blijf vandaag in bed omdat ik me niet lekker voel.（我今天待在床上，因為我覺得人不舒服。）

(6) Babs gaat naar de dokter omdat ze 's nachts niet kan slapen.（Babs 去看醫生，因為她晚上無法入睡。）

(7) Petra drinkt geen alcohol omdat ze medicijnen gebruikt.（Petra 不喝酒精類飲料，因為她服藥。）

4. (1) Ik ga straks naar de dokter omdat ik verkouden ben.（我很快就要去看醫生了，因為我著涼了。）

(2) Do dokter schrijft wat tabletjes tegen de maagpijn voor.（醫生針對胃痛開出胃錠處方。）

(3) Daarna moet ik de medicijnen bij de apotheek halen.（然後我必須到藥局去取藥。）

(4) Omdat ik buikpijn heb, moet ik veel thee drinken.（因為我肚子痛，我必須喝很多茶。）

(5) Als je kiespijn hebt, mag je niet snoepen.（當你牙痛時，你不可以吃糖果。）

(6) Ik heb hoofdpijn want ik heb niet genoeg geslapen.（我頭痛，因為我睡得不夠。）

(7) Ik voel mij niet lekker hoewel ik geen koorts heb.（我覺得不舒服，雖然我沒有發燒。）

(8) Ik moet ochtendgymnastiek doen want ik heb pijn in mijn rug.（我必須做晨間運動，因為我背痛。）

5. (1) kwamen

(2) zijn gepubliceerd

(3) werd.... gemeten

(4) gave.... aan

(5) waren

(6) toenam

(7) betekent

(8) inspringen

（翻譯）

流連網路帶來沮喪

使用網路讓人們更沮喪且感到更孤單。這項結論出自於一間美國大學的研究人員。這項結論，在長達兩年的研究之後，意外出現在提案人員及財務相關當局的調查中。此調查結果被公佈在「美國心理學者」這本科學期刊上。透過問卷的使用，該份調查的開始及最後部分顯示受測試者的心理狀態正常。這些受測試者告知每天與家人共度幾分鐘的時間。此外也固定他們上網的時間。結果顯示，以0級到最高第3級的指數來劃分，每週在家上網一個小時會增加沮喪指數0.03。以 0級到最高第5級的指數來劃分，每週在家上網一個小時會增加孤單感指數0.02。雖然估量出的影響力不是特別大，而且每個受測試者的表述不盡相同，此項研究的主導人員 Robert Kraut 仍認為該項調查結果的可信度相當高。

6. (1) heef, spreekuur（v.d. Ploeg 醫生何時看診？）

(2) afspraak, maken（我想要約下午看診。）

(3) is, verkouden（他每到冬天總會著涼個幾次。）

(4) griep, heb（我頭痛、肌肉酸痛又發燒。我想我得了流行性感冒。）

(5) gaan, naar, de, tandarts（我們每年去牙醫那裡檢查兩次。）

(6) heb, buikpijn（你不要喝那麼多咖啡！這樣很快就又要肚子痛了。）

(7) Heb, tandpijn（你牙痛嗎？那得去看牙醫！）

7.

Rembrandt was ziek

Een zelfportret van Rembrandt uit 1659 dat hangt in de National Gallery of Art in Washington toont een man met ernstige gezondheidsproblemen. Dat stelt een Colombiaanse hoogleraar Carlos Espinel, een arts gespecialiseerd in het stellen van diagnoses uit kunstwerken. Uit de analyse van de ogen blijkt volgens hem dat de Nederlandse meester een te **hoog cholesterolgehalte** [1] had, wat tot **aderverkalking** [2] kan leiden. Gezien **de negen rode vlekjes op Rembrandts het gezicht** [3], kampte de schilder verder met de **huidziekte rosacea** [4]. Dat is een **acne-aandoening** [5] die veel voorkomt bij ouder wordende blanke mannen. Een **opgezwollen bloedvat** [6] op Rembrandts voorhoofd duidt op **artritis** [7], wat gepaard gaat met ernstige **hoofdpijnen** [8], **vermoeidheid** [9] en **spierpijn** [10]. Espinel, verbonden aan de universiteit van Georgetown, publiceerde dit in het medisch tijdschrift The Lancet. De hoogleraar ontdekte eerder **polio** [11] bij een bedelaar van Masaccio en **reuma** [12] bij een cupido van Caravaggio.

（翻譯）

林布蘭生病

一幅林布蘭在一六五九年畫的自畫像掛在華盛頓國家藝廊展示，這幅畫顯現了一個人嚴重的健康問題。這是哥倫比亞教授 Carlos Espinel，一位專科醫師，透過此幅藝術作品所做的診斷。他依據畫作

上的眼睛分析出這位荷蘭藝術大師有<u>高膽固醇</u>[1]而導致<u>動脈硬化</u>[2]。他看到<u>林布蘭臉上的九個紅點</u>[3]，進一步指出這位畫家的皮膚有<u>暗瘡</u>[4]，這常是白人老化時常見的<u>皮膚病</u>[5]。從林布蘭的前額可清楚看到因<u>關節炎</u>[7]而<u>突出的血管</u>[6]，那是伴隨嚴重的<u>頭痛</u>[8]及<u>疲憊</u>[9]與<u>肌肉酸痛</u>[10]而來的結果。Espinel 結合喬治城大學，在 The Lancet 這份醫學雜誌上發表了此篇文章。先前已有教授發現 Masaccio 的畫作中的乞丐有<u>小兒麻痺症</u>[11]以及 Caravaggio 的畫作中的愛神邱比特患有<u>風濕症</u>[12]。

Elfstedentocht

Circa 2.000 schaatsers raakten op 4 januari 1997 gewond bij de Elfstedentocht. Ruim 800 schaatsers hadden last van **bevriezingen**[13], van de ogen (660) tot de penis(3). Daarnaast waren er rijders met **botbreuken**[14] (55), **hoofdwonden**[15] (39), **ontwrichte ledematen**[16] (19), **hartproblemen**[17] (4) en een **dwarslaesie**[18]. Eén man overleed aan een **hartinfarct**[19]. Artsen van het Medisch Centrum Leeuwarden meldden dit in het Nederlands Tijdschrift voor Geneeskunde.

（翻譯）

十一城之旅

一九九七年元月四日大約有二千個溜冰的人都在十一城溜冰之旅盛事中受到撞擊傷害。八百個溜冰者受到<u>凍傷</u>[13]，從眼睛（六百六十個）到男性生殖器（三人）。接著有人<u>腿部骨折</u>[14]（五十五人）、<u>頭部受傷</u>[15]（三十九人）、<u>脫臼</u>[16]（十九人）、<u>心臟出現問題</u>[17]（四人），以及一人<u>癱瘓</u>[18]。有一個死於<u>心臟病發作</u>[19]。Leeuwarden 醫學中心的醫生們在荷蘭的《醫學新知》這本雜誌上發表此篇報告。

Les 20

一、連連看

A配丙；B配甲；C配己；D配丁；E配乙；F配戊

四、練習
1.

	名詞（該國名）	形容詞	名詞（該國男性）	名詞（該國女性）
(1)	Nederland	Nederlands	Nederlander	Nederlandse
(2)	Duitsland	Duits	Duitser	Duitse
(3)	België	Belgisch	Belg	Belgische
(4)	Griekenland	Grieks	Griek	Griekse
(5)	Engeland	Engels	Engelsman	Engelse
(6)	Denemarken	Deens	Deen	Deense
(7)	Zwitserland	Zwitsers	Zwitser	Zwitserse
(8)	Italië	Italiaans	Italiaan	Italiaanse
(9)	Spanje	Spaans	Spanjaard	Spaanse
(10)	Turkije	Turks	Turk	Turkse
(11)	Rusland	Russisch	Rus	Russin或Russische

(12)	Frankrijk	Frans	Fransman	Française
(13)	Portugal	Portugees	Portugees	Portugese
(14)	Amerika	Amerikaans	Amerikaan	Amerikaanse
(15)	Zuid-Afrika	Zuid-Afrikaans	Zuid-Afrikaan	Zuid-Afrikaanse
(16)	Marokko	Marokkaans	Marokkaan	Marokkaanse
(17)	Oostenrijk	Oostenrijks	Oostenrijker	Oostenrijkse
(18)	China	Chinees	Chinees	Chinese
(19)	Indonesië	Indonesisch	Indonesiër	Indonesische

2.

```
                    ⑫
           ① A  S  I  E  L
        ② V E R H A A L
           ③ L O E M P I A
     ④ B E L A C H E L IJ K
        ⑤ B O E R E N K O O L
              ⑥ V L E E S
        ⑦ T R A K T E R E N
                 ⑧ V R E E M D
     ⑨ B E L E I D
        ⑩ C H I N E E S
           ⑪ B E G R IJ P E L IJ K
```

3.

interessant （有趣的）	vervelend或saai （乏味的）	zoet （甜的）	zuur （酸的）	gezond （健康的）	ziek 或 ongezond （生病的）
veel （許多的）	weinig （很少的）	vraag （問題）	antwoord （答案）	nat （濕的）	droog （乾的）
warm （溫暖的）	koud （寒冷的）	snel （快速的）	langzaam （慢的）	hoger （較高的）	lager （較低的）
binnen （裡面）	buiten （外面）	met （與）	zonder （未與；不含）	meer （較多的）	minder （較少的）
kort （短的）	lang （長的）	actief （主動的）	passief （被動的）	eind （結束）	begin（開始）

4. (1) Meneer Kuiper en zijn vrouw willen uit eten gaan.

（Kuiper 先生和他太太要去外面吃飯。）

(2) Als voorgerecht bestelt mevrouw Kuiper twee loempia's.

（Kuiper 太太點了兩個炸春捲當作前菜。）

(3) Mevrouw Postma spreekt behalve Nederlands ook Duits en Engels.

（除了荷語之外，Postma 太太還會說德語和英語。）

(4) De meeste Nederlanders eten heel graag bij de Chinees.
（大多數荷蘭人都很喜歡在中國餐館吃飯。）

(5) Meneer Brouwers heeft in zijn jeugd vijf jaar in Suriname gewoond.
（Brouwers 先生年輕時在蘇利南住過五年。）

(6) Een lekkere loempia zal er nog wel ingaan.
（我還可以再吃個炸春捲。）

(7) Het liefst eet ik een portie nasi goreng met kroepoek.
（我最喜歡吃的是炒飯與蝦餅。）

5. (1) plof（我真的吃得很足夠了，都快變胖囉。）
   (2) is afkomstig uit（我們的鄰居來自土耳其。）
   (3) stokjes（你可以在中國菜餐館裡用筷子吃飯。）
   (4) rammel（我餓到肚子叫！我們吃點東西好嗎？）
   (5) typisch（乳酪跟花卉是典型的荷蘭產品。）
   (6) wordt（在比利時有法語、荷語和德語通行。）
   (7) behalve（除了英語你還說其他外國語嗎？）

規則動詞變化表

所謂的規則動詞是指該動詞的過去式主詞單數時字尾是 te 或 de 者，並且該動詞的過去分詞是 t 或 d 或 en 結尾者！

het hele werkwoord 原型動詞	verleden tijd 過去式		voltooide tijd 完成式	
	Enkelvoud 主詞為單數	Meervoud 主詞為複數		Deelwoord 過去分詞
aankleden	kleedde aan	kleedden aan	(hebben)	aan gekleed
aanzetten	zette aan	zetten aan	(hebben)	aangezet
abonneren(op)	abonneerde	abonneerden	(hebben/zijn)	geabonneerd
afbranden	brandde af	brandden af	(hebben/zijn)	afgebrand
afdrogen	droogde af	droogden af	(hebben)	afgedroogd
afmaken	maakte af	maakten af	(hebben)	afgemaakt
afrekenen	rekende af	rekenden af	(hebben)	afgerekend
afwassen	waste af	wasten af	(hebben)	afgewassen
afwerken	werkte af	werkten af	(hebben)	afgewerkt
antwoorden	antwoordde	antwoorden	(hebben)	geantwoord
bakken	bakte	bakten	(hebben)	gebakken
bedoelen	bedoelde	bedoelden	(hebben)	bedoeld
bellen	belde	belden	(hebben)	gebeld
beschermen	beschermde	beschermden	(hebben)	beschermd
bestellen	bestelde	bestelden	(hebben)	besteld
betalen	betaalde	betaalden	(hebben)	betaald
betekenen	betekende	betekenden	(hebben)	betekend
bezorgen	bezorgde	bezorgden	(hebben)	bezorgd
binnenhalen	haalde binnen	haalden binnen	(hebben)	binnengehaald
binnenrennen	rende binnen	renden binnen	(zijn)	binnengerend
blaffen	blafte	blaften	(hebben)	geblaft
blussen	bluste	blusten	(hebben)	geblust
boetseren	boetseerde	boetseerden	(hebben)	geboetseerd
bonzen	bonsde	bonsden	(hebben)	gebonsd
borduren	borduurde	borduurden	(hebben)	geborduurd
boren	boorde	boorden	(hebben)	geboord
bouwen	bouwde	bouwden	(hebben)	gebouwd
braden	braadde	braadden	(hebben)	gebraden
breien	breide	breiden	(hebben)	gebreid
controleren	controleerde	controleerden	(hebben)	gecontroleerd

het hele werkwoord 原型動詞	verleden tijd 過去式		voltooide tijd 完成式	
	Enkelvoud 主詞為單數	Meervoud 主詞為複數		Deelwoord 過去分詞
dammen	damde	damden	(hebben)	gedamd
dansen	danste	dansten	(hebben)	gedanst
dekken	dekte	dekten	(hebben)	gedekt
delen	deelde	deelden	(hebben)	gedeeld
doorzetten	zette door	zetten door	(hebben)	doorgezet
draaien	draaide	draaiden	(hebben)	gedraaid
dromen	droomde	droomden	(hebben)	gedroomd
drukken	drukte	drukten	(hebben)	gedrukt
duren	duurde	duurden	(hebben)	geduurd
durven	durfde	durfden	(hebben)	gedurfd
duwen	duwde	duwden	(hebben)	geduwd
fietsen	fietste	fietsten	(hebben/zijn)	gefietst
gebeuren	gebeurde	gebeurden	(zijn)	gebeurd
gebruiken	gebruikte	gebruikten	(hebben)	gebruikt
geloven	geloofde	geloofden	(hebben)	geloofd
gooien	gooide	gooiden	(hebben)	gegooid
groeien	groeide	groeiden	(zijn)	gegroeid
grommen	gromde	gromden	(hebben)	gegromd
haasten	haastte	haastten	(hebben/zijn)	gehaast
hagelen	hagelde		(heeft)	gehageld
halen	haalde	haalden	(hebben)	gehaald
herhalen	herhaalde	herhaalden	(hebben)	herhaald
herinneren	herinnerde	herinnerden	(hebben)	herinnerd
heten	heette	heetten	(hebben)	geheten
hoeven	hoefde	hoefden	(hebben)	gehoeven
hopen	hoopte	hoopten	(hebben)	gehoopt
horen	hoorde	hoorden	(hebben)	gehoord
huilen	huilde	huilden	(hebben)	gehuild
informeren	informeerde	informeerden	(hebben)	geïnformeerd
inpakken	pakte in	pakten in	(hebben)	ingepakt
instappen	stapte in	stapten in	(zijn)	ingestapt
invullen	vulde in	vulden in	(hebben)	ingevuld
inzetten	zette in	zetten in	(hebben)	ingezet
kaarten	kaartte	kaartten	(hebben)	gekaart
kamperen	kampeerde	kampeerden	(hebben)	gekampeerd
kauwen	kauwde	kauwden	(hebben)	gekauwd
kennen	kende	kenden	(hebben)	gekend
klaarmaken	maakte klaar	maakten klaar	(hebben)	klaargemaakt
klaarzetten	zette klaar	zetten klaar	(hebben)	klaargezet

het hele werkwoord 原型動詞	verleden tijd 過去式		voltooide tijd 完成式	
	Enkelvoud 主詞為單數	Meervoud 主詞為複數		Deelwoord 過去分詞
klagen	klaagde	klaagden	(hebben)	geklaagd
klappen	klapte	klapten	(hebben)	geklapt
kletsen	kletste	kletsten	(hebben)	gekletst
kleuren	kleurde	kleurden	(hebben)	gekleurd
kloppen	klopte	klopten	(hebben)	geklopt
knikken	knikte	knikten	(hebben)	geknikt
knippen	knipte	knipten	(hebben)	geknipt
knutselen	knutselde	knutselden	(hebben)	geknutseld
koken	kookte	kookten	(hebben)	gekookt
kosten	kostte	kostten	(hebben)	gekost
lachen	lachte	lachten	(hebben)	gelachen
landen	landde	landden	(hebben/zijn)	geland
leggen	legde	legden	(hebben)	gelegd
lenen	leende	leenden	(hebben)	geleend
leren	leerde	leerden	(hebben)	geleerd
likken	likte	likten	(hebben)	gelikt
logeren	logeerde	logeerden	(hebben)	gelogeerd
luisteren	luisterde	luisterden	(hebben)	geluisterd
lusten	lustte	lustten	(hebben)	gelust
lijmen	lijmde	lijmden	(hebben)	gelijmd
maken	maakte	maakten	(hebben)	gemaakt
miauwen	miauwde	miauwden	(hebben)	gemiauwd
missen	miste	misten	(hebben)	gemist
naaien	naaide	naaiden	(hebben)	genaaid
neerzetten	zette neer	zetten neer	(hebben)	neergezet
noemen	noemde	noemden	(hebben)	genoemd
noteren	noteerde	noteerden	(hebben)	genoteerd
oefenen	oefende	oefenden	(hebben)	geoefend
omdraaien	draaide om	draaiden om	(hebben/zijn)	omgedraaid
omruilen	ruilde om	ruilden om	(hebbon)	omgeruild
ontdekken	ontdekte	ontdekten	(hebben)	ontdekt
ontmoeten	ontmoette	ontmoetten	(hebben)	ontmoet
onweren	onweerde		(heeft)	geonweerd
opbellen	belde op	belden op	(hebben)	opgebeld
opletten	lette op	letten op	(hebben)	opgelet
opmaken	maakte op	maakten op	(hebben)	opgemaakt
oppassen	paste op	pasten op	(hebben)	opgepast
opruimen	ruimde op	ruimden op	(hebben)	opgeruimd
optellen	telde op	telden op	(hebben)	opgeteld

het hele werkwoord 原型動詞	verleden tijd 過去式		voltooide tijd 完成式	
	Enkelvoud 主詞為單數	Meervoud 主詞為複數		Deelwoord 過去分詞
opzetten	zette op	zetten op	(hebben)	opgezet
pakken	pakte	pakien	(hebben)	gepakt
piepen	piepte	piepten	(hebben)	gepiept
plaatsen	plaatste	plaatsten	(hebben)	geplaatst
plakken	plakte	plakten	(hebben)	geplakt
planten	plantte	plantten	(hebben)	geplant
plukken	plukte	plukten	(hebben)	geplukt
poetsen	poetste	poetsten	(hebben)	gepoetst
praten	praatte	praatten	(hebben)	gepraat
proberen	probeerde	probeerden	(hebben)	geprobeerd
raden	raadde	raadden	(hebben)	geraden
raken	raakte	raakten	(hebben)	geraakt
reageren	reageerde	reageerden	(hebben)	gereageerd
redden	redde	redden	(hebben)	gered
regenen	rekende		(heeft)	geregend
reizen	reisde	reisden	(hebben/zij)	gereisd
rekenen	rekende	rekenden	(hebben)	gerekend
rennen	rende	redden	(hebben/zijn)	gerend
repareren	repareerde	repareerden	(hebben)	gerepareerd
reserveren	reserveerde	reserveerden	(hebben)	gereserveerd
roken	rookte	rookten	(hebben)	gerookt
ruilen	ruilde	ruilden	(hebben)	geruild
schaatsen	schaatste	schaatsten	(hebben/zijn)	geschaatst
schaken	schaakte	schaakten	(hebben)	geschaakt
schamen	schaamde	schaamden	(hebben)	geschaamd
scheden	scheelde	scheelden	(hebben)	gescheeld
scheuren	scheurde	scheurden	(hebben)	gescheurd
schilderen	schilderde	schilderden	(hebben)	geschilderd
schillen	schilde	schilden	(hebben)	geschild
schoonmaken	maakte schoon	maakten schoon	(hebben)	schoongemaakt
schoppen	schopte	schopten	(hebben)	geschopt
schreeuwen	schreeuwde	schreeuwden	(hebben)	geschreeuwd
schudden	schudde	schudden	(hebben)	geschud
sneeuwen	sneeuwde		(heeft)	gesneeuwd
snorren	snorde	snorden	(hebben)	gesnord
solliciteren	solliciteerde	solliciteerden	(hebben)	gesolliciteerd
sparen	spaarde	spaarden	(bobben)	gespaard
spelen	speelde	speelden	(hebben)	gespeeld
spellen	spelde	spelden	(hebben)	gespeld

het hele werkwoord 原型動詞	verleden tijd 過去式		voltooide tijd 完成式	
	Enkelvoud 主詞為單數	Meervoud 主詞為複數		Deelwoord 過去分詞
spoken	spiekte	spiekten	(hebben)	gespiekt
spijbelen	spijbelde	spijbelden	(hebben)	gespijbeld
stampen	stampte	stampten	(hebben)	gestampt
stellen	stelde	stelden	(hebben)	gesteld
stoppen	stopte	stopten	(hebben/zijn)	gestopt
stormen	stormde		(heeft)	gestormd
studeren	studeerde	studeerden	(hebben)	gestudeerd
sturen	stuurde	stuurden	(hebben)	gestuurd
tekenen	tekende	tekenden	(hebben)	getekend
telefoneren	telefoneerde	telefoneerden	(hebben)	getelefoneerd
tellen	telde	telden	(hebben)	geteld
tennissen	tenniste	tennisten	(hebben)	getennist
terugsturen	stuurde terug	stuurden terug	(hebben)	teruggestuurd
timmeren	timmerde	timmerden	(hebben)	getimmerd
toneelspelen	speelde toneel	speelden toneel	(hebben)	toneelgespeeld
trasten	trainde	trainden	(hebben)	getraind
trakteren	trakteerde	trakteerden	(hebben)	getrakteerd
trappelen	trappelde	trappelden	(hebben)	getrappeld
trouwen	trouwde	trouwden	(zijn/hebben)	getrouwd
typen	typte	typten	(hebben)	getypt
uitdelen	deelde uit	deelden uit	(hebben)	uitgedeeld
uitlachen	lachte uit	lachen uit	(hebben)	uitgelachen
uitmaken	maakte uit	maakten uit	(hebben)	uitgemaakt
uitpakken	pakte uit	pakten uit	(hebben)	uitgepakt
uittrekken	rekte uit	rekten uit	(hebben)	uitgerekt
uitrusten	rustte uit	rustten uit	(hebben)	uitgerekt
uitstallen	stalde uit	stalden uit	(hebben)	uitgestald
uitstappen	stapte uit	stapten uit	(zijn)	uitgestapt
uitzetten	zette tilt	zetten uit	(hebben)	uitgezet
verbeteren	verbeterde	verbeterden	(hebben)	verbeterd
verbouwen	verbouwde	verbouwden	(hebben)	verbouwd
verdienen	verdiende	verdienden	(hebben)	verdiend
vergissen	vergiste	vergisten	(hebben)	vergist
verhuizen	verhuisde	verhuisden	(hebben/zijn)	verhuisd
vermenigvuldigen	vermenigvuldigde	vermenigvuldigden	(hebben)	vermenigvuldigd
versturen	verstuurde	verstuurden	(hebben)	verstuurd
vertellen	vertelde	vertelden	(hebben)	verteld
vervelen	verveelde	verveelden	(hebben)	verveeld

het hele werkwoord 原型動詞	verleden tijd 過去式		voltooide tijd 完成式	
	Enkelvoud 主詞為單數	Meervoud 主詞為複數		Deelwoord 過去分詞
verven	verfde	verfden	(hebben)	geverfd
verwachten	verwachtte	verwachtten	(hebben)	verwacht
verzamelen	verzamelde	verzamelden	(hebben)	verzameld
verzuimen	verzuimde	verzuimden	(hebben)	verzuimd
voelen	voelde	voelden	(hebben)	gevoeld
voetballen	voetbalde	voetbalden	(hebben)	gevoetbald
volgen	volgde	volgden	(hebben/zijn)	gevolgd
voorstellen	stelde voor	stelden voor	(hebben)	voorgesteld
vullen	vulde	vulden	(hebben)	gevuld
waaien	waaide		(heeft)	gewaaid
waarschuwen	waarschuwde	waarschuwden	(hebben)	gewaarschuwd
wachten	wachtte	wachtten	(hebben)	gewacht
wandelen	wandelde	wandelden	(hebben)	gewandeld
wasten	waste	wasten	(hebben)	gewassen
wennen	wende	wenden	(zijn)	gewend
wensen	wenste	wensten	(hebben)	gewenst
werken	werkte	werkten	(hebben)	gewerkt
willen	wilde	wilden	(hebben)	gewild
winkelen	winkelde	winkelden	(hebben)	gewinkeld
wisselen	wisselde	wisselden	(hebben)	gewisseld
wonen	woonde	woondon	(hebben)	gewoond
zetten	zette	zetten	(hebben)	gezet
zorgen	zorgde	zorgden	(hebben)	gezorgd
zwaaien	zwaaide	zwaaiden	(hebben)	gezwaaid
zweten	zweette	zweetten	(hebben)	gezweet
zich aankleden	kleedde zich aan	kleedden zich aan	(hebben)	zich aangekleed
zich abonneren	abonneerde zich	abonneerden zich	(hebben)	zich geabonneerd
zich afdrogen	droogde zich of	droogden zich at	(hebben)	zich afgedroogd
zich beschermen	beschermde zich	beschermden zich	(hebben)	zich beschermd
zich haasten	haastte zich	haastten zich	(hebben)	zich gehaast
zich herinneren	herinnerde zich	herinnerden zich	(hebben)	zich herinnerd
zich klaarmaken	maakte zich klaar	maakten zich klaar	(hebben)	zich klaargemaakt
zich omdraaien	draaide zich om	draaiden zich om	(hebben)	zich omgedraaid
zich opmaken	maakte zich op	maakten zich op	(hebben)	zich opgemaakt
zich vergissen	vergiste zich	vergisten zich	(hebben)	zich vergist
zich vervelen	vervelde zich	verveelden zich	(hebben)	zich verveeld
zich voorstellen	stelden zich voor	wasten zich	(hebben)	zich voorgesteld
zich wasten	wasten zich		(hebben)	zich gewassen

不規則動詞變化總覽

原型	基幹	過去式		過去分詞 (is): 搭配 zijn; 無標示者: 搭配 hebben (h+is): 兩者都可搭配	中文語意
		主詞單數時	主詞複數時		
bakken	bak	bakte	bakten	gebakken	烘培；油煎
bannen	ban	bande	banden	gebannen	放逐；驅逐出境
barsten	barst	barstte	barstten	(is) gebarsten	（皮膚）龜裂；爆發；推擠
bederven	bederf	bedierf	bedierven	(is) bedorven	寵；使墮落；使腐敗
bedriegen	bedrieg	bedroog	bedrogen	bedrogen	詐騙；作弊
beginnen	begin	begon	begonnen	(is) begonnen	開始
begrijpen	begrijp	begreep	begrepen	begrepen	了解
bewegen	beweeg	bewoog	bewogen	bewogen	運動
bergen	berg	borg	borgen	geborgen	堆放；累積
bevelen	beveel	beval	bevalen	bevolen	命令；要求
bevriezen	bevries	bevroor	bevroren	bevroren	冰凍；站住；堵
besluiten	besluit	besloot	besloten	besloten	決定
bezwijken	bezwijk	bezweek	bezweken	(is) bezweken	坍塌；屈服於；讓
bidden	bid	bad	baden	gebeden	祈禱；禱告
bieden	bied	bood	boden	geboden	供給
bijten	bijt	beet	beten	gebeten	咬
binden	bind	bond	bonden	gebonden	綁
blazen	blaas	blies	bliezen	geblazen	吹
blijken	blijk	bleek	bleken	(is) gebleken	看來；顯示
blijven	blijf	bleef	bleven	(is) gebleven	停留
blinken	blink	blonk	blonken	geblonken	擦亮；使閃亮
braden	braad	braadde	braadden	gebraden	烤
breken	breek	brak	braken	gebroken	打破；停止
brengen	breng	bracht	brachten	gebracht	帶
brouwen	brouw	brouwde	brouwden	gebrouwen	釀
brouwen	brouw	brouwde	brouwden	gebrouwd	咯咯（機器運轉聲）
buigen	buig	boog	bogen	gebogen	彎下
delven	delf	dolf → delfde→	dolven delfden	gedolven	挖
denken	denk	dacht	dachten	gedacht	想；思考

dingen	ding	dong	dongen	gedongen	討價還價；爭論
doen	doe	deed	deden	gedaan	做
dragen	draag	droeg	droegen	gedragen	穿
drijven	drijf	dreef	dreven	gedreven	駕駛；運作；漂浮；浸泡
dringen	dring	drong	drongen	gedrongen	推；壓
drinken	drink	dronk	dronken	gedronken	喝
druipen	druip	droop	dropen	(h+is) gedropen	滴落
duiken	duik	dook	doken	(h+is) gedoken	潛水
durven	durf	durfde → dorst →	durfden dorsten	gedurfd	膽敢
dwingen	dwing	dwong	dwongen	gedwongen	強迫
ervaren	ervaar	ervoer → ervaarde →	ervoeren ervaarden	ervaren	經歷
eten	eet	at	aten	gegeten	吃
fluiten	fluit	floot	floten	gefloten	吹口哨
gaan	ga	ging	gingen	(is) gegaan	去
gelden	geld	gold	golden	gegolden	使有效
genezen	genees	genas	genazen	genezen	治療；治癒
genieten	geniet	genoot	genoten	genoten	接收；享用
geven	geef	gaf	gaven	gegeven	給
gieten	giet	goot	goten	gegoten	灌注；投擲
glijden	glijd	gleed	gleden	(is) geleden	滑行；溜進
glimmen	glim	glom	glommen	geglommen	發光；瞬息一現
graven	graaf	groef	groeven	gegraven	挖
grijpen	grijp	greep	grepen	gegrepen	捕捉；拿取；把握
hangen	hang	hing	hingen	gehangen	掛
hebben	heb	had	hadden	gehad	有
heffen	hef	hief	hieven	geheven	升高；抬起；徵稅
helpen	help	hielp	hielpen	geholpen	幫助
heten	heet	heette	heetten	geheten	名叫
hijsen	hijs	hees	hesen	gehesen	升（旗）；拉高；暴飲
hoeven	hoef	hoefde	hoefden	gehoefd或gehoeven	需
houden	houd	hield	hielden	gehouden	握；喜愛
houwen	houw	hieuw	hieuwen	gehouwen	切碎；切片
jagen	jaag	joeg → jaagde →	joegen jaagden	gejaagd	追；比賽
kerven	kerf	kerfde → korf →	kerfden korven	gekerfd或gekorven	刻下（凹）痕
kiezen	kies	koos	kozen	gekozen	選擇
kijken	kijk	keek	keken	gekeken	看

kijven	kijf	keef	keven	gekeven	爭論；責罵
klieven	klief	kliefde → kloof →	kliefden kloven	gekliefd或gekloven	劈開推開（破浪）前進； 執著；固守
klimmen	klim	klom	klommen	(is) geklommen	爬
klinken	klink	klonk	klonken	geklonken	聽起來
kluiven	kluif	kloof	kloven	gekloven	蝕；咬斷；折磨
knijpen	knijp	kneep	knepen	geknepen	捏；束緊；使拮倨
komen	kom	kwam	kwamen	gekomen	來
kopen	koop	kocht	kochten	gekocht	買
krijgen	krijg	kreeg	kregen	gekregen	獲取
krimpen	krimp	kromp	krompen	(is) gekrompen	縮小
kruipen	kruip	kroop	kropen	(is) gekropen	爬行
kunnen	kan	kon	konden	gekund	能夠
kwijten	kwijt	kweet	kweten	gekweten	清償；釋放
lachen	lach	lachte	lachten	gelachen	笑
laden	laad	laadde	laadden	geladen	承載；負荷； （裝填）武器
laten	laat	liet	lieten	gelaten	讓
leggen	leg	legde → lei →	legden leien	gelegd	放置
lezen	lees	las	lazen	gelezen	閱讀
liegen	lieg	loog	logen	gelogen	說謊
liggen	lig	lag	lagen	gelegen	躺；擺
lijden	lijd	leed	leden	geleden	受苦於
lijken	lijk	leek	leken	geleken	看起來像
lopen	loop	liep	liepen	(is) gelopen	走
malen	maal	maalde	maalden	gemalen	磨
malen	maal	maalde	maalden	gemaald	在乎
melken	melk	molk → melkte →	molken melkten	gemolken	（擠）牛羊乳
meten	meet	mat	maten	gemeten	量測
mijden	mijd	meed	meden	gemeden	避開；躲避
moeten	moet	moest	moesten	gemoeten	必須
mogen	mag	mocht	mochten	gemogen	允許；可以
nemen	neem	nam	namen	genomen	拿；取
nijgen	nijg	neeg	negen	genegen	屈膝行禮
nijpen	nijp	neep	nepen	genepen	刺痛；刺激；使難受
ontginnen	ontgin	ontgon	ontgonnen	ontgonnen	（土地的）開墾； （礦坑的）爆炸
plegen	pleeg	placht	plachten	gepleegd	習慣於

plegen	pleeg	pleegde	pleegden	gepleegd	犯
pluizen	pluis	ploos	plozen	geplozen	起毛球；蓬鬆；使鬆散
prijzen	prijs	prees	prezen	geprezen	讚美
prijzen	prijs	prijsde	prijsden	geprijsd	定價
raden	raad	raadde	raadden	geraden	猜；諮詢；商議
rieken	riek	rook	roken	geroken	冒煙；放出；惡臭
rijden	rijd	reed	reden	(is) gereden	駕駛
rijgen	rijg	reeg	regen	geregen	結繩；用帶子束緊
rijten	rijt	reet	reten	gereten	拉裂
rijzen	rijs	rees	rezen	(is) gerezen	上升
roepen	roep	riep	riepen	geroepen	呼叫
ruiken	ruik	rook	roken	geroken	聞；嗅
scheiden	scheid	scheidde	scheidden	gescheiden	分開
schelden	scheld	schold	scholden	gescholden	發誓；詛咒
schenden	schend	schond	schonden	geschonden	（名譽）損傷；違反；（權利的）侵害
schenken	schenk	schonk	schonken	geschonken	斟；倒；注意
scheppen	schep	schiep	schiepen	geschapen	創造出
scheppen	schep	schepte	schepten	geschept	鏟起；挖掘
scheren	scheer	schoor	schoren	geschoren	刮鬍子
scheren	scheer	scheerde	scheerden	gescheerd	篩起
schieten	schiet	schoot	schoten	geschoten	拍攝
schijnen	schijn	scheen	schenen	geschenen	擦亮
schijten	schijt	scheet	scheten	gescheten	胡來；狗屁
schrijven	schrijf	schreef	schreven	geschreven	寫
schrikken	schrik	schrok	schrokken	(is) geschrokken	受驚嚇的
schuilen	schuil	school → schuilde →	scholen schuilden	gescholen或geschuild	躲藏；尋求庇護
schuiven	schuif	schoof	schoven	(h+is) geschoven	推
slaan	sla	sloeg	sloegen	(h+is) geslagen	霸工
slapen	slaap	sliep	sliepen	geslapen	睡覺
slijpen	slijp	sleep	slepen	geslepen	使尖銳；擦亮；削剪；頰貼頰地跳舞
slijten	slijt	sleet	sleten	gesleten	使疲憊；耗時；磨損；賣；消逝
slinken	slink	slonk	slonken	geslonken	縮水；熬乾；衰落
sluipen	sluip	sloop	slopen	(h+is) geslopen	偷溜；尾隨；攀爬
sluiten	sluit	sloot	sloten	gesloten	關閉
smelten	smelt	smolt	smolten	gesmolten	（使）融化
smijten	smijt	smeet	smeten	gesmeten	投；擲；丟；拋

snijden	snijd	sneed	sneden	gesneden	切
snuiten	snuit	snoot	snoten	gesnoten	擤鼻涕
snuiven	snuif	snoof	snoven	gesnoven	帶鼻音呼吸；鄙視地說
snuiven	snuif	snoof →snuifde →	snoven snuifden	gesnuifd	吸食古柯鹼
spannen	span	spande	spanden	gespannen	拉緊；使緊
spijten	spijt	speet	speten	gespeten	抱歉；後悔
spinnen	spin	spon	sponnen	gesponnen	旋轉貓咪使其滿足時發的咯咯聲
splijten	splijt	spleet	spleten	gespleten	裂
spreken	spreek	sprak	spraken	gesproken	說
springen	spring	sprong	sprongen	(h+is) gesprongen	跳
spruiten	spruit	sproot	sproten	(is) gesproten	（使）發芽；長出；彈射出
spugen	spuug	spuugde →spoog →	spuugden spogen	gespuugd或gespogen	吐痰；嘔吐
spuiten	spuit	spoot	spoten	(h+is) gespoten	蹦出；噴灑；注射
staan	sta	stond	stonden	gestaan	站立
steken	steek	stak	staken	gestoken	螫；刺
stelen	steel	stal	stalen	gestolen	偷
sterven	sterf	stierf	stierven	(is) gestorven	過世
stijgen	stijg	steeg	stegen	(is) gestegen	升空
stijven	stijf	steef	steven	gesteven	漿（襯衫）
stijven	stijf	stijfde	stijfden	gestijfd	使堅硬
stinken	stink	stonk	stonken	gestonken	（發）臭
stoten	stoot	stootte	stootten	gestoten	推；戳；插入；（使）顛簸搖動
strijden	strijd	streed	streden	gestreden	爭鬥；比賽；角逐
strijken	strijk	streek	streken	gestreken	熨燙
stuiven	stuif	stoof	stoven	(h+is) gestoven	快速衝；落塵
treden	treed	trad	traden	(is) getreden	步行；掌權
treffen	tref	trof	troffen	getroffen	示威抗議
trekken	trek	trok	trokken	getrokken	拉
uitscheiden	scheid uit	scheidde →schee(d)uit →	scheidden scheden uit	(is) uitgescheiden 或 uitgescheden	停止
uitscheiden	scheid uit	scheidde uit	scheidden uit	uitgescheiden	分泌；排泄
vallen	val	viel	vielen	(is) gevallen	跌落；掉落
vangen	vang	ving	vingen	gevangen	接
varen	vaar	voer	voeren	(is) gevaren	划槳

vechten	vecht	vocht	vochten	gevochten	爭取
verbieden	verbied	verbood	verboden	verboden	禁止
verderven	verderf	verdierf	verdierven	(h+is) verdorven	毀掉
verdrieten	verdriet	verdroot	verdroten	verdroten	悲傷
verdwijnen	verdwijn	verdween	verdwenen	(is) verdwenen	消失
vergeten	vergeet	vergat	vergaten	vergeten	忘記
verliezen	verlies	verloor	verloren	verloren	損失
vermijden	vermijd	vermeed	vermeden	vermeden	避免
verslinden	verslind	verslond	verslonden	verslonden	貪婪地…；（使）著迷；吸引
verzwinden	verzwind	verzwond	verzwonden	(is) verzwonden	消失
vinden	vind	vond	vonden	gevonden	找出
vlechten	vlecht	vlocht	vlochten	gevlochten	編（帶子）
vliegen	vlieg	vloog	vlogen	(is) gevlogen	飛行
vouwen	vouw	vouwde	vouwden	gevouwen	摺
vragen	vraag	vroeg	vroegen	gevraagd	問；要求
vreten	vreet	vrat	vraten	gevreten	餵養（動物）
vriezen	vries	vroor	vroren	gevroren	結凍
vrijen	vrij	vrijde → vree →	vrijden vreeën	gevrijd或gevreeën	愛撫；做愛
waaien	waai	woei (waaide)	woeien (waaiden)	gewaaid	吹
wassen	was	wies	wiesen	(is) gewassen	成長
wassen	was	waste → wies →	wasten wiesen	gewassen	洗
wegen	weeg	woog	wogen	gewogen	測重量
werpen	werp	wierp	wierpen	geworpen	丟擲
werven	werf	wierf	wierven	geworven	徵募；添補；吸引
weten	weet	wist	wisten	geweten	知曉
weven	weef	weefde	weefden	geweven	編織；滲入；滲透
wezen	ben	was	waren	(is) geweest	是；創造物
wijken	wijk	week	weken	(is) geweken	消逝；結束
wijten	wijt	weet	weten	geweten	歸因於…
wijzen	wijs	wees	wezen	gewezen	指導
willen	wil	wilde(wou)	wilden	gewild	欲；想要
winden	wind	wond	wonden	gewonden	捲；纏；扭曲；曲解
winnen	win	won	wonnen	gewonnen	贏得
worden	word	werd	werden	(is) geworden	變成
wreken	wreek	wreekte	wreekten	gewroken	報復；復仇
wrijven	wrijf	wreef	wreven	gewreven	刷；擦拭

wringen	wring	wrong	wrongen	gewrongen	絞；扭；擰
wuiven	wuif	wuifde →woof →	wuifden woven	gewuifd或gewoven	揮手
zeggen	zeg	zei → zegde →	zeiden zegden	gezegd	說
zenden	zend	zond	zonden	gezonden	送；傳遞
zieden	zied	ziedde	ziedden	gezoden	煮
zien	zie	zag	zagen	gezien	看
zijgen	zijg	zeeg	zegen	gezegen	庇祐；祝福
zijn	ben	was	waren	(is) geweest	是
zingen	zing	zong	zongen	gezongen	唱
zinken	zink	zonk	zonken	(is) gezonken	沉
zinnen	zin	zon	zonnen	gezonnen	考慮；沉思
zinnen	zin	zinde	zinden	gezind	喜歡；想
zitten	zit	zat	zaten	gezeten	坐
zoeken	zoek	zocht	zochten	gezocht	尋找
zouten	zout	zoutte	zoutten	gezouten	加鹽；醃漬；浸泡鹽水
zuigen	zuig	zoog	zogen	gezogen	吸；（抽至）真空
zuipen	zuip	zoop	zopen	gezopen	豪飲；大口喝
zullen	zal	zou	zouden	-	將可能
zwelgen	zwelg	zwolg →zwelgde →	zwolgen zwelgden	gezwolgen	暴飲暴食
zwellen	zwel	zwol	zwollen	(is) gezwollen	腫脹
zwemmen	zwem	zwom	zwommen	(h+is) gezwommen	游泳
zweren	zweer	zwoer	zwoeren	gezworen	發誓
zweren	zweer	zwoor →zweerde →	zworen zweerden	gezworen或gezweerd	生潰瘍；潰爛
zwerven	zwerf	zwierf	zwierven	gezworven	徘徊；流浪；盤桓
zwijgen	zwijg	zweeg	zwegen	gezwegen	安靜

助動詞變化表

現在式	HEBBEN（有）	KUNNEN（能夠）	MOGEN（可以）	WILLEN（想要；會）	ZIJN（是）	ZULLEN（將）
第一人稱單數：我（ik）	heb	kan	mag	wil	ben	zal
第二人稱單數：你（jij/ je）	hebt heb (je)	kan/kunt kun (je)	mag mag (je)	wil/wilt wil (je)	bent ben (je)	zal/zult zul (je)
第二人稱單數：您（u）	hebt/heeft	kan/kunt	mag	wilt	bent/is	zal/zult
第三人稱單數：他、她、它（hij/ zij/ het）	heeft	kan	mag	wil	is	zal
第一人稱複數：我們（wij）	hebben	kunnen	mogen	willen	zijn	zullen
第二人稱複數：你們（jullie）／您們（u）	hebben/hebt	kunnen/kunt	mogen	willen/wilt	zijn/bent	zullen/zult
第三人稱複數：他們（zij）	hebben	kunnen	mogen	willen	zijn	zullen
過去式	HEBBEN（有）	KUNNEN（能夠）	MOGEN（可以）	WILLEN（想要；會）	ZIJN（是）	ZULLEN（將）
主詞單數時：ik/ jij/ je/ u/ hij/ zij/ het	had	kon	mocht	wilde/wou	was	zou
主詞複數時：wij/ jullie/ zij	hadden	konden	mochten	wilden	waren	zouden

＊u（您，您們）恆搭配其單數型的動詞。

留學荷蘭

　　荷蘭大學（universiteit）並不多，只有二十多所。但這些大學都排名在全球前兩百大之內。目前國人赴歐留學風氣漸開，荷蘭高等教育機構為了吸引國際學生，提供了許多以英語教學的課程計劃。在荷蘭有一千多種以英語教學的課程計劃與科目供各國留學生研習，所以對學生的英語程度有較高的要求。此外，荷蘭政府在二〇〇一年制定新法，允許高等教育機構採用國際上通行的學碩士制度取代荷蘭特有的傳統學位及頭銜制度。

　　要來荷蘭就讀四年制本科的學生，首先必須持有高中畢業文憑──GCE，或是相當於高中畢業的文憑證書，然後申請人必須證明自己有良好的英語水準，例如 TOEFL（俗稱「托福」的英語測驗，美國主辦，全名為 Test of Engilsh as a Foreign Language）五百五十分以上或 IELTS（英語系國家如英國、紐西蘭、澳洲等地的英語測驗，全名為 International English Language Testing System）6.0 以上。申請本科最低年齡為十八歲。在某些情況下，如果申請人在相同的本科已經修習了至少兩年的大學課程，就可以直接讀三年級。

　　https://study-in-holland.wixsite.com/taiwan有留學荷蘭的資訊。也可用「留學荷蘭」、「代辦」這些關鍵字上網搜尋。

部份荷蘭大學介紹

1) Instituut van Sociaal Studie（ISS）（社會科學院），位於海牙。
   網址：http://www.iss.nl
   此校創於一九五二年，是一所從事社會科學政策教學與研究的國際中心和研究所，所有的課程均用英語授課。設有博士、碩士及學士學位，這些學位都得到國際承認。畢業生大多數在政府計劃部門、國際機構、法界或高等教育部門等地方任職。

2) Universiteit van Amsterdam（UvA）（阿姆斯特丹大學），位於阿姆斯特丹。
   網址：http://www.uva.nl
   所開設的學科有：經濟、人文、法律、醫學與社會科學等等。
   此校為歐洲主要的綜合性大學之一，現約有學生兩萬兩千名。本校是擁有留學生課程最多的大學之一，英語授課日益增多。

3) Vrije Universiteit Amsterdam（阿姆斯特丹自由大學），位於阿姆斯特丹。
   網址：http://www.vu.nl
   所開設的學科有：法律、經濟、心理、哲學、體育、醫學、計算機科學、生物、物理、天文、地質與自然地理等等。
   此校成立於一八八〇年，是一所綜合性大學。

4) Universiteit Leiden（萊頓大學），位於被稱為「學府城」的萊頓市。

網址：https://www.universiteitleiden.nl/

此校建於一五七五年，為荷蘭最古老的大學。它是一所綜合性大學，擁有八個學院，其中有一個是漢學院。學校裡的大部份課程用英文授課。提出著名的相對論學說的科學家愛因斯坦曾在此校二十年。該校還有三位諾貝爾獎得主。

5) Erasmus Universiteit Rotterdam（鹿特丹依拉斯木斯大學），位於鹿特丹市。

網址：http://www.eur.nl

所開設的學科有：管理、經濟、法律、社會科學、歷史、藝術、哲學、醫藥和健康等等。

此校成立於一九七三年，是全球最好的三十所經濟類院校之一，培養了大批優異的政界要員與高階管理人員。

6) Technische Universiteit Delft（TU）（代耳夫特理工大學），位於代耳夫特。

網址：http://www.tudelft.nl

所開設的學科有：基礎科學、數學、民用工程、化學工程、採礦工程、應用物理、海洋工程、冶金科學與技術、航空科技等等。

此校是荷蘭最大的理工科大學，在歐洲名列前茅。學生約有一萬三千名。學校的科學研究與教學水準在荷蘭及國際上享有盛譽。本校著重提高學生的參與和合作能力，培養國際一流人才。

7) Rijksuniversiteit Groningen（RuG）（葛羅寧漢大學），位於北部的葛羅寧漢市。

網址：http://www.rug.nl

所開設的學科有：神學、法學、醫學、數學、藝術、行為和社會科學、哲學、環境科學、商務管理等等。

此校成立於一六一四年，是一所綜合性國際大學，專業科目涉及五十多個領域，居荷蘭大學之首位。

8) Internationaal Instituut der Geo-Informatie Wetenschappen en Aarde Aandacht（ITC）（國際航空測量與地球科學學院），位於東部的恩斯賀德。

網址：http://www.itc.nl

此校成立於一九五〇年，是荷蘭最早也是國際最大的高等教育學院，著重地質資訊與地球觀察的研究。

9) Hanzehogeschool Groningen（IBS）（葛羅寧漢國際商務學院），位於北部的葛羅寧漢市。

網址：https://www.hanze.nl

所開設的學科有：經濟、醫療技術、教育、行為與生命科學、音樂等六十多種。此校是荷蘭最大的高等職業教育學院之一，長期與其他國家的大學舉辦學生交流的項目，享有國際聲譽。

10) Haagsche Academie voor Internationaal Recht（海牙國際法學院），位於海牙。

網址：https://www.hagueacademy.nl

此校建築於一九二三年，是國際法律教學與研究的中心，其宗旨是深入並公正地研究國際上的法律問題。

11) Universiteit Maastricht（UM）（馬斯垂赫特大學），位於南部的馬斯垂赫特市。

網址：https://www.maastrichtuniversity.nl

所開設的學科有：基礎科學、藝術和文化、經濟、醫學、健康學、心理、法學等等。

此校成立於一九七六年，現有學生約一萬二千名，是一所教學與科學研究並重的大學。

12) Internationaal Instituut voor Hydraulisch Onderwijs（IHE）（國際水利環境工程學院），位於代耳夫特。

網址：http://www.ihe.nl

此校成立於一九六七年，主要為發展中國家的水利環境工程人員提供碩士課程的教育，已成為荷蘭最重要且享有國際聲譽的國際教育學校。

13) Technische Universiteit Eindhoven（安多芬理工大學），位於南部的安多芬市。

網址：https://www.tue.nl

所開設的學科有：哲學和社會科學、數學與計算機科學、工業工程、管理科學、技術物理、機械工程、電機工程、化學工程、結構工程與建築學、城市規劃等等。

此校成立於一九五六年，是一所綜合性大學。

14) Radboud Universiteit Nijmegen（聶梅亨大學），位於歷史文化名城聶梅亨。

網址：http://www.ru.nl

所開設的學科有：企業管理、行政管理、公共關係、物理、生物、電腦、應用電腦、數學與電腦、資訊科學、電腦與企業應用、天文物理、化學、數學、生物醫學等等。

此校全名是天主教荷蘭聶梅亨大學，成立於一九二三年，為荷蘭的主要大學之一，現有學生約一萬三千名，特別在認知研究、資訊技術、物理和言語行為方面享有很高的聲譽。

15) Universiteit Utrecht（UU）（迂卻特大學），位於中部的迂卻特市。

網址：http://www.uu.nl

此校是荷蘭最大，歷史最為悠久的大學，已經走過了二百六十六年歲月。目前已是歐洲最大、最聞名的科學研究與數學並重的綜合性大學之一，現有學生兩萬兩千多名。

16) Universiteit van Tilburg（提爾堡大學）

網址：https://www.tilburguniversity.edu

17) Open Universiteit Nederland（荷蘭開放大學）

網址：https://www.ou.nl

18) Wageningen Universiteit（生命科學大學）

網址：https://www.wur.nl

19) Nederlands Nijenrode（荷蘭商學院）

網址：http://www.nyenrode.nl

20) Universiteit Twente (UT)（湍特大學）

網址：http://www.utwente.nl

獎學金

所有荷蘭學生均享有政府的獎學金。如果在超過規定的學習時間還沒有畢業，則無權利繼續享受政府的獎學金。這時如果想繼續完成學業，一切費用就得自付。對於外國學生目前的政策是，部份二十七歲以下的人有獲得獎學金的可能。

教育制度

教育預算佔荷蘭政府預算的百分之二十左右。這裡的孩子滿四歲以後就開始接受義務教育直到十八歲，最後的兩年是部分義務教育。四歲到十二歲這八年是小學教育，培養學生們的情感、智力與創造能力，以及讓學生們獲得充分的社會、文化和身體技能方面的知識。小學之後，開始從各種不同型態的學校裡選擇自己的中學教育形式。其教育制度流程大約如下：

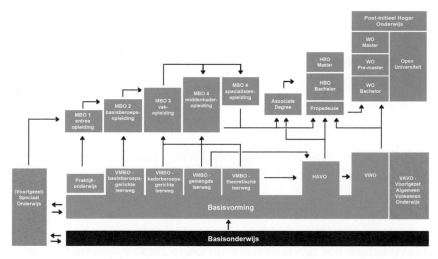

教育資訊

LOI 是提供各種教育資訊的服務機構，可以透過網站 http://www.loi.nl 與其連絡。

荷蘭生活須知

見面禮節

　　荷蘭人對初識者的問候方式是握手；對老朋友則是左、右、左三次地親臉頰，此禮節適用於男人對女人以及同性之間，多半是女人之間的問候。

道別禮節

　　可以握手或者再親吻臉頰三次。

　　一般人常說：Dag（你好；再見）或 Tot ziens（再見）。年輕人也常說 Doei，比較隨意。

住

　　大部份人通常不掛窗簾。如果掛的話，大約就只遮住窗戶的三分之一左右。大多數人家的客廳盡收眼底，鄰居彼此間互相認識，能夠看出對方少了些什麼。

醫療保健

　　這裡的醫療機構完善，兒童享有免費定期體檢。一般生病時先約家庭醫生進行診療。若是家庭醫生無法解決的問題，才轉給專科醫生。由於與家庭醫生約診多半要一段時間的等待與治療，所以在此短期停留時帶一些個人常用藥是很經濟實用的。

醫療保險

　　從二○○六年起荷蘭政府實施國家健保制度，所有居民，可換新保險公司或繼續與其既有保險公司簽約，以確定享有國家醫療健康保險的保障。

住

　　歐洲的大城市居住費用都不便宜。留學生多半在八到十月份到來，此時因為需求量大，房租也會很高。在一般的學生公寓裡租一間房，每個月要支付將近500歐元的房租，而非歐盟籍的學生會高一些。離市中心遠一點的房租相對會便宜一點，但是會衍生出每個月至少30到50歐元的交通費，當然交通費用也會因政策變化而有所調整。學生可以在http://www.kamernet.nl 尋找相關訊息（荷蘭語的網站），完成帳號申請＆登錄後，就可以放上自己的個人簡介與租金預算，後續要經常查看有無相關訊息，一旦有合適的房子就得立即聯絡。

食

荷蘭的乳酪世界聞名。雖然種類不多，但出口量大。乳酪種類可依其發酵期區分為六種，發酵期越久的乳酪價格越貴。

生乳酪（jong——發酵期一個月）

半生乳酪（jong belegen——發酵期兩個月）

熟乳酪（belegen——發酵期三個月）

特熟乳酪（extra belegen——發酵期五個月）

老乳酪（oude——發酵期一年）

特老乳酪（overjarig——發酵期超過一年）

日常生活所需購物

歐洲大多數國家的冬季打折活動在一月初開始，而荷蘭的大減價則在一月下旬才開始。平時也會有特賣和減價的活動，如：出清（uitverkoop）、優惠（aanbieding）、特價（actie）、廣告價（reclame）、折扣（korting），但都沒有全部出清（alles moet weg）來得吸引人。

居留許可

除了歐盟國的公民之外，任何外國人要在荷蘭停留或居留三個月以上，都必須申請居留許可。許可下來之後，再啟程前往荷蘭。在抵達後的三天內得向當地的外事警局（Vreemdelingendienst）報到，然後繳交規費與各項資料證件，如：有效護照、在荷蘭的地址與財力證明等等。報到過後，會收到一張居留證，以證明你在此的停留是合法的。荷蘭移民局（http://www.ind.nl）規定自二〇〇七年起，新移民將必須先通過荷蘭語基礎公民測試才能核准居留申請。學習荷蘭語的費用也由新移民自行吸收。

騎單車

荷蘭是地勢很平坦的國家，是騎單車的理想地區。主要道路兩側都另闢了單車專用道，此通道多半塗成磚紅色且有單車圖案做標誌。許多人上班、上學、日常購物都騎單車，因此單車在此地的日常生活中佔有很重要的地位。遺憾的是，偷盜單車也因此成為常見的犯罪型態。因為單車被偷是如此司空見慣，也因此很少有人願意花錢買昂貴的新自行車，但卻會花高價買單車鎖。在許多城市，一般民眾和旅客可以租用單車享受騎乘的樂趣。當把單車退還回原店家時可以取回押金。要注意的是，押金很貴，所以一旦租來的單車被偷，那可是會損失幾百歐元的喔！

官方語言

荷蘭有兩種官方語言：荷蘭語（Nederlands）及福利思語（Fries）。後者很類似英語，只通行於北部的菲世蘭省。在全球的語言使用排名中，荷蘭語大概在第三十名，也就是說大約有兩千兩百多萬人在荷蘭、比利時、南非、南美洲的蘇利南等地講荷蘭語。

有助荷蘭語學習的一些網站

由於有些網站會經營不善而關閉，請記住以下幾個荷語關鍵字彙，以便隨時找到最新資訊：

　　* NT2（指「以荷蘭語為第二語言」之意）

　　* Nederlands（荷蘭語）

　　* taal（語言）

　　* leren（學習）

　　* Nederlands spreken（講荷蘭語）

　　* staatsexamens NT2（荷蘭語國家鑑定考）

　　* Nederlands als tweede taal（以荷蘭語為第二語言）

　　* inburgeren（融入）

　　* inburgeringsexamen（融入考試）

本書不足或有誤之處，誠心歡迎讀者來函糾正指導

作者信箱：mev.keijzers@gmail.com

秀威經典　　　　　　　　　　　　　　　　學語言20　PD0086

荷蘭語會話暨文法自修專書
【修訂版】

作　　者／楊佳惠
責任編輯／詹靚秋、石書豪
圖文排版／張慧雯
封面設計／蔡瑋筠

出版策劃／秀威經典
發 行 人／宋政坤
法律顧問／毛國樑　律師
印製發行／秀威資訊科技股份有限公司
　　　　　114台北市內湖區瑞光路76巷65號1樓
　　　　　電話：+886-2-2796-3638　傳真：+886-2-2796-1377
　　　　　http://www.showwe.com.tw
劃撥帳號／19563868　戶名：秀威資訊科技股份有限公司
　　　　　讀者服務信箱：service@showwe.com.tw
展售門市／國家書店（松江門市）
　　　　　104台北市中山區松江路209號1樓
　　　　　電話：+886-2-2518-0207　傳真：+886-2-2518-0778
網路訂購／秀威網路書店：https://store.showwe.tw
　　　　　國家網路書店：https://www.govbooks.com.tw

2022年7月　BOD一版
定價：2,000元
版權所有　翻印必究
本書如有缺頁、破損或裝訂錯誤，請寄回更換

讀者回函卡

國家圖書館出版品預行編目

荷蘭語會話暨文法自修專書. 修訂版 / 楊佳惠作.
-- 一版. -- 臺北市：秀威經典, 2022.07
　　面；　公分. -- (學習新知類；PD0086)(學
語言；20)
　　BOD版
　　ISBN 978-626-95350-4-0(精裝)

　1.CST: 荷蘭語 2.CST: 會話 3.CST: 語法

805.488　　　　　　　　　　　111006064